Gaston Leroux

Die Königin des Sabbats

Roman

*Aus dem Französischen
von Heinz Georg Held*

Gaston Leroux (1868-1927) war als Rechtsanwalt tätig, bevor er sich als politisch engagierter Journalist einen Namen machte. Dem deutschsprachigen Publikum ist er vor allem durch seinen 1910 erschienenen Roman ›Das Phantom der Oper‹ bekannt geworden. Im selben Jahr publizierte er mit ›La Reine du Sabbat‹ einen weiteren fantastischen Roman, der heute als sein »absolutes Meisterwerk« (Alain Fuzellier) gilt und nun erstmals in deutscher Übersetzung vorliegt.

Heinz Georg Held war Fremdsprachenlektor und Professor für deutsche Literatur an der Università degli Studi di Pavia. Er lebt heute als freier Schriftsteller in Italien. Übersetzt hat er u.a. Werke von Alphonse Allais, Carlo Collodi, Roberto Longhi, Umberto Eco, Claudio Magris, Salvatore Satta und Salvatore Settis.

Gaston Leroux

Die Königin des Sabbats

BAND II

Die Hofburg

Die kleine Polsterin

Die Verlobte von Karl dem Roten

Ungekürzte Ausgabe
Titel der französischen Originalausgabe:
La Reine du Sabbat
Le Matin, du 18 Août au 31 Janvier 1911
Fayard, Le Livre Populaire n° 96, 1913

Bibliografische Information der Deutschen Nationalbibliothek:
Die Deutsche Nationalbibliothek verzeichnet diese Publikation in der
Deutschen Nationalbibliografie; detaillierte bibliografische Daten
sind im Internet über http://dnb.dnb.de abrufbar.
© 2025 Heinz Georg Held
Umschlag und Layout: Marion Steinicke
Verlag: BoD · Books on Demand GmbH, Überseering 33,
22297 Hamburg, bod@bod.de
Druck: Libri Plureos GmbH, Friedensallee 273, 22763 Hamburg
ISBN: 978-3-7693-5671-7

HINWEIS

Der vorliegende fantastische Roman, der kurz vor dem Ersten Weltkrieg erschienen ist, verwendet den damals geläufigen Begriff ›Zigeuner‹ und rekurriert auf seinerzeit gängige Vorurteile und Stereotypen. Dabei ist zu berücksichtigen, dass die sogenannten ›Zigeuner‹ dieser Geschichte die unterschiedlichen Völker des südlichen Balkans repräsentieren, die sich gegen die Vorherrschaft der Habsburger auflehnen. Es ist möglich, dass vor allem Angehörige der Sinti und Roma einige Textpassagen als diskriminierend empfinden werden.

INHALT

Dritter Teil

Die Hofburg

1. Kapitel

Der Herrscher der Wölfe

Kaiser Franz hat sich an diesem Morgen ganz allein in sein Arbeitskabinett zurückgezogen. Äußerst ungeduldig läutet er bereits zum zweiten Mal, um zu erfahren, ob sein Polizeiminister noch immer nicht in den Palast zurückgekehrt sei, in die Wiener Hofburg, die man in der Hauptstadt kurz ›die Burg‹ nennt. Beide Male hat ihm der Bediente, der vor seiner Tür steht, dieselbe Auskunft erteilt: dass Herr von Riva bislang noch nicht eingetroffen sei, dass aber Seine Exzellenz Graf Brixen dringend um die Ehre ersuche, von Seiner Majestät empfangen zu werden. Und kurz angebunden antwortet der Kaiser nun zum zweiten Mal, dass sich der Premierminister vorerst noch gedulden möge. Es müssen eigenartige Sorgen und Nöte sein, die den Herrscher in diesem Moment bedrängen, wenn er gerade jetzt, da das Reich von allen Seiten bedroht und in seinen Grundlagen erschüttert scheint, so wenig Interesse bekundet, mit einem Mann zu sprechen, auf dem die gesamte Verantwortung für die Innenpolitik seines Reiches liegt.

Kaiser Franz hat sich erhoben. Mit großen, schweren Schritten durchquert er den Raum. Dann nähert er sich dem Fenster und bleibt unvermittelt stehen, presst seine fiebrige Stirn gegen die Scheibe, seufzt auf. Flüchtig überblickt er, was im Burghof geschieht; jählings reißt er das Fenster auf.

»Sie sind verrückt!«, stößt er halblaut hervor.

Der Hof ist so weitläufig wie ein öffentlicher Platz. In ruhigeren Tagen hat das Volk hier nach Belieben promenieren dürfen. Doch nunmehr sind alle Zugänge durch Gitter und Wachtposten versperrt.

Soeben sind zwei junge Amazonen aufgetaucht, denen Piköre in gebührendem Abstand folgen. Sie sind eine wunderbare Erscheinung, diese beiden jungen Mädchen, die nicht mehr als achtzehn Jahre zählen dürften und die sich so haargenau gleichen, dass es vollkommen hoffnungslos wäre, die eine von der anderen unterscheiden zu wollen, wäre nicht auf der Stirn der einen eine weiße Haarsträhne zu sehen, für die es auf dem Kopf der anderen kein Pendant gibt. Es sind zwei Prinzessinnen von außergewöhnlicher, geradezu südlicher Schönheit; ihr Teint mit seiner bernsteinfarbenen Blässe, ihre dunklen Augen und ihr nachtschwarzes Haar könnten auf eine spanische Herkunft schließen lassen.

»Regina! Tania!«

Der befehlende Ton dieser Stimme ist den beiden Zwillingsschwestern nur allzu vertraut; sie halten inne und wenden sich um. Der Kaiser hat ihnen ein Zeichen gegeben, dass sie unverzüglich zu ihm heraufkommen mögen. Dann hat er das Fenster wieder geschlossen und den Vorhang vorgezogen.

Kaiser Franz ist ein gutaussehender älterer Herr von ungefähr sechzig Jahren, der in schlichte graue Soldatentracht gekleidet ist. Über eine breite Brust und eckige Schultern erhebt sich ein vollkommen weißes Haupt mit bleichem Gesicht. Seine Augen haben einen graublauen stählernen Schimmer, doch hat tiefer Schmerz diesen Blick mit Melancholie erfüllt, Tränen vom Vortag haben ihn getrübt.

Zwei unterschiedliche, doch keineswegs gegensätzliche Tugenden haben diesen Monarchen seit jeher geprägt: Stolz und Schlichtheit. Der Stolz auf seine Herkunft, sein maßloser dynastischer Hochmut ist es gewesen, der ihn noch in den schwierigsten Stunden seiner Herrschaft innerlich festigen konnte; seine einfache Lebensweise hingegen hat ihm die Zuneigung seiner Untertanen gesichert: freilich nur der Untertanen, die in Ober- und Niederaustrasien und somit im deutschen Kernland seines Reiches leben.

Zu diesem Zeitpunkt belastete den Monarchen ein gravierendes und für ihn vollkommen unüberschaubares Problem. Vom Fenster zurückgekehrt, wandte er sich erneut seinem mit Akten und Berichten überhäuften Schreibtisch zu. Dort lag zuoberst aufgeschlagen ein geheimes Kommuniqué des Polizeipräsidenten, das er ein weiteres Mal ausgiebig konsultierte, um es schließlich mit einer Geste deutlichen Widerwillens auf den Schreibtisch zurückzuwerfen.

»Was treibt dieser Riva nur?«, murmelte er.

Schließlich gab er Befehl, Graf Brixen vorzulassen.

Sogleich betrat der Premierminister das Kabinett des Kaisers. Graf Brixen war ein höchst distinguierter Mann, der insbesondere bei Frauen sehr beliebt war, da er ihr diplomatisches Feingefühl und ihre Koketterie besaß und sich zudem äußerst elegant kleidete. Als ehemaliger Botschafter in Rom und vormaliger Staatssekretär im Ministerium für Äußere Angelegenheiten hatte er ein großes Talent im Verzögern, Hinhalten und Vertagen entwickelt, und genau damit hatte er, vom Kaiser an die Spitze des austrasischen Staates berufen, auch als regierender Politiker bislang reüssieren können. Man sah in ihm einen Mann der rechten Mitte. Als er eintrat, schien er sehr bewegt.

»Sire«, sagte er unvermittelt, »man errichtet Barrikaden!«

»Ihr müsst es wohl am besten wissen, Graf«, versetzte der Monarch kalt. »Ihr selbst habt sie errichten lassen!«

»Ich, Sire? Ich hätte Barrikaden errichten lassen?«

»Wenn nicht Ihr höchstpersönlich, so doch Euer Polizeiminister.«

»Das ist keinesfalls dasselbe, Sire!«

Eilfertig und mit Nachdruck erklärte Graf Brixen, dass er in dieser Angelegenheit Opfer von Minister Rivas Übereilung geworden sei, der in seinem fatalen Ehrgeiz nicht gezögert habe, die Hauptstadt mit seinen *agents provocateurs* zu überziehen, und das aus keinem anderen Grund, als die brutale Intervention seiner Polizeitruppen auf den Straßen der Hauptstadt zu rechtfertigen.

»Ohne ihn, Sire, wären wir nicht dort, wo wir uns nun befinden.«

»Wo *Ihr* Euch befindet, Graf«, verbesserte Seine Majestät mit betonter Gleichgültigkeit.

Irritiert, betroffen und zutiefst überzeugt davon, dass er den Empfang, den ihm der Kaiser bereitete, keineswegs verdient habe, äußerte der Minister nunmehr in gesetzten Worten sein Bedauern darüber, dass er auch angesichts dieser dramatischen Situation offenbar nicht von boshaften Unterstellungen und übler Nachrede verschont geblieben sei, dass bedeutende Persönlichkeiten ihm die hohe Position neideten, die er seinem Monarchen verdanke, dass man ihm in der Öffentlichkeit mit geradezu unverhohlener Feindschaft begegne, dass es seinen Feinden nunmehr gelungen sei, das Vertrauen Seiner Majestät, das er doch bisher niemals enttäuscht habe, zu untergraben ...

Der Kaiser ließ seinen Minister immer weiter reden, ohne ihn zu unterbrechen. Indessen bemerkte Graf Brixen zu seinem großen Erstaunen, dass der Monarch offenbar an etwas ganz anderes zu denken schien. Kurz entschlossen gab er nunmehr seinen Worten eine deutliche Wendung.

»Die Sorge meines ganzen Lebens«, erklärte er mit lauter und entschiedener Stimme, »galt dem Glück und Wohlergehen von Austrasien, und ich würde auch heute den Verzicht auf das hohe Amt, das mir das Vertrauen meines Souveräns verliehen hat, nur als ein geringes Opfer betrachten, sofern nur mein Rücktritt diesem Land auf irgendeine Weise von Nutzen sein könnte.«

Wenn Brixen tatsächlich glaubt, sich auch jetzt noch derart wichtig nehmen zu dürfen, um in so hochfahrenem Ton zu räsonieren, dann hat er noch nicht alle Trümpfe ausgespielt, dachte Kaiser Franz, der seinen Minister gut genug kannte. Er hält noch immer mit etwas zurück. Aber mit was?

»Ihr sprecht von Rücktritt, Graf?!«, erwiderte er brüsk.

»Nun, gewiss, es handelt sich eben darum! Solltet Ihr *meine* Sorgen wirklich nicht kennen? Mir liegen Berichte vor, die keinerlei Zweifel mehr an Euren engen Kontakten zu den Anführern der revolutionären Bewegung zulassen. Ich weiß um Eure Fähigkeiten, Brixen, und ich bezweifle keineswegs, dass Ihr zu vielen Dingen in der Lage seid. Sogar dazu, Opfer zu bringen. Nun habe ich erfahren müssen, dass Ihr mit den verbündeten Oppositionellen von gestern über die Barrikaden von heute verhandelt habt. Darf ich fragen, Graf, warum Ihr es bislang nicht für nötig befunden hattet, mit mir darüber zu sprechen? Ich hätte gern Gelegenheit gehabt, Euch darüber in Kenntnis zu setzen, dass ich es keineswegs für wünschenswert halte, wenn Ihr mit diesen Leuten verkehrt.«

»Es handelt sich um politische Führer, Sire, die ...«

»Es sind Mörder!«

»Mörder?...«

Tatsächlich sah der Minister ganz so aus, als habe er nicht recht verstanden. Der Kaiser schaute ihn jedoch gar nicht mehr an. Franz hatte den Blick gesenkt, die Stirn ruhte in seiner Hand. Er schien in düstere Gedanken versunken. Schließlich hob er wieder den Kopf.

»Graf«, sprach er, »man mordet in meinem Haus!«

»Was wollen Eure Majestät damit sagen? Eure Majestät mögen geruhen, sich näher zu erklären, denn ... Ich muss bekennen, dass ich nicht ganz verstehe ...«

»Ihr, Graf Brixen, möget geruhen, die Tatsache zur Kenntnis zu nehmen, dass die Prinzessin Marie Luise an Gift gestorben ist.«

»Ja, gewiss, Sire, das Pilzgericht ...«

»Die Prinzessin, Graf« erwidert Franz mit leiser, zitternder Stimme, »die Prinzessin wurde von meinen Feinden vergiftet...«

»Das ist unmöglich, Sire! Eure Majestät haben keine solchen Feinde!«

»Wie wollt Ihr das wissen, Graf?«

Der Kaiser war sehr bleich geworden. Mit der Hand wies er auf das Schriftstück, das er gerade zuvor mit so augenscheinlichem Interesse ein weiteres Mal gelesen hatte. Das Dossier lag noch geöffnet auf seinem Schreibtisch.

»Es ist nicht nur möglich, Graf, es ist so wahrscheinlich, dass ich es glauben *muss*.«

Der Premierminister meinte zu verstehen: Wieder einmal eine dieser grauenhaften Räuberpistolen, dachte er, wie sie dieser Erzgauner von Polizeichef bei passender Gelegenheit erfindet und verbreitet ... Natürlich, Riva, ein ehrenwerter Mann, über jeden Verdacht erhaben ... Aber in diesem Moment schien es dem Grafen unumgänglich, gewisse Zweifel daran zu äußern.

»Eure Majestät haben gesagt: Ich muss es *glauben*! Also sind Eure Majestät nicht wirklich sicher. Um ein derartiges

Verbrechen aufzuklären, Sire, gibt es hier gewiss keinen Mann, der so befähigt wäre wie Minister Riva!«

Der Kaiser starrte den Grafen regungslos an, dann stand er auf, trat dicht vor ihn hin und fragte ihn geradewegs:

»Was haltet Ihr von Riva?«

»Er ist ein Mann, der seines Amtes wegen allenthalben Verbrechen sieht. Überall sieht er rot.«

Erneut machte Franz einige Schritte durch das Zimmer. Sein Haupt schien noch schwerer und sorgenvoller gebeugt als zuvor.

Graf Brixen folgte diesen Bewegungen mit den Augen. Nichts anderes hat er im Kopf als den Tod von Marie Luise, dachte er, und dabei stehen in der Grabengasse drei Barrikaden, im Prater werden Bäume gefällt, um weitere zu errichten, die Zufahrten zur Burg sind in Gefahr, und er ...

Unvermittelt blieb Franz stehen und wiederholte, was Graf Brixen zuvor über den Polizeiminister gesagt hatte:

»Er sieht überall rot! Und Ihr Graf, in welcher Farbe seht Ihr dies alles?«

Graf Brixen war so bestürzt, dass er nicht antwortete.

»Ich hingegen«, sagte der Kaiser, dessen Gesicht von Leichenblässe überzogen war, »ich sehe leider alles schwarz! Sagt mir doch, Graf, sagt mir aufrichtig: Glaubt Ihr wirklich, dass alle diese Unglücksfälle, die mein Haus betroffen haben, auf natürliche Ursachen zurückzuführen sind?«

»Sire – gestattet mir ... Ich darf Eurer Majestät noch einmal versichern, dass ich nicht verstehe. Mehr als jeder andere habe ich den tiefen Schmerz geteilt, der Eure Majestät ...«

»Genug ... Genug der Phrasen, Graf! Hier ist ein Polizeibericht über eine geheime Untersuchung, die auf meine Veranlassung nach dem Tod der Prinzessin Marie

Luise eingeleitet worden ist... Auf meine Veranlassung hin und entsprechend meiner Hinweise, Graf Brixen, die sich auf einen Verdacht gründeten ...«

»Verdacht? Aber wen könnte Eure Majestät verdächtigen, eine derartige ...«

»Aber ja! Genau das ist es! Niemanden! Versteht Ihr ... niemanden! Niemanden und jeden! Eben das ist so furchtbar!«

Der Kaiser und sein Minister verharrten in unbehaglichem Schweigen. Schließlich begann der Monarch erneut zu sprechen. Seine Stimme klang dumpf.

»Schon seit langem, Graf, habe ich mir diese entsetzlichen Fragen immer wieder gestellt ... So viele Unglücksfälle ... so viele Verbrechen ... alle diese Katastrophen, die sich rund um meinen Thron ereignen ... die kaiserliche Familie dezimiert ... meine liebsten Kinder, die mir für immer Lebewohl sagen ... meine Töchter, die ihr Heim entehren ... diese schreckliche Abfolge von Schicksalsschlägen, die mich einer nach dem anderen getroffen haben, scheinbar zufällig und dennoch ... Versteht Ihr endlich? Diese furchtbare Abfolge von Ereignissen ist es gewesen, die meine Zweifel geweckt, die meinen Verdacht genährt haben, ob es sich dabei wirklich um Zufälle oder nicht etwa um etwas ganz anderes handelt ...«

»Aber nicht doch, Sire ... Nein! Ich kann Euch durchaus nicht folgen! Gewiss sind diese Prüfungen, die Gott Eurer Majestät gesandt hat ...«

»Gott ... Gott wenigstens hätte Erbarmen mit mir, Graf Brixen!«

»Der Tod der Prinzessin Marie Luise hat niemandem etwas genützt, niemandem Vorteil gebracht, Sire ... Er hat überall nur Kummer und Tränen bewirkt ...«

»Es war meine Lieblingstochter. Sie war meine treueste Beraterin geworden, und man konnte fürchten, dass sie Einfluss auf meine Entscheidungen nehmen würde, und dies ganz zu Recht. Hört, Brixen, ich habe mich entschlossen, Euch alles zu sagen ... Ja ... ja, es gibt da etwas ... eine Sache, von der nur wenige wissen, nur Riva und Meulen, der unter dem Vorwand der Einbalsamierung eine Autopsie durchgeführt hat. Nicht die Pilze haben den Tod der Prinzessin verursacht. Im übrigen hatten wir zu viert davon gegessen, und niemand sonst hat irgendein Unwohlsein verspürt. Meine Tochter ist mit Arsen vergiftet worden, Brixen!«

»Aber Sire! Das ist unmöglich!«

»Unmöglich? Warum unmöglich? Was glaubt Ihr denn? Wäre es wohl das erste Mal, dass man im Umkreis eines Throns vergiftet?«

Dem Kaiser entfuhr ein verzweifeltes Stöhnen, und Graf Brixen, den nunmehr ebenfalls eine leise Furcht beschlich, ließ rasch alle bemerkenswerten Fälle von Vergiftungen, deren er sich in diesem Moment entsinnen konnte, sämtliche Mordanschläge in unmittelbarerer Nähe von Herrscherhäusern, alle Verbrechen von und an den Thronfolgern Revue passieren ...

»Wer also wird nun als nächstes sterben? Das ist hier die Frage, Graf«, fuhr der Monarch mit tonloser Stimme fort. »So stehen die Dinge. Das sind die Gegenstände meiner Unterredungen mit Riva! Ihr werdet doch nicht etwa daran zweifeln wollen, Graf? Ihr, der Ihr die Polizeiberichte seit jeher vernachlässigt habt ... Nun gut! Wisst also, dass ich seit einem Monat nur noch mit der Polizei, dass ich wie die Polizei lebe! Ich mache mich selbst zur Polizei, in meinem eigenen

Haus, in meinem eigenen Palast, Graf Brixen! Ich behalte alle im Auge, die vorbeikommen, ich leihe mein Ohr jedem Vorschlag, ich verdächtige die ganze Welt ... ich verdächtige alles und jeden ... ich lausche an Türen! Ich, der Kaiser ... Und nicht etwa um meinetwillen, Graf, sondern aus Angst um die Meinen, um diejenigen, die mir verblieben sind, fürchte ich diese bedrohlichen Machenschaften, die sich schon seit Jahren auf so eigentümliche Weise in meinem Palast abspielen, ein dunkles Walten, dem ich durchaus keinen Namen zu geben vermag, weil es sich nur in Mord, Selbstmord oder Wahnsinn offenbart ... All diese verhängnisvollen Begebenheiten, die Ihr soeben eine ›Prüfung Gottes‹ nanntet und in denen ich über lange Zeit nur ein furchtbares Spiel des Zufalls habe sehen wollen – sie sind vielleicht nichts anderes als – *Politik*.«

Graf Brixen antwortete nicht. Es war ihm klar, dass sich Seine Majestät momentan in einem Zustand befand, in dem jede Äußerung, die auch nur andeutungsweise der kaiserlichen Ansicht widersprechen würde, vollkommen sinnlos gewesen wäre und den Monarchen nur noch mehr aufgebracht hätte. Schweigend überdachte der Minister die Situation. Dieser Riva! Mit seiner elenden Arsen-Geschichte hatte er offenbar den Kaiser wieder auf seine Seite gebracht.

In diesem Moment öffnete sich eine Tür, und ein Diener in schwarzer Livree brachte auf einem Tablett das Frühstück des Kaisers herein: ein gekochtes Ei, Toast und Tee. Er stellte sein Tablett auf einen kleinen runden Tisch in der Nähe seines Schreibpults. Daraufhin jedoch entfernte er sich nicht. Er schien auf etwas zu warten.

Graf Brixen bedachte den Diener mit einer kurzen, herablassenden Kopfbewegung. Es war Ismail, der Kammerdiener und zugleich engste Vertraute des Kaisers, der ihm mit der Ergebenheit eines treuen Hundes seit fast fünfzehn Jahren diente. Dieser ›Ungläubige‹ türkischer Herkunft imponierte allen Christen bei Hofe durch seinen Gleichmut, seine Verschwiegenheit, seine Verachtung für alles, was nicht mit dem Kaiser zusammenhing oder sich nicht direkt auf Seine Majestät bezog. Ohne auf die Kopfbewegung des Grafen zu reagieren, hielt Ismail seine Augen auf den Kaiser gerichtet. Franz gab ihm ein Zeichen. Ismail goss etwas von dem dampfenden Tee, den er hereingetragen hatte, in einen silbernen Becher und trank davon. Dann verließ er vollkommen gleichmütig das Arbeitskabinett.

»Habt Ihr gesehen?«, wandte sich der Kaiser erneut an seinen Minister. »Ich werde diesen Tee erst in fünf Minuten trinken, nachdem ich erfahren habe, ob Ismail nicht etwa von einem plötzlichen Unwohlsein befallen ist. So lautet die Anweisung! Und es ist dieser treue Kammerdiener selbst, der sie mir gegeben hat! Denn wenngleich Ismail nicht weiß, an welchem Gift die Prinzessin Marie Luise gestorben ist, hat man es vor ihm nicht verbergen können, dass sie vergiftet wurde. Nichts kommt auf meinen Tisch, nichts wird von mir verköstigt, was nicht zuvor von Ismail kontrolliert und gekostet worden wäre. Sämtliche Speisen der Familie werden von ihm vorgekostet ... Es ist lächerlich«, fügte der Kaiser hinzu, »und zugleich erhaben. Dieser Mensch wird vielleicht jemandem von uns das Leben retten, ob wir wollen oder nicht, und wir werden davon gar nichts bemerken, nichts wissen, nichts erfahren, bis man ihn vor uns bringen wird, keuchend und mit brennender Brust wird er dann womöglich ebenso elend sterben wie meine arme Marie Luise. Aus diesem Grund, Graf Brixen, würde ich es vorziehen, hier ganz allein zu bleiben, hier ganz allein zu sterben, sollte der Tod noch immer nicht zufrieden sein, sollte er denn noch ein letztes Opfer verlangen. Aus diesem Grund habe ich den Erzherzog Adolf beschworen, sich mit seiner Rückkehr auf die Burg keineswegs zu beeilen, trotz der gegenwärtigen Schwierigkeiten ... und deswegen möchte ich die beiden kleinen Zwillinge von Karantanien, obwohl sie der einzige Trost meines Alters sind, so bald wie möglich verheiratet und fern von mir wissen. Doch wo sind sie eigentlich?«, unterbrach sich der Kaiser unvermittelt, »sie müssten doch längst hier sein! Ich hatte sie gerufen!«

Er läutete. Es wurde ihm mitgeteilt, dass die Prinzessinnen Tania und Regina zu Pferd ausgeritten und soeben zurückgekehrt seien ...

»Ausgeritten! Entgegen meinem ausdrücklichen Befehl«, brummte er.

Und sofort ließ er sie zu sich rufen. Sie sollen zu ihm kommen. *Sofort*!

»Zum gegenwärtigen Zeitpunkt in Wien auszureiten! Und dann auch noch ohne Eskorte! Das ist im höchsten Grade unvernünftig. Was sagt Ihr, Graf?«

»Die Prinzessinnen sind sehr beliebt, Sire ...«

»Wie beliebt auch immer: Sie haben frühzeitig umkehren müssen, und das bedeutet, dass sie nicht sehr weit gekommen sind.«

Wiederum stieß Franz einen Seufzer aus. Graf Brixen meinte den Kaiser noch nie so finster gesehen zu haben. Der Monarch war in tiefes Schweigen versunken und hatte seinen Premier offenbar vollkommen vergessen. Doch dann schüttelte er plötzlich den Kopf und wandte sich wieder dem Grafen zu ...

»Seht, Brixen, ich habe nun hinreichend von meinen Angelegenheiten gesprochen«, begann er, indem er ihn mit strengem Blick fixierte. »Wie ist es denn um die eurigen bestellt?«

»Um die meinigen, Sire? Ich habe keine anderen Interessen in der Welt als die Eurer Majestät.«

»Dann geht es also gut voran mit den Barrikaden?«

»Nun ... ja, nur allzu gut, Sire! Ja, so weit ist es gekommen ... Ich kann, wenn Eure Majestät es wünschen, die Situation kurz resümieren. Der Ausgangspunkt des ganzen Übels findet sich unter der *studentischen Jugend*, wie man sie in Wien zu nennen beliebt, zweifelsohne deshalb, weil diese jungen Leute nie arbeiten. An der Alma Mater gibt es etwa zwei- bis dreihundert junge Leute, Studenten aller Herkunft und mit den unterschiedlichsten politischen Gesinnungen, die nur ein einziger Umstand auf wunderbare Weise zusammenhält: der Hass auf alles, was rein austrasisch ist. Unter dem Vorwand des Patriotismus träumen sie von der Zerstörung des Reichs. Als diese jungen Leute vor einigen Tagen mit Waffen durch die Straßen zogen, ist ihnen niemand aus dem Bürgertum gefolgt, und auch das Volk hat sich zurückgehalten. Es wäre damals leicht gewesen, diese *enfants terribles* zur Ordnung zu rufen und sie wieder hinter die Pforten der Universität und in ihren Hörsaal einzuschließen, sie sozusagen in die *Aula* einzusperren; doch hat man das keinesfalls getan. Aufgrund eines mysteriösen Umstands, den es noch zu klären gilt, ist am folgenden Morgen die gesamte Stadt in Aufruhr geraten, meine Privatwohnung wurde gestürmt, während tausend Ausrufer überall falsche Nachrichten und dabei das Gerücht verbreiteten, dass ich − ausgerechnet ich! − der Einzige sei, der den Reformen mit aller Macht widerstrebe, dass der Hof den Delegierten schon längst entsprechende Zusagen gegeben hätte, wenn ich mich nicht ständig widersetzen würde. In ganz

Wien ist von nichts anderem mehr die Rede als von meinen Fehlern und meinen Versäumnissen und meinen Vergehen, von denen das größte darin bestehen soll, dass ich immerzu Reformen versprochen hätte, ohne diese jemals einzuleiten.«

»Was Ihr nicht sagt ...«, versetzte der Kaiser.

»Eure Majestät sind es gewesen, die eine sofortige Umsetzung dieser Reformen als unmöglich erachtet haben ...«

»Nun ja! Man hätte sie gar nicht erst versprechen dürfen.«

»Und habe ich sie denn versprochen? Aber nein!«

»Ihr habt sie aber auch nicht grundsätzlich verworfen ...«

»Das ist eben Politik, Sire ...«

»Eine Politik, wie Ihr seht, die hier nicht sehr beliebt ist ...«

»Eine Politik, Sire, die Herrn von Riva nicht gefällt! Eben darauf wollte ich hinaus. Es ist Herr von Riva, der hier alles durchkreuzt. Es war ein geschickter Plan, den er sich da ausgedacht hat. Er hat es verstanden, die Forderungen nach Reformen mit der Nationalitätenfrage zu verbinden und dadurch mit einem Schlag alle Unzufriedenen gegen mich aufzubringen.«

»Sind es viele?«

»Ja, Sire, sehr viele, denn Herr von Riva hält auf Ordnung. Er ist es, der die *Aula* anstachelt.«

»Als die jungen Leute Eure Wohnung stürmten, Graf Brixen«, erwiderte der Kaiser mit einem eigentümlichen Lächeln, »habt Ihr ihnen da nicht etwa sinngemäß das Folgende gesagt: ›Es ist undenkbar, meine Herren, dass wir am Ende nicht zu einer Verständigung gelangen sollten! Ich jedenfalls bin froh, die Forderungen dieser hoffnungsvollen Jugend entgegenzunehmen, über die zu regieren der Kaiser, mein erlauchter Gebieter, stolz und glücklich ist!‹«

»Aber ja, Sire, genau das habe ich wortwörtlich ihrem Anführer gesagt, einem jungen Mann von vielleicht zwanzig Jahren, der von allen am unbändigsten erschien; sein Name ist, wie man mir berichtet hat, Rynaldo!«

»Das waren aber doch recht ermutigende Worte!«

»Sie mussten gesprochen werden, Sire, damit sie meine Wohnung wieder verließen. Dieser Rynaldo wollte Feuer legen, Eure Majestät verstehen ...«

»Ich verstehe. Abgesehen von diesem letzten Programmpunkt hätte mich Eure goliardische Studentengeschichte vor gar nicht langer Zeit womöglich amüsiert«, bemerkte der Kaiser.

»Sire! Glaubt nicht, es sei dies alles nur ein Scherz. Es ist ein sehr gefährliches Spiel.«

»Wenn es derart gefährlich ist, Graf, warum beteiligt Ihr Euch daran?«

»Eure Majestät geruhen offenbar, auf meine geheimen Zusammenkünfte mit den Delegierten anzuspielen, die sich miteinander verbündet haben? Ich hoffe, mich über diesen Punkt noch vor dem heutigen Abend erklären zu können, Sire!«

»Nein, durchaus nicht. Ich meine vielmehr jene Episode, die sich, wie ich erfahren habe, an der Kreuzung Pellendorf zugetragen hat ...«

Graf Brixen machte eine Kopfbewegung in Richtung auf die Polizeiberichte:

»Ach ja! Man hat Euch da schöne Geschichten erzählt, Sire! «

»Und die von der Kreuzung Pellendorf ist in der Tat die amüsanteste von allen. Es scheint, dass Ihr dort einem großen

Haufen von Studenten in die Hände gefallen seid, die Euren Wagen abgeschirrt und Euch, nachdem sie Euch erkannt hatten, auf den Kutschbock platzierten, so dass die Rede, die sie von Euch zu hören wünschten, von allen vernommen werden konnte. Und dann habt Ihr folgendermaßen zu Ihnen gesprochen ....«

»Es hat sein müssen, Sire«, sagte Brixen errötend.

»Ihr habt mit diesen Worten begonnen: ›Reformen! Wir brauchen Reformen! Der politische Mensch, der den Gang des Fortschritts aufzuhalten gedenkt, verdient nicht einmal den Tod, nein, er verdient eine Gummizelle!‹. Habt Ihr das so gesagt, Graf Brixen?«

»Nun ja, ich habe es wohl so ungefähr ausgedrückt. Meine Worte galten in erster Linie jenem besagten Rynaldo, der gerade sehr unbeholfen mit seiner Pistole hantierte.«

»Ihr habt noch ganz andere Dinge gesagt ... geradezu revolutionäre Ansichten habt Ihr vertreten ... Ja, ich muss sagen: erstaunlich revolutionäre Ansichten, Graf Brixen.«

»Eure Majestät werden mir verzeihen und mich begreifen...«, gab der Minister zögernd zur Antwort. Er sprach nun sehr langsam und verzog dabei sein Gesicht zu einem Lächeln, das durchaus geistreich erscheinen sollte. »Was soll ich sagen, Majestät: Der revolutionäre Anblick dieser Versammlung hatte offenbar seine Wirkung nicht verfehlt, er hatte mich sozusagen selbst revolutioniert, hatte mir Worte in den Mund gelegt, die man als Provokation hätte auffassen können!«

Und in der Erinnerung an die Schikanen, denen er in der Nähe der Universität ausgesetzt gewesen war, hatte sich die rötliche Gesichtsfarbe des Grafen, während er noch sprach, in ein sattes Purpur verwandelt.

»Doch dürfen Eure Majestät ganz beruhigt sein!«, fuhr er lebhaft fort. »Sobald diese aufgebrachte Meute mich wieder frei gelassen hatte und ich mich wieder auf mich selbst besinnen konnte, überkam mich sogleich ein vollkommener Sinneswandel, und nun ...«

»Um so besser!«, warf der Kaiser ein. »Und nun?«

»Nun ja ... Nun schickt man sich an, die Bäume des Praters zu fällen ... man reißt das Pflaster der Straßen auf ... man blockiert den Verkehr auf den öffentlichen Straßen ... Tatsächlich habe ich nur durch den unterirdischen Zugang der Augustinerkirche in die Hofburg gelangen können ... Die Revolte ruft ihre dunklen Helfershelfer in die Hauptstadt ... Überall zeigen sich zwielichtige Gestalten ... unheimliche Schatten ... und plötzlich taucht seltsames fahrendes Volk auf, Zigeuner ... Wegelagerer ... Vagabunden ... Unter unseren Bürgern hat sich Angst verbreitet, Majestät, Furcht hat sich in die Häuser unserer Hauptstadt eingeschlichen, und obgleich in den Herzen aller Eurer Untertanen ein lebhaftes Verlangen besteht, Recht und Ordnung zu verteidigen, scheint der dazu notwendige Mut abhanden gekommen. Und das, Sire, ist das Werk von Riva! Dies alles ist sein Werk, Sire, allein sein Werk, und wenn er hier wäre ... ich würde es ihm geradewegs ins Gesicht sagen.«

»Ihr werdet dazu Gelegenheit haben«, erwiderte der Kaiser trocken. »Ich erwarte ihn! «

Er hatte diese Worte noch nicht ganz zu Ende gesprochen, als sich Stimmen und unterdrücktes Gelächter vernehmen ließen. Es waren die Zwillinge von Karantanien, die in diesem Moment zusammen mit Herrn von Riva das Arbeitskabinett des Kaisers betraten.

2. Kapitel

Polizei

Der aufgebrachte Kaiser hatte eigentlich beabsichtigt, seine Großnichten ihrer Unvorsichtigkeit wegen gehörig zurechtzuweisen, doch bevor er auch nur ein einziges Wort äußern konnte, hatten sie ihn schon durch ihre stürmischen Umarmungen vollkommen besänftigt. Die Etikette, die am austrasischen Hof mit tyrannischer Strenge eingehalten wurde, durfte auf ausdrücklichen Befehl Seiner Majestät von diesen beiden Mädchen ignoriert werden. Die jungen Prinzessinnen hatten das Recht, ohne jede Vorankündigung, wann immer sie es wollten, beim Kaiser vorgelassen zu werden, und sie behandelten ihn keineswegs als Monarchen und dynastisches Oberhaupt, sondern als Großvater − einen gutmütigen, liebevollen Großvater, der ihnen alles nachsehen musste und nichts versagen konnte.

Es konnte nicht ausbleiben, dass die düsteren Gedanken des Kaisers sich unter ihren Zärtlichkeiten rasch verflüchtigten. Er fühlte, wie sein Herz weich und milde wurde. Zumindest diese beiden Mädchen, dachte er, sind in keiner Gefahr. Sie haben keine Feinde.

Und selbst wenn es irgendwo im dunkelsten, abgründigsten Winkel seines Reiches einen solchen Unhold geben sollte, der sich den Ruin der kaiserlichen Familie zu seiner Lebensaufgabe gemacht hatte und dabei vom Schicksal begünstigt worden war − auch ein solches Ungeheuer, das war des Kaisers unumstößliche Meinung, würde nicht das Herz haben, diesen beiden Mädchen irgendein Leid zuzufügen, die doch kein anderes Verbrechen begangen haben konnten, als geboren worden zu sein und freundlich in die Welt zu blicken – Regina und Tania! Jetzt standen sie vor ihm, hielten sich an den Händen und sahen ihn an. Mit Vorliebe betrachtete er sie in dieser Haltung, zwei Wesen und doch nur eines, einander so ähnlich und zugleich so innig verbunden. So harmonisch sie in ihrer Gestalt und ihrem Auftreten auch waren und wiewohl ihre Gesichter vollkommenen identisch schienen, zeigte sich doch ein Unterschied: Es war Regina, die Stärke und Schutz ausstrahlte. Lag es an der kämpferischen weißen Haarsträhne, die ihrem mädchenhaften Gesicht ein entschiedeneres, geradezu streitlustiges Aussehen gab? Vielleicht. Auch klang Reginas Stimme in den Ohren des Kaisers weniger sanft, weniger lieblich als die engelgleiche Stimme Tanias; es war eine Stimme von bisweilen schwerem, schmerzlichem Klang, der zugleich auf einen entschlossenen, leidenschaftlichen Charakter und auf ein nahezu männliches Naturell schließen ließ, das im übrigen auch in der Neigung Reginas zu sportlichen Übungen im allgemeinen und insbesondere zum Reiten hervortrat. Regina hätte ihr ganzes Leben auf einem Pferd verbringen mögen, während sich Tania vor allem mit Zerstreuungen, mit Spielen und anderen kleinen Beschäftigungen die Zeit vertrieb, denen junge Mädchen ihres Alters gewöhnlich nachgehen. In einer Küche, die sich Tania selbst eingerichtet hatte, buk sie für den Kaiser kleine Torten und Küchlein, an denen sich der Kaiser, dabei zu Tränen gerührt, immer wieder gütlich tat. Da sich aber beide Mädchen gegenseitig innigst zugetan waren, geschah es häufig, dass die eine den Vorlieben der anderen umfassende Zugeständnisse machte. Und so war es heute Morgen Regina gewesen, die trotz der unmissverständlichen Geste des Kaisers am Fenster Tania zu dem verbotenen Ausritt überredet hatte.

Beide hatten die Absperrungen kurzerhand übersprungen, um sodann, wie sie erzählten, die Barrikaden von Herrn von Riva aufzusuchen, wo man sie im übrigen mit äußerstem Respekt und vorzüglicher Hochachtung behandelt und sogar willkommen geheißen habe.

Dann aber seien sie rasch wieder umgekehrt, das Wetter sei umgeschlagen, es habe plötzlich so ausgesehen, als würde der Himmel über Wien einen bedrohlich großen schwarzen Schleier legen. Und besänftigend fügte Regina noch hinzu:

»Wir waren nirgends einer Gefahr ausgesetzt, wirklich gar keiner! Als wir zurückkamen, haben wir Herrn von Riva zu der schönen Organisation seiner Barrikaden gratuliert. Ach, Sire, es ist keine einzige unter ihnen, auf der nicht Euer mit Rosen geschmücktes Portrait als Banner weht!«

»Tatsächlich!«, sagte der Kaiser geschmeichelt. »Was sagt Ihr dazu, Exzellenz?«

»Ich sage nur, dass Herr von Riva ein sehr galanter Mann ist«, erwiderte Brixen mit einem Gesicht, das wie aus Marmor geschnitten war.

»Das heißt wohl, Seine Exzellenz beschuldigt Euch, mein lieber Riva, der Urheber dieses hübschen Tohuwabohus zu sein. Was antwortet Ihr darauf?«

»Ich kann darauf nur antworten, Sire, dass es die Wahrheit ist und dass es ohne mich keine Barrikaden gegeben hätte! Ich muss zugeben, dass Seine Exzellenz ein ganz hervorragender Politiker ist. Tatsächlich hat er das Richtige getroffen. Ich bin es gewesen, der die Feinde des Reiches aus dem Schatten gelockt hat, so dass man jetzt ihr Gesicht bei vollem Licht betrachten kann.«

»Es ist durchaus kein schönes Antlitz«, bemerkte der Graf leise.

»Nicht wahr?«, versetzte Riva. »Genau das ist es, was ich Eurer Majestät unlängst sagte. Ich habe damit zunächst wenig Glauben finden können. Jetzt aber wissen Eure Majestät Bescheid. *Sie alle haben die Gesichter von Mördern!*«

Diese letzten Worte waren mit heftiger Bewegung vorgebracht worden. Alle Augen richteten sich auf den Polizeiminister. Herr von Riva war groß, zu groß für seinen langen schwarzen Gehrock, der äußerst schlecht geschnitten war. Man konnte keinerlei Eleganz an diesem Mann bemerken, dessen Äußeres bereits ein merkwürdiges Gefühl von Furcht einflößte; seine grobschlächtige Erscheinung, sein langes, maskenhaft starres Gesicht, sein messerscharfes Profil, seine gelbe Hautfarbe, die kleinen, unsteten, boshaften Augen – schon auf den ersten Blick vermittelte das Aussehen des Polizeiministers einen zutiefst unsympathischen Eindruck.

Da Herr von Riva nicht weitersprach, gab der Kaiser seinem polizeilichen Großmeister mit einer Handbewegung zu verstehen, dass er fortfahren und in diesem Kreis frei und ungehindert sprechen möge. Sogleich fügte er hinzu:

»Ich habe Eure Berichte gelesen. Und ich habe darüber mit dem Grafen gesprochen. Erklärt Euch näher.«

»Das ist sehr einfach«, nahm Riva das Wort. »Nach wie vor sind wir mit der alten Koalition von Réginald konfrontiert! Sie ist keinesfalls mit ihm gestorben.«

»Ihr wollt also damit sagen: Das Bündnis um Réginald war ein Zusammenschluss von Mördern?«, warf Graf Brixen ein.

Bei den Worten ›Réginald‹ und ›Mörder‹ hatte sich Prinzessin Regina unvermittelt von ihrer Schwester Tania gelöst. Sie war aufgestanden, hatte einige Schritte gemacht und sich dann in dem dunkelsten Winkel des kaiserlichen Kabinetts niedergelassen.

Der Polizeiminister sprach weiter, ohne auf die Bemerkung des Grafen einzugehen.

»Eure Majestät sind darüber im Bilde, dass ich schwerwiegende Gründe hatte. Es war davon auszugehen, dass diese Männer entschlossen waren, ihre *politischen Aktivitäten bis zu den Stufen des Throns* zu tragen. Sie wussten, wie beliebt die kaiserliche Familie bei ihren Untertanen war und ist. Für die Realisierung ihrer politischen Ziele stellt diese Beliebtheit das größte Hindernis dar. Deswegen soll sie in ihr Gegenteil verkehrt werden. Dieser Plan ist nach dem Tod ihres Anführers keinesfalls aufgegeben worden. Dafür liegen mir die traurigsten Beweise vor.«

»Ach ja, Beweise?«, fragte Brixen.

»Fahrt fort, Riva!«, befahl der Kaiser. »Es ist höchste Zeit, den Grafen davon in Kenntnis zu setzen, dass ich Feinde habe, mit denen man nicht mehr verhandeln kann.«

Der Polizeiminister zögerte jedoch. Offenbar beunruhigte ihn die Anwesenheit der Zwillingsschwestern, die dieser Unterhaltung mit ungewöhnlicher Aufmerksamkeit gefolgt waren. Gewöhnlich nutzten sie den erstbesten Anlass, um sich zurückzuziehen, wenn in ihrer Gegenwart von Politik die Rede war.

»Fahrt fort, mein lieber Riva! Redet unbesorgt weiter! Meine Kinder werden dadurch erfahren, dass Ihr für sie arbeitet, und begreifen, was sie Euch schuldig sind.«

»Sire, der Graf glaubt, sich über meine *agents provocateurs* beschweren zu müssen«, setzte Riva seine Rede mit entschlossener Stimme fort. »Aber sie haben dafür gesorgt, dass endlich alle jene Gestalten aus dem *Keller* hervorgekommen sind ... Aber Seine Exzellenz weiß wohl nicht einmal, was der *Keller* ist?«

»Sehr richtig«, gab Brixen zurück.

»So hört denn. Vor einigen Jahren hatte meine Polizei die Anführer der Verschwörung so weit eingekreist, dass sie unser Land verlassen mussten. Diese Feinde des Reichs haben sich dann in Paris zusammengefunden und trafen sich dort in einem Keller des Palais Royal, wo man noch heute Pilsener Bier verkauft. Dieses Lokal wurde damals von einem gewissen Baumgartner geführt. Baumgartner, in den die Verschwörer das größte Vertrauen setzten, war mein Mann. Durch ihn haben wir alles gewusst und von ihm haben wir erfahren, dass die Verschwörer mit Ereignissen rechneten, *die sich am Wiener Hof abspielen würden*.«

»Oha! oha!«, Graf Brixen konnte sich nicht enthalten, seinen Einwand sogleich vorzubringen. »Da hätten wir es aber mit recht unvorsichtigen Verschwörern zu tun. Aber selbstverständlich, dieser Mann genießt Euer vollstes Vertrauen.«

Während der ganzen Zeit hatte der Kaiser seinen Premierminister nicht aus den Augen gelassen.

»Wen meint Ihr?«, erwiderte Baron Riva. »Meint Ihr Baumgartner? Allerdings, ich bin mir seiner sehr sicher, Exzellenz, denn er hat uns niemals Informationen vorenthalten, und außerdem hat er mir ein Unterpfand überlassen, das ich selbst dem Kaiser verweigert hätte, obgleich ich jeder Zeit bereit bin, Eurer Majestät mein Leben zu opfern.«

»Nicht möglich, Herr von Riva ... Was hat er Euch denn gegeben?«

»Das Leben seines Sohnes!«

Und das Oberhaupt der Polizei fügte mit finsterer Stimme hinzu:

»Ein Leben, das er gewiss nicht auf dem Schlachtfeld verlieren wird …«

Der Kaiser hatte bei diesen Worten alle Farbe verloren. Schon wollte Prinzessin Tania zu ihm laufen, da sie glaubte, ihm sei schlecht geworden. Wortlos, nur mit einer kurzen Geste wies er sie zurück, und mit einer weiteren Geste – tatsächlich hatte es den Anschein, als habe Seine Majestät den Gebrauch der Sprache verloren – gab er Riva zu verstehen, dass er sich nicht weiter über diesen Gegenstand aufhalten solle. Indessen schien der Polizeiminister keineswegs unzufrieden mit der Wirkung seiner Rede. Er wusste nur zu gut, wie nützlich es war, seinen Herrn und Meister von Zeit zu Zeit komplizenhaft an die schwierigen Momente zu erinnern, die man einst gemeinsam durchgestanden hatte. Und damit zu betonen, dass man selbst jene Begebenheiten durchaus nicht vergessen habe.

Indem Riva fortfuhr, dem Premierminister die Umstände jener Verschwörung in allen Einzelheiten darzulegen, war Franz erneut in finsterste Gedanken versunken. Er schien zu träumen, und dem bangen Ausdruck nach zu schließen, der die Konturen seines Gesichtes noch stärker hervortreten ließ, waren es Erinnerungen oder Vorahnungen von geradezu tragischem Ausmaß, denen er dabei nachhing.

In diesem Augenblick hatte das Gewitter Wien erreicht. Heftig grollte der Donner über dem Palast, doch in dem Arbeitskabinett des Kaisers schien niemand davon Kenntnis zu nehmen. Man hörte nur die Stimme des Polizeiministers, der weiterhin auf Graf Brixen einsprach:

»Diesen Baumgartner kennt Ihr selbst, Exzellenz. Er wohnt nicht mehr in Paris; er wohnt in Wien. Und er hat häufig genug die Ehre, Euch zu dienen, denn er unterhält eines der ersten Etablissements der Hauptstadt. Doch als treuer Diener unseres Staates hat er keineswegs vergessen, dass er seinen Reichtum einem Keller verdankt. An seinem Spiegelpalast läuft bei Tag die gesamte elegante Wiener Modewelt vorbei, aber dieses Lokal hat geheime unterirdische Gewölbe, und da hat er den alten Keller des Palais-Royal wieder eingerichtet, da empfängt er in der Dunkelheit seine besten Freunde, genauer gesagt, die alten Freunde von Réginald! Diese haben niemals erfahren, wer sie seinerzeit verraten hat ... Oh ja, dieser Keller wird sehr gut frequentiert, wenn Baumgartner die alten Freunde von Réginald empfängt, Exzellenz, vom Einbruch der Nacht bis zum Morgengrauen ... Aber vielleicht möchtet Ihr auch wissen, wen die alten Freunde Réginalds dort in größter Heimlichkeit empfangen? Sie empfangen die verbündeten Delegierten höchstpersönlich, und darunter auch einen jungen Mann, der zweifellos sehr interessant ist, ein Student walachischen Ursprungs, der vorgibt, der Erbe von Réginald zu sein und was-weiß-ich für eine Gruppierung von Zigeunern vertritt. Ein bewundernswerter kleiner Kerl von zwanzig Jahren, der flammende Reden führt. Er scheint der Anführer dieser ganzen ehrenwerten Gesellschaft zu sein. Der Keller selbst ist mir heilig, er ist für mich die beste und sicherste Quelle verlässlichster Auskünfte. Es würde nicht angehen, ihn dort zu verhaften. Allerdings ist er außerhalb des Kellers nicht zu fassen. Immer wieder ist er mir entwischt, schon zwanzig Mal habe ich geglaubt, ihn ganz sicher festnehmen zu können. Es ist fast so, als würde ihn ein geheimer Zauber schützen ...«

»Wie ist sein Name?«, unterbrach ihn Brixen.

»Im Keller nennen sie ihn Rynaldo.«

»Rynaldo!«, rief der Graf. »Das ist er! Verhaftet ihn! Verhaftet ihn, Riva, und Ihr werdet mein Freund sein ...«

»Aber Exzellenz ... Bin ich das etwa noch nicht?«

»Ja, ja, natürlich. Ihr werdet es dann um so mehr sein.«

Hätte jemand in der Nähe der Prinzessin Regina gestanden, wäre zweifellos bemerkt worden, wie sie in dem Moment, da der Name Rynaldo genannt wurde, heftig erbebte. Doch hatte sie sich, wie wir bereits sagten, in einer dunklen Ecke des Kabinetts niedergelassen, und daher nahm von der Aufregung der Prinzessin niemand weiter Kenntnis, nicht einmal ihre Schwester Tania, die ihrerseits vollkommen von der Szene in Anspruch genommen war, die sich vor ihren Augen abspielte. Sichtlich beunruhigt fragte der Graf nach weiteren Einzelheiten, die jenen mysteriösen Rynaldo betrafen, und der Polizeiminister schien durchaus geneigt, die Neugier des Politikers befriedigen zu wollen.

»Die Tollkühnheit von Rynaldo hat den ganzen Wahnsinn der Jugend, aber seine Sprache ist verführerisch. Es scheint so, als würde er selbst die wenigen vernünftigen Köpfe dieser Bande ohne große Schwierigkeiten auf seine Linie bringen. Jedenfalls ist es ihm gelungen, sie von einem waghalsigen Plan zu überzeugen, einem Unternehmen, das normalerweise sämtliche Beteiligten auf das Schafott führten sollte!«

»Ach, wirklich!«, ließ sich plötzlich Regina vernehmen. Ihr Stimme war völlig verändert. Langsam ging sie auf die beiden Minister zu. Doch als sie weitersprach, klang sie so ruhig und heiter wie nur eine Prinzessin von achtzehn Jahren:

»Das ist ja allerliebst. Darf man vielleicht noch etwas mehr über diesen Plan erfahren, Herr von Riva?«

Der Polizeiminister zögerte einen Moment. Ohne Graf Brixen aus den Augen zu lassen, antwortete er:

»Ist das wirklich notwendig, Hoheit? Eure Majestät wird es Euch sicherlich zu einem anderen Zeitpunkt und an einem anderen Ort erzählen, und Herr von Brixen kennt diesen Plan ohnehin ...«

»Was wollt Ihr damit sagen, Riva?«

»Ich will damit sagen, Exzellenz, dass wir uns jetzt an einem höchst kritischen Punkt befinden: Die Leute, von denen hier die Rede ist, die Feinde unseres Staates, die ich bekämpfe, werden bei Euch, Exzellenz, empfangen. Genau das will ich damit sagen: Ihr steht mit diesen Leuten in Verhandlung, und es ist daher mehr als wahrscheinlich, dass sie Euch in alle ihre Absichten eingeweiht haben.«

Graf Brixen betrachtete Riva mit herablassender Würde und wandte sich dann an den Kaiser:

»Ich habe diese Herren Delegierten einzeln gesehen und gesprochen, und zwar einen nach dem anderen und ohne dass sie voneinander wussten ... Sie haben mir keineswegs verhehlt, dass sie überzeugt sind, der Kaiser sei ihren Anliegen gegenüber grundsätzlich positiv eingestellt gewesen und habe sie auch anhören wollen. Da es aber die Verhältnisse nicht gestattet haben, dass man sie zum Kaiser vorließ, scheinen sie nun den festen Entschluss gefasst zu haben – von dem sie mich dann auch in Kenntnis setzten –, Wien erst wieder zu verlassen, nachdem sie von Eurer Majestät angehört worden sind ... Sie scheinen anzunehmen, dass die Entourage des Kaisers eine Art Schranke zwischen Eurer Majestät und den verbündeten Delegierten errichtet habe. Sie haben mir gegenüber angedeutet, dass sie sich möglicherweise gezwungen sehen könnten, diese Barriere zu durchbrechen, wenn man sie nicht aufheben sollte, allerdings mit der größten Hochachtung und auf eine Weise, dass Eure Majestät der Erste wären, der ihnen dafür Dank wissen würde ... Eure Majestät wissen, dass diese Männer von beschränktem Geist und von sehr einfachen Begriffen sind. In ihrer aller Vorstellung ist der Kaiser Gefangener in seinem eigenen Palast. Eine höchst plumpe Auffassung, gewiss, die sie aber unter Umständen zu irgendeiner extremen Handlung veranlassen könnte. Darauf, Herr von Riva, sollte Eure Anspielung offenbar abzielen, wenn ich sie denn recht verstanden habe.«

Riva verzog die Lippen und schwieg. Schließlich stieß er hervor:

»Und diese ... extreme Handlung, zu der sie sich veranlasst sehen könnten – haben sie vielleicht auch angedeutet, worin diese bestehen würde?«

»Aber gewiss doch. Wenn man sie weiterhin daran hindern würde, den Kaiser von Angesicht zu Angesicht zu sehen und mit ihm zu sprechen, so hieß es, würden sie notfalls auch mit Gewalt zu ihm vordringen. Ich darf Euch indessen darüber beruhigen, denn an diesem Punkt sind wir noch lange nicht angekommen!«

»Nun gut, Exzellenz, somit ist es meine Pflicht, Euch davon in Kenntnis zu setzen, dass genau dies der Wille unseres Kaisers ist: dass die Herren Delegierten Gewalt anwenden. Und darüber hinaus kann ich Euch etwas mitteilen, das diese Leute Euch möglicherweise nicht gesagt haben. Sie sind nämlich entschlossen, in die Burg einzudringen und das Wohngemach des Kaisers zu besetzen. Ich weiß dies mit absoluter Sicherheit!«

»Aber gewiss doch! Ich bin davon überzeugt, dass der Herr Polizeiminister besser als jeder andere weiß, wie man in eine Wohnung einbricht ...«

»Mir ist leider nicht bekannt, wie man es angestellt hat, bei Euch einzubrechen«, gab Riva trocken zurück. »Statt dessen weiß ich, dass die Verbündeten, unterstützt von den

Freunden Réginalds und angeführt von Rynaldo, morgen Nacht während der Schlafenszeit bis zum Kaiser vordringen werden ...«

»Gibt es denn gar keine Wachen mehr vor dem Palast?«, fragte Tania.

»Es gibt einen unterirdischen Durchgang, den Graf Brixen übrigens bestens kennt, ein Gang, der die Burg mit der Augustinerkirche verbindet!«

»Nun gut, wenn es denn so ist, Riva«, erwiderte der Graf, »wenn Ihr Euch so sicher seid, von einem derartigen Vorhaben genaue Kenntnis zu haben, will ich hoffen, dass Ihr alle Eure Vorkehrungen getroffen habt, um es zu verhindern.«

»Ganz im Gegenteil: Ich habe Vorkehrungen getroffen, die darauf abzielen, den Plan der Aufrührer gelingen zu lassen«, gab Riva zurück, der nun dem Kaiser mit aller Entschlossenheit ins Gesicht sah. »Der Aufruhr in Wien wächst aufgrund meiner Bemühungen von Stunde zu Stunde. Demnächst wird die Sturmglocke des Stephansdoms läuten, und alle braven und ordentlichen Bürger werden sich in ihren Häusern einschließen. Die Partei der Unordnung und des Aufruhrs wird die Straßen beherrschen, und die Volksmassen werden bis zu den Absperrungen des Palastes strömen.

Am morgigen Tag werden Tumult und Empörung ihren Höhepunkt erreichen und des Abends mit Grauen und Schmerzen zu Ende gehen. Und in der Tat: Wir müssen zum Ende kommen. Die Anführer dieser ganzen Gärung geben sich zu erkennen. Ich sehe dieses historische Ereignis genau vor mir, so als wäre es bereits Vergangenheit: Der unterirdische Durchgang wird von den verbündeten Aufrührern kontrolliert, sie sind alle bereits in die Burg eingedrungen, die Verschworenen des *Kellers*, die Freunde Réginalds, die Anführer der Verschwörung, die seit zehn Jahren am Untergang unseres heiligen Reiches arbeiten ... Nur eine schwere Tür trennt sie noch von der Hofkapelle. Von dort aus wollen sie die privaten Gemächer des Kaisers erstürmen ... Da öffnet sich diese Tür ... Sie sind ihrem Ziel ganz nah ... Die Tür öffnet sich, meine Herren ... *und die Artillerie der Hofwache erfüllt ihre Pflicht!* Zwei oder drei mit Kartätschen geladene Kanonen werden ein für allemal die Eloquenz eines Rynaldo zum Schweigen bringen und den Ehrgeiz seiner Freunde beruhigen!«

»Das bedeutet, das Reich von den Alpen bis zu den Karpaten mit Feuer und Blut zu überziehen!«, entgegnete Graf Brixen rasch. »Auf diese Weise, Exzellenz, werdet Ihr alle unsere Freunde massakrieren!«

»Unsere Freunde! Seit wann sind diese Menschen unsere Freunde?«, ließ sich der Kaiser mit dumpfer Stimme vernehmen. »Was ist das für ein Spiel, das Ihr da verfolgt? Auf welcher Seite steht Ihr eigentlich, Graf Brixen?«

»Auf der Seite Eurer Majestät!«, rief der Erste Minister erregt. »Und ich denke, dass dieses Spiel um vieles besser ist als das des Polizeiministers! Und da Herr von Riva Euch so trefflich und wortreich unterbreitet hat, was er alles unternommen hat und noch zu unternehmen gedenkt, werde ich auch meinerseits Eurer Majestät berichten, auf welche Weise ich inzwischen tätig gewesen bin. Zwar lag es in meiner Absicht, Euch erst in einigen Stunden von all diesen Dingen Mitteilung zu machen, doch jetzt muss ich leider sehen, dass die Polizei, die Riva aufgeboten hat, so gut und so vollständig ihre Arbeit machen wird, dass ich, würde ich noch länger zögern, gar nicht mehr mit Euch würde reden können ...«

Der Kaiser und Riva wechselten einen kurzen Blick, indem Graf Brixen zu sprechen anhob:

»Die Delegierten, Sire, und zwar alle miteinander verbündeten Delegierten sind uns vollständig ergeben. Ihr könnt sie empfangen, es gibt keine treueren Untertanen Eurer Majestät. Ein gutes Wort, und sie werden so ruhig, als sei nichts gewesen, wieder in ihre Heimat zurückkehren.«

»Ihr habt sie also alle gekauft?«, versetzte der Kaiser rasch.

»Aber nein, Sire. Die Verbündeten sind sich selbst untreu geworden! Indem jeder von ihnen der eigenen Sache treu ergeben geblieben ist, haben sie alle die gemeinsame Sache verraten. Wie hat man nur eine Sekunde lang glauben können, dass einem solchen Bündnis irgendeine Dauer beschieden sein könnte? Sind nicht die Kroaten von tiefem Hass gegen die Magyaren erfüllt? Ebenso wie diese gegen jene. Und nicht anders die Serben und die Bosniaken. Werden die Ungarn nicht von allen slawischen Völkern verachtet? Glaubt Ihr denn, dass auch nur einer von ihnen die Gräuel des letzten Krieges vergessen haben könnte? Meint Ihr im Ernst, dass sie sich die abgeschlachteten Väter, die lebendig verbrannten Kinder, die vergewaltigten Jungfrauen inzwischen verziehen hätten? Nun gut, ich habe es verstanden, ihre alten Hassgefühle erneut anzustacheln, weil ich wusste, dass ihre allzu junge Liebe davor nicht würde bestehen können. Sie haben sich gegenseitig verraten, sage ich Euch, denn ich habe ihnen allen, und zwar jedem einzeln, eben das versprochen, was keiner von ihnen jemals erhalten wird. Besteht denn nicht darin unsere ganze Stärke: in ihrer Uneinigkeit? Uneinig, wie sie nun sind, sind sie auch bedeutungslos. Nun – das ist es, Majestät, was ich getan habe für das Wohl Eurer Völker und die Sicherheit Eures Throns.«

Unvermittelt erklang hinter dem Grafen eine feurige junge Stimme:

»Sie haben sich alle gegenseitig verraten, sagt Ihr? Seid Ihr dessen sicher, Graf? Seid Ihr Euch dessen tatsächlich so sicher?«

Es war Regina, die gesprochen hatte. Aus ihren Augen traten leuchtende Flammen hervor. Der Premierminister spürte, dass er das Feuer dieses Blicks nicht zu ertragen vermochte. Er drehte sich um und wandte sich hilfesuchend an den Kaiser. Im selben Moment wich er entsetzt zurück. Das Gesicht des Monarchen bot einen grauenhaften Anblick. Wie unter dem Eindruck einer furchtbaren Vision waren seine Augen krampfhaft geweitet, wie im Todeskampf drang aus seinem halboffenen Mund ein furchtbares Röcheln ... Seine Arme waren vorgestreckt, seine zitternden Hände deuteten auf etwas, das offenbar im hinteren Teil des Kabinetts und somit im Rücken der um ihn versammelten Personen zu sehen war. Diese waren zutiefst erschüttert, den Kaiser in einem solchen Zustand zu erleben, sie folgten mit den Augen den verzweifelten Gebärden ihres Monarchen und starrten in den dunklen Winkel des Raums. Doch sie konnten dort nichts erblicken! Sie sahen nichts anderes als ein Möbel aus Ebenholz mit einem Aufsatz aus weißem Marmor, dem sich der Kaiser nunmehr schwankend näherte. Vor dem Möbelstück blieb er stehen. Tastend fuhr seine unsichere Hand über den Sekretär, immer wieder suchte sie etwas ... und fand doch nichts. Langsam wandte sich der Kaiser wieder um. Alle blickten ihn an. Mit einer verstörten Gebärde strich er sich über das Gesicht.

»Oh Gott, mein Onkel, was ist Euch?«, erklang die Stimme von Tania, die in Tränen aufgelöst war.

Der Kaiser antwortete nicht.

Die beiden Prinzessinnen von Karantanien waren ihm bereits zu Hilfe geeilt, und er gestattete es schließlich, dass sie ihn stützten und zu seinem Sessel geleiteten. Er schien um zehn Jahre gealtert. Als er sich auf das Polster fallen ließ, hörte man ihn flüstern:

»Mein Gott!«

Die Minister schwiegen fassungslos. Die beiden Zwillingsschwestern hatten sich über den Kaiser gebeugt, sie fragten, ob er nicht ein herzstärkendes Mittel einnehmen wolle. Er schien sie nicht zu hören. Sehr leise bemerkte Tania:

»Seit dem Tod der Prinzessin Marie Luise gibt es immer wieder solche Augenblicke, in denen der Kaiser mir Angst macht ...«

Ohne den Kopf zu heben, sprach plötzlich der Monarch mit sehr sanfter, sehr müder Stimme, die von weither zu kommen schien:

»Warum habt Ihr mir diese glückliche Wende nicht schon früher mitgeteilt?«

»Erst heute Morgen haben wir uns auf alles verständigt. Zudem hatte ich gehofft, auch noch mit diesem Rynaldo zusammenzutreffen, bevor ich die ganze Angelegenheit endgültig mit Eurer Majestät würde bereden können. Rynaldo ist es, der ihnen allen Angst macht. Leider ist er jedoch zur Zeit unauffindbar ...«

»Dieser Rynaldo ist also ziemlich bedeutend?«

»Er gilt als Wortführer aller Clans der Donau-Zigeuner. Übrigens ein sehr umtriebiges Volk ... «

»Eure abschließende Meinung wäre also die, dass ich jene Herren empfangen sollte?«

Brixen verbeugte sich. Der Kaiser nahm ein Papier von seinem Tisch und hielt es dem Grafen hin.

»Herr Polizeiminister, würdet Ihr so freundlich sein, Graf Brixen den letzten Bericht vorzulesen, den Ihr mir habt zukommen lassen?«

Der Minister nahm das Papier und begann zu lesen:

»Heute Morgen um zwei Uhr haben sich am Ausgang des Kellers von Baumgartner am hinteren Ende der Perspektivstraße die letzten Verschworenen voneinander getrennt. Wir folgten zwei Personen, die, wie wir wussten, in derselben Nacht eine mysteriöse Zusammenkunft haben würden, auf die sie gegenüber den Delegierten mit versteckten Andeutungen hingewiesen hatten. Nachdem sie einige Umwege gemacht hatten und dabei mehrfach im Kreis gegangen waren, erreichten sie den Donaukanal und folgten der Uferböschung. Sie gingen bis zur Kaiser Joseph-Brücke, es war sehr dunkel, so dass sie unmöglich bemerken konnten, dass sie verfolgt wurden. In der Nähe eines Brückenbogens blieben sie stehen und warteten ungefähr eine halbe Stunde. Sie begannen bereits, Zeichen von Ungeduld erkennen zu lassen, als wir einen Schatten bemerkten, der eine kleine, zum Kanal führende Treppe hinabstieg. Die Gestalt war in einen langen Mantel gehüllt, das Gesicht war vollkommen bedeckt. Dieser Schatten trat auf die beiden Verschwörer zu und blieb dann einige Schritte vor ihnen stehen. Er fragte:

›Wie spät ist es?‹

Die beiden Männer antworteten gleichzeitig:

›Viertel nach zwei!‹

(Eine auffällige Antwort, denn es war fast vier Uhr morgens).

Daraufhin traten die drei Männer zusammen und sprachen zur gleichen Zeit diese seltsamen Worte: ›*Jesus sei wie zu allen*

Stunden um Viertel nach Zwei deinem Herzen verbunden!‹. Nach einem kurzen Schweigen sagten die beiden Verschwörer dann:

›Wir sind bereit!‹

›Es ist noch zu früh‹, erwiderte der Schatten.

›Wir können nicht mehr warten. Schon zu lange haben wir gewartet‹, gaben die beiden Verschwörer zurück. ›Wir müssen handeln.‹

›Nun denn, so handelt‹, erwiderte der Schatten, indem er näher auf sie zutrat, ›doch handelt erst in achtundvierzig Stunden! Versucht auf keinen Fall, in die Burg einzudringen, bevor nicht zwei Nächte vergangen sind, *denn ich bin gekommen, um euch zu sagen, dass sich in der nächsten Nacht etwas ereignen wird, dass die Lage der Dinge vollkommen verändern und den Kaiser fügsam wie ein Kind machen wird.*‹

›Welches Ereignis wird das sein?‹, fragten die beiden Verschwörer.

›Ich darf es euch nicht sagen‹, wurde ihnen geantwortet, ›doch wird es ein Ereignis von größtem Ausmaß sein: Ein Ereignis, an dem gemessen der Mord an der Prinzessin Marie Luise gar nicht mehr zählt. Der Kaiser wird davon so schwach werden wie ein kleines Kind.‹

Danach wurde zwischen den drei Personen kein weiteres Wort mehr gewechselt. Der Schatten entfernte sich; ich folgte ihm. Unter zahlreichen Vorsichtsmaßnahmen bewegte er sich schließlich in die Richtung des Burgviertels. Er gelangte zur Hofgartengasse, blickte sich dort um, sah aber offenbar keine lebende Seele hinter sich. Und dann, direkt vor meinen Augen, verschwand er mit einem Mal wie durch Zauberei. Ich rannte sogleich zu der Stelle, wo ich ihn zuletzt gesehen hatte, konnte aber dort nichts feststellen. Ich habe nicht die geringste

Vorstellung, auf welche Weise der Schatten so einfach hat verschwinden können.«

Damit endete der Bericht. Graf Brixen war fast ebenso bleich geworden wie der Kaiser. Mit eisiger Stimme durchbrach der Polizeiminister das eingetretene Schweigen. Es war nur ein einziges Wort, das er hervorstieß:

»Mörder!«

Und nun ertönte die Stimme von Regina:

»Ja! Mörder! Mörder! Verräter und Mörder, sie sollen sterben! Herr von Riva, wir werden sie gemeinsam im unterirdischen Gewölbe niederschießen!«

Nichts mehr gemein hatte die junge Prinzessin mit dem sanften jungen Mädchen, das die Minister kannten. Sie sahen mit Erstaunen, wie sich vor ihnen eine kriegerische Jungfrau erhob, die leidenschaftlich nach Blut verlangte. Tania weinte. Der Kaiser hatte sich langsam erhoben, in seiner Stimme lag eine tiefe Müdigkeit:

»Meine Herren, zum gegebenen Zeitpunkt werden Wir Euch Unsere Entschlüsse mitteilen!«

Graf Riva und Baron Brixen verbeugten sich und verließen das Kabinett. Der Premier schien verstört, während sein Polizeiminister sich triumphierend und mit erhobenem Haupt entfernte. Der Kaiser umarmte Regina und Tania und bat sie, ihn nunmehr allein zu lassen. Als auch sie sich entfernt hatten, drückte er auf eine Klingel. Neben dem Möbel aus Ebenholz öffnete sich in der Wand eine Geheimtür. Ismail erschien.

»Lass ihn eintreten!«, sagte der Kaiser.

Einige Sekunden später öffnete sich die Geheimtür erneut, und ein Kleriker, dem Aussehen nach ein Jesuit, trat bescheiden in das Arbeitskabinett des Kaisers. Nachdem sich die Tür wieder geschlossen hatte, stürzte der Kaiser förmlich auf den Geistlichen zu, der bestürzt einen Schritt zurückwich.

»Franz Holzener!«, schrie der Kaiser, »*ich habe den Totenkopf gesehen*!«

»Wo?«, fragte der Jesuit.

»Hier!«

Und der Kaiser zeigte auf das Möbelstück aus Ebenholz.

»Dort ist nichts! Eure Majestät sind zweifelsohne einer Sinnestäuschung erlegen.«

»Eine Sinnestäuschung, Franz Holzener! Die Prinzessin von Prag und die Gräfin von Bregenz waren bei vollkommen klarem Verstand, als sie eben diese Sinnestäuschung hatten; und zwei Stunden später sind sie in heillosen Wahnsinn verfallen. Weißt du, Franz Holzener, welches die letzten Worte des Erzherzogs Paul waren, bevor er sich hinter den Klostermauern der Franziskaner verschloss: ›Ich muss Euch Lebwohl sagen, mein Vater, denn ich habe den Totenkopf gesehen!‹. In der Nacht, bevor Johann II. von Steyr ermordet wurde, ist er vom Geläut einer Pendeluhr geweckt worden, und als er die Augen öffnete, sah er auf einem hohen Schrank einen grausigen Totenkopf, der ihm im Mondenschein Grimassen schnitt. Und bei Anbruch jenes Tages, an dem meine arme Marie Luise durch Gift getötet worden ist, war ich es selbst, der ... Verstehst du endlich, Franz Holzener? Auch ich wurde von dem Schlagen einer Uhr geweckt, ebenso wie damals Johann II., und wie er sah auch ich auf dem Kaminbrett einen Totenkopf, der mich mit seinen bleichen Zähnen verlachte! Eine Sinnestäuschung! Eine Sinnestäuschung! ... Ich hatte geglaubt, dass diese Sinnestäuschung mir mein nahes Ende ankündigen würde; doch was sie verkündete, war der Tod meines lieben Kindes! Und nun, vor wenigen Augenblicken, hier auf diesem Möbel, auf dem meine Hand ruht, ist der Totenkopf ...«

»*Hat der Totenkopf die Stunde geschlagen?*«, fragte der Jesuit, der so gefasst und ruhig schien, wie der Kaiser sich aufgeregt und verstört gebärdete.

»Ob der Totenkopf die Stunde geschlagen hat? Was willst du damit sagen, Franz Holzener? Mein Gott, nein, ich habe nichts gehört ...«

»Nun gut! Ich sage Eurer Majestät noch einmal, dass Ihr Opfer einer Sinnestäuschung gewesen seid. *Der Totenkopf erscheint niemals, ohne die Stunde zu schlagen.*«

»Was soll das heißen?«, fragte der Kaiser.

»Es ist seine Aufgabe, die Stunde zu schlagen. Der Totenkopf ist eine Pendeluhr.«

»Erkläre dich, Franz Holzener, wahrhaftig: Ich verliere sonst noch meinen Verstand!«

Franz Holzener antwortete nicht sogleich. Langsam brachte er ein kleines, in eine alte Zeitung gewickeltes und sorgfältig verschnürtes Paket zum Vorschein, das er unter seinem geistlichen Gewand getragen hatte, und legte es auf den Arbeitstisch des Kaisers.

»Der Totenkopf ist eine Pendeluhr!«, wiederholte er.

Und indem er sich anschickte den Gegenstand auszupacken, erklärte er mit ruhiger Stimme:

»Weder die Prinzessin von Prag, noch die Gräfin von Bregenz, auch nicht Seine Kaiserliche Hoheit Erzherzog Paul, weder Johann II. von Steyr noch Eure Majestät am Morgen des Todes der Prinzessin Marie Luise – niemand von ihnen ist einer Illusion zum Opfer gefallen. Hier ist das, was alle gesehen und gehört haben.«

Mit diesen Worten stellte er eine merkwürdige Pendeluhr vor Seiner Majestät auf den Tisch.

Es war eine kleine Uhr, deren emailliertes Zifferblatt von der Farbe alten Elfenbeins einen Totenkopf darstellte; *das Schlagen des unteren Kiefers gegen den Oberkiefer gab die Stundenzahl an.* Dieses makabre Zifferblatt war von einem schmalen Rand umgeben, auf dem in roten gotischen Buchstaben folgende Inschrift zu lesen war: ›*Jesus sei wie zu allen Stunden um Viertel nach Zwei deinem Herzen verbunden!*‹. Auf die Kupferplatte der Rückseite war in purpurroter Farbe eine Nummer gemalt, *die Nummer 6.* Mit zitternder Hand ergriff der Kaiser die Uhr.

»Das ist genau die Uhr«, sagte er, »die ich vorhin dort auf dem Möbel gesehen habe.«

»Das ist unmöglich, Majestät, denn diese Uhr befand sich in meiner Hosentasche. Möglicherweise hättet Ihr vielleicht eine Uhr sehen können, die ihr ähnelt, aber in diesem Fall wäre sie fraglos noch hier an Ort und Stelle. Diese Uhr, Majestät, die Ihr in Euren Händen haltet, ist nicht die einzige ihrer Art. Es ist, genau genommen, die sechste, wie man an der Zahl dort erkennen kann. Unter all den Uhren, die den Mitgliedern der kaiserlichen Familie unter eben jenen tragischen Umständen erschienen sind, die Eure Majestät soeben andeuteten, ist dies die sechste.«

»Und wem ist sie erschienen?«, fragte der Kaiser zutiefst beunruhigt.

»Diese Uhr hat zum Tod von Johann II. von Steyr geschlagen.«

»Und seitdem ist sie in deinem Besitz, Franz Holzener?«

»Seit dem Tod des Prinzen.«

»Warum hast du mir nichts davon gesagt?«

»Ich hatte damals nicht die Ehre, Eurer Majestät nahen zu dürfen. Und dann war ich der Auffassung, dass es sinnlos wäre, Euch die Uhr zu zeigen, bevor ich nicht ihr Rätsel gelöst haben würde.«

Der Kaiser hatte das grauenhafte Ziffernblatt nicht aus den Augen gelassen.

»Viertel nach Zwei«, murmelte er. Indem er diese Worte sprach, zitterten seine Hände noch stärker als zuvor.

»Ja, Majestät. Viertel nach Zwei.«

Ein leichter Hoffnungsschimmer glänzte in den Augen des Kaisers. Zögernd fragte er:

»Viertel nach Zwei ... War dies nicht die Uhrzeit, zu der Réginald umgebracht wurde ... Oder zumindest ungefähr diese Uhrzeit, Franz Holzener?«

»Ja, Majestät.«

»Dann stimmt es also! Ich musste sofort daran denken. Wenn man erst dieses kleine Ding in den Händen hält, ist es gar nicht so schwer, sein Rätsel zu lösen ... Du hast erhebliche Zeit dazu gebraucht, Franz Holzener ... Ja, natürlich, die Freunde Réginalds entsinnen sich der Uhrzeit seines Todes! Riva hat also Recht! Das ist entsetzlich! Diese Elenden verfolgen nicht nur politische Ziele ... Sie wollen morden! Es sind Mörder!«

»Majestät, auch die Prinzessin von Prag hat eine Totenkopf-Uhr gesehen! Und ebenso der junge Prinz, den man tot in seinem Bad aufgefunden hat. Es war die Uhr Nr. 3, die er gesehen hatte.«

»Das heißt?«

»Die Prinzessin von Prag und der kleine Palatin sind vor Réginald gestorben ...«

»Oh! Du hast Recht, Franz Holzener ... Man muss ... man muss ... weiter ... weiter zurück ... in der Vergangenheit muss man suchen ...«

Der Kaiser ließ die fatale Pendeluhr los, die über seinen Arbeitstisch rollte, und sank zurück in seinen Sessel. Er schien am Ende seiner Kräfte.

»Wo hast du die Uhr gefunden? Wie hast du sie erhalten?«

»In Graz. Noch an demselben Tag, an dem Johann II. gestorben ist, hat man in der Nähe seines Leichnams von der Erscheinung des Totenkopfes und dem mysteriösen Schlagen einer Pendeluhr gesprochen. Es hatte mir seit längerem zu denken gegeben, dass dieses merkwürdige Phänomen bei all diesen Katastrophen im kaiserlichen Umfeld aufgetreten ist. Ich habe einfach wissen wollen, was es damit auf sich hat. Ich habe gesucht, und ich habe gefunden. Der Kammerdiener des Prinzen hat mir den Gegenstand gezeigt, den er als letzte Erinnerung an seinen Herrn hütete: ›Seht‹, sagte er mir, ›man hat von der Erscheinung eines Totenkopfes gesprochen. Und hier ist einer, der die Stunde schlägt, und es ist überhaupt nichts Übernatürliches an ihm. Der Prinz hat ihn gewiss am Morgen vor seinem Tod erworben.‹ Ich kaufte dem Mann seine illustre Uhr ab, und dies war für mich der Ausgangspunkt, um Nachforschungen zu dem Zeitpunkt *Viertel nach Zwei* anzustellen.«

»Und ... bist du zu einem Ergebnis gekommen, Franz Holzener?«

»Ja, Majestät.«

Der Kaiser hatte sich halb aufgerichtet. Sein angespanntes marmorweißes Gesicht war dem Geistlichen zugewandt:

»Sprich!«

Es war eine kalte, gleichgültige Antwort, die den Kaiser erneut wie ein Schlag traf:

»*Jakob Ork*!«

Das Gewitter, das während der Morgenstunden bedrohlich heraufgezogen war, hatte in diesem Moment mit geradezu infernaler Heftigkeit eingesetzt; ein Blitz zerriss den Himmel, und der alte Palast wurde bis auf seine Grundfesten vom Donner erschüttert.

Ein schreckliches Zittern durchlief den Kaiser, so dass man hätte glauben können, das Feuer des Himmels habe ihn in demselben Augenblick getroffen, da die furchtbare Stimme des Jesuiten diese beiden Worte ausgesprochen hatte: *Jakob Ork!*

Der Geistliche hatte sich indessen fromm bekreuzigt.

Die Elemente schienen wie entfesselt. Ohne Unterlass zuckten gewaltige Blitze am Firmament, zerschnitten blendend die Luft wie Klingen aus Feuer und kreuzten einander wie Degen.

Franz Holzener bekreuzigte sich erneut. Mit einer leidvollen Gebärde hob der Kaiser die Arme langsam über seinem schwankenden Kopf zum Himmel.

»Mein Gott, du hat es so gewollt!«, stöhnte er. »Dein Wille geschehe! Jakob musste einen Rächer finden! Ich habe seine Kinder ermordet! Nun hat man die meinigen umgebracht! Doch hab Erbarmen mit denjenigen, mein Gott, die mir verblieben sind, oder nimm mich selbst als Opfer an!«

»Eure Majestät beschuldigen sich zu Unrecht!«, bemerkte der Jesuit.

»Nein! Nein! Ich allein bin schuld ... *Ich habe es gewollt! Sie wären alle noch am Leben ohne mich!*«

»Das abscheuliche Verbrechen wäre niemals ausgeführt worden, wenn Eure Majestät geahnt hätten ...«

»Ich habe gesagt: ›Trennt diesen Mann von seiner Frau und seinen Kindern ...‹. Das war ein Todesurteil, Holzener!«

»Eure Majestät konnten nicht wissen ...«

»Es waren diese Worte, die alles ausgelöst haben! Ohne diese meine Worte hätte man es nicht gewagt ... Ohne diese Worte wären sie noch am Leben! Ja doch! Viertel nach zwei! Du hast Recht, Franz Holzener! Viertel nach zwei hat es in dem Schmerzenszimmer geschlagen! Ach! Ich weiß es! Ich weiß! Denke nicht, dass ich es vergessen hätte! Sie hat sich tief in meinem Herzen eingeschrieben, diese fatale Stunde! Jakob Ork, den ich so sehr geliebt habe! ...«

»So mögen Eure Majestät auch seine Rächer fürchten! Denn sie haben sich verbündet mit den Rächern Réginalds ... Was sie miteinander verbindet, ist ein unvorstellbarer Hass gegen Euch und gegen Euer Haus, *solange dieses bestehen wird*«, sagte der Jesuit.

»Und Gott steht auf ihrer Seite, Franz Holzener! Ich bin verloren ... Ach! Ich wusste es genau ... Im Grunde meines Herzens wusste ich, dass mich diese furchtbare Geschichte eines Tages wieder einholen würde. Niemals, niemals sprach man mehr ein Wort davon zu mir. Ich jedoch – ich hatte es nicht vergessen! Und ich sage dir, Franz Holzener, dass ich jene beiden Worte, die du eben ausgesprochen hast, bereits in meinem Innern vernahm, noch bevor sich deine Lippen bewegten: diese beiden Worte, die seither in meinem ganzen Reich nicht mehr ausgesprochen werden dürfen, das war mein ausdrücklicher Befehl, weil sie zu viele Gespenster heraufbeschwören könnten! Jakob Ork! Ich wusste, dass du mir diesen Namen nennen würdest! Denn der Mörder vergisst sein Verbrechen nicht ... und seit fünfzehn Jahren lebe ich wie ein Verbrecher, der von seinen Gewissensbissen aufgezehrt wird!«

Kaiser Franz schien einem Zusammenbruch nahe. Der Jesuit betrachtete ihn aufmerksam und mitfühlend.

»Majestät«, begann er vorsichtig, »dies ist nun eine Gewissensfrage, wie sie nur ein Beichtvater lösen kann. Wie ist es möglich, dass Euer Kapuzinerpater Eure Majestät nicht mit Gott versöhnt und Euch damit den Frieden des Herzens wiedergegeben hat?«

Kaiser Franz schüttelte den Kopf und schwieg.

»Dieser Kapuziner ist unerbittlich«, antwortete er schließlich, ohne den Kopf zu heben. »Jakob war nach den Gesetzen der Kirche verheiratet, und ich habe in der Tat ein Verbrechen begangen, als ich die Männer dazu veranlasste, ihn von seiner Frau und seinen Kindern zu trennen!«

»Ein Erzherzog, der dazu berufen ist, eines Tages die Stufen des Throns zu ersteigen, hat andere Pflichten als die eines einfachen Sterblichen«, entgegnete kalt und schneidend die Stimme von Franz Holzener. Nach einer kurzen Pause fuhr er fort: »Majestät mögen wissen, dass der ehrwürdige Pater Rossi, ein Mitglied unseres Ordens, schon seit langem in aller Demut darauf hofft, der Beichtvater Eurer Majestät zu werden ...«

Kaiser Franz erbebte. Es war nicht das erste Mal, dass die Gesellschaft Jesu versuchte, bis zum Gewissen des Kaisers vorzudringen und dadurch offiziell bei Hof in kaiserliche Gnaden aufgenommen zu werden. Er vermied es, darauf zu antworten. Eine andere Frage hatte sich ihm aufgedrängt:

»Warum hast du wissen wollen, was sich in dem *Schmerzenszimmer* zugetragen hat, obgleich ›es verboten war‹? Kein Richter, kein Staatsanwalt, kein Mensch auf der Welt hat das Recht gehabt, das du dir herausgenommen hast, nämlich: zu *wissen* ... Alle Menschen, die mich lieben, mussten diese Angelegenheit so auffassen, *als ob sie niemals stattgefunden* hätte ... Ja, ich habe sie verschließen lassen, die Tür zum *Schmerzenszimmer*, in dem Glauben, damit den Schmerz selbst dort einzuschließen!«

»Majestät, Schwätzereien haben mich noch niemals interessiert, verschlossene Münder hingegen sehr... Ich habe sie zu öffnen gewusst, Majestät! Mit Gewalt! Es handelte sich um Euer Wohlergehen. Um das Wohlergehen des gesamten Reiches.«

»Was hast du getan?«, fragte Franz erregt.

»Majestät, für Euer Seelenheil habe ich einen Spielzeughändler aus Freiburg, der sich unvorsichtigerweise nach Wien begeben hatte, in der Tiefe eines alten Klosters etwas fasten lassen.«

»Ach so! *Du hast dich an Baumgartner aus Freiburg gehalten*«, seufzte Franz. »*Und? ... Hat er geredet?*«

»Majestät, er bekam so viel Fisch zu essen, wie ihm beliebte. Es war der Fisch, der ihn zum Sprechen brachte.«

»Wie denn das?«

»Dörrfisch macht Durst, Majestät ... Und in seiner Zelle gab es so viel Dörrfisch, wie er nur wollte. Allerdings gab es dort keinen Tropfen Wasser ... Insofern musste er schon reden, um etwas Wasser zu bekommen ...«

»Und hat man ihm Wasser gegeben?«

»Aber ja, Majestät, allerdings erst, nachdem er anständig geredet hatte. Sein Pech war nur, dass er mir nichts wirklich Neues erzählt hat, abgesehen von der Geschichte seines Neffen, den er im Einverständnis mit dem Vater den unerfreulichen Launen des Herzogs von Bamberg überantwortet hat. Vielleicht wusste er auch gar nicht, was sich im Schmerzenszimmer abgespielt hat. Oder er hat mit übertriebenem Heldenmut einfach so getan, als ob er nichts davon gewusst hätte. Jedenfalls brauchte er kein Wasser mehr, er wollte auch keinen Dörrfisch mehr anrühren, ja, am Ende wollte er gar nichts mehr anrühren. Aber das war vorauszusehen: Eine solche Diät kann sich sehr unvorteilhaft auf die Atmungsorgane auswirken. Eigentlich schien dieser Mann eine gute gesundheitliche Konstitution zu haben, aber irgendwann bekam er kaum noch Luft, so dass man ihn zur Ader lassen musste.

»Und danach?«, fragte Franz, der es vorzog, den Jesuiten nicht anzusehen.

»Es gab kein Danach, Majestät! Zwischen Dörrfisch und Aderlass ist Herr Baumgartner aus Freiburg verschieden!«

»Noch ein unglückliches Opfer!«

»Ein Gauner! Sollten Eure Majestät wirklich nicht bedenken, dass es in dieser Situation völlig belanglos ist, ob es einen Baumgartner mehr oder weniger auf der Welt gibt? Was hingegen zählt, ist ganz einfach: zu wissen. Zu wissen, ob Jakob Ork tatsächlich tot ist. Oder ob er womöglich noch lebt!«

»Schweig! Schweig endlich still!«

»Denn wenn er noch leben sollte ...«

»Wenn du weißt, wo er ist, Franz Holzener, so sage es mir! Ich werde mich vor ihm auf die Knie werfen.«

»Wenn ich mich unterstehen darf, Majestät, offen zu sprechen, so möchte ich nur dies eine bemerken: dass es für alle besser wäre, wenn Eure Majestät den Herzog von Bamberg oder den König Leopold Ferdinand einmal ernsthaft dazu befragen würden. Denn das Schlimmste an dieser Angelegenheit ist doch, immer weiter im Ungewissen darüber zu bleiben, was sich genau in dem *Schmerzenszimmer* zugetragen hat.«

Der Kaiser antwortete, ohne Franz Holzener anzublicken:

»Eines Nachts hat mich ein Albtraum geweckt. Eines Nachts ich bin aufgestanden und bin zu ihnen gegangen, mit allen meinen Fragen. Doch auch sie wussten nichts. Sie hatten Viktor Baumgartner auf Jakob angesetzt, um ihn zu entehren. Aber Viktor Baumgartner ist nicht mehr zurückgekehrt, um ihnen zu berichten, was geschehen ist ... und deshalb haben auch sie niemals etwas erfahren ... Ach!«, rief Franz aus, »wer wird mir jemals sagen können, wo sich Jakob Ork befindet?«

»Ich weiß durchaus nicht, wo er ist. Aber wir werden ihn suchen! Und wir werden ihn finden!«, erwiderte Franz Holzener mit feurigem Eifer. »Wir werden ihn ergreifen! Was so furchtbar ist, Majestät, ist die Tatsache, *dass er, ob tot oder lebendig, immer bei Euch ist, wenn hier gestorben wird*! Versucht es einmal: Ruft ihn mit lauter Stimmer! Vielleicht wird er Euch hören.«

Franz stand auf und blickte den Jesuiten starr an:

»Demnach glaubst du, dass auch weiterhin in meiner Nähe gemordet werden wird? Antworte! So antworte doch!«

» Majestät, es gibt Dinge, die ich nicht sagen darf, *da sie mir nicht gehören*!«

»Was soll das heißen? Wem gehören sie denn?«

»Dem Orden!«

»Und weiter?«

»Nun – sobald Eure Majestät mir mitzuteilen geruhen, dass Ihr bereit wärt, noch heute Abend, denn die Zeit drängt, unseren ehrwürdigen Pater zu empfangen, würde mich das über die Folgen dessen beruhigen, was ich Eurer Majestät zu sagen haben könnte.«

»Gut! Ich werde den Pater in der nächsten Nacht empfangen! Doch niemand soll ihn sehen, und er soll nicht vor zwei Uhr morgens zu mir kommen ... Und jetzt sprich!«

»Majestät, um nicht erkannt zu werden, wird Pater Rossi vielleicht gezwungen sein, eine Verkleidung anzulegen; wie wird er dann zu Eurer Majestät gelangen können?«

»Wo immer ich bin, muss er, um zu mir vorgelassen zu werden, wenn man ihn fragt, nur ein Wort sagen: *dienstlich*!«

Ein triumphales Leuchten blitzte eine Sekunde im Auge des Geistlichen auf und erlosch sogleich wieder. Dann sagte er in aller Gelassenheit:

»Ihr habt den Bericht von Herrn von Riva gelesen, Majestät. Es ist dort von einem Ereignis die Rede, und dass ›*im Vergleich dazu der Tod der Prinzessin Marie Luise gar nicht mehr zählen wird*!‹.«

Der Kaiser war aufgesprungen:

»Woher weißt du das?«

»Ich bin es, der diesen Bericht verfasst hat. Ich selbst habe diese Worte mit eigenen Ohren gehört!«

»Du arbeitest also für den Polizeiminister?«

»Ja, ich arbeite, ohne dass man darum weiß, für verschiedene polizeiliche Dienste, um Eurer Majestät den besten Dienst zu erweisen ...«

»Dann ... dann warst du es also, der *den Schatten* bis unter die Mauern des Palastes begleitet hat?«

»Ich war es!«

»Also hast du auch gesehen, wie er in der Hofgartengasse verschwunden ist?«

»Nicht in der Hofgartengasse, Majestät, sondern in der Augustinerstrasse.«

»Der Bericht besagt doch ...«

»Der Bericht besagt das, was ich ihn sagen lassen wollte. Es ist unnötig, dass man erfährt, dass die Burg noch durch andere Türen zu erreichen ist als durch diejenigen, die man schon kennt.«

»Der Schatten ist in den Palast gekommen? Durch die Geheimtür?«

»Ja, Majestät.«

»Und du hast ihn nicht erkannt? Du hast nicht erraten können, wer es war? Du hast keine Idee? Keinen Verdacht?«

»Ich habe lediglich einen schwarzen Mantel gesehen ...«

»Was aber hast du dann getan?«

»Ich bin hinter dem Schatten in den Palast eingedrungen und bin den Spuren des Schattens gefolgt und ...«

»Und?«

»Und bin mit der alten Erzieherin der beiden Prinzessinnen von Karantanien zusammengestoßen.«

»Mit Orsova?«

»Ja, Majestät. Sie floh erschreckt. Sie hatte soeben in dem Gang, der zu den Wohngemächern Eurer Majestät führt, die *weiße Frau* erscheinen sehen!«

»Schon wieder diese weiße Frau! Wenn ich nur an deiner Stelle gewesen wäre ... Ich wäre diesem Gespenst nachgestürzt, um es zu fassen!«, sagte Franz und schüttelte den Kopf.

»Sehr wohl, Majestät, genau das habe ich getan. Die weiße Frau geistert allzu häufig des Nachts durch die Gänge des Palasts ... Seit einiger Zeit macht sie das ... Die Prinzessin Tania hat sie gesehen ... Ihre Majestät die Kaiserin hat sie gleichfalls vor drei Nächten gesehen, als sie aus ihrem Oratorium trat ... Und Seine Hoheit Karl von Bamberg ist gestern noch mit gezücktem Degen hinter ihr hergerannt, ohne sie erreichen zu können. Majestät, ich habe es gehalten wie seine Hoheit von Bamberg: Ich bin hinter ihr hergerannt ... Ich hatte den Revolver in der Hand ... Ich war bereit zu schießen, sobald ich ein weißes Gewand sehen sollte. Da ich jedoch mit dieser Orsova zusammenstieß, wurde ich einen Moment lang aufgehalten, und danach habe ich keine Spur mehr von ihr gesehen!«

Der Kaiser machte eine resignierte Gebärde. Schweigend ging er im Raum auf und ab, hielt dann erneut am Fenster inne, hob den Vorhang, daraufhin drehte er sich wieder um. In diesem Augenblick stieß er einen Schrei des Entsetzens aus:

»Da! Da – siehst du es jetzt?!«

In der Tat: Die Totenkopf-Uhr war unversehens auf das kleine Möbel aus Ebenholz zurückgekehrt, wo sie der Kaiser zuvor erblickt hatte.

Franz Holzener antwortete nun seinerseits mit einem kurzen Ausruf der Überraschung, und beide stürzten sich auf das Möbelstück. Doch schon im selben Moment wichen sie zurück und hielten den Atem an. Der Kiefer des Totenkopfes hatte sich geöffnet und begann, *mit seinen Zähnen die Stunden zu schlagen*: *zwölf Schläge*! Es war auf die Minute genau Viertel nach Zwei.

»Seht nur!«, keuchte der Monarch. »Seht doch nur, es war keine Sinnestäuschung! ...«

Franz Holzener, dessen Gesicht fahl geworden war, sagte langsam:

»*Zwölf Schläge für die zwölf Wunden der Margareta Müller.*«

Als die Pendeluhr schwieg und sich ihr Totengebiss wieder geschlossen hatte, nahm er sie zur Hand. Er drehte den Gegenstand hin und her, betrachtete ihn von allen Seiten und verglich ihn mit der Pendeluhr, die sich noch immer auf dem Arbeitstisch des Kaisers befand.

»Sie gleicht haargenau derjenigen, die ich mitgebracht habe«, stellte er fest, »nur dass sie die Nummer 8 trägt! Wenn man den Totenkopf zur Hand hätte, der Euer Majestät vor dem Verscheiden der Prinzessin Marie Luise erschienen ist, würde man zweifelsohne darauf die Nummer 7 finden.«

»Woher kommt diese Uhr? Wer hat sie hierher gebracht? Wie konnte sie hier einfach auftauchen? Und dann wieder verschwinden? Und wieder zurückkehren? Man kann dieses Arbeitskabinett nicht unbemerkt betreten!«

»Die Schatten, Durchlaucht, dringen überall ein, auch in verschlossene Räume ... Sofern es eine Geheimtür gibt, die sie öffnen können, versteht sich ...«

»Die Geheimtür!«

Der Kaiser eilte zu der Tür, die sich unsichtbar neben dem Möbel aus Ebenholz in der Wand befand.

»Wer außer Eurer Majestät hat einen Schlüssel zu dieser Tür?«, fragte der Jesuit, der nach und nach seine ganze Kaltblütigkeit zurückgewonnen hatte.

»Nur noch Ismail!«

»Wenn Eure Majestät geruhen würden, nach ihm zu klingeln ...«

Der Kaiser läutete, doch niemand erschien. Holzener wies auf die Tür und sagte kurz:

»Gehen wir!«

Der Kaiser begriff. Er öffnete die Geheimtür, und sie gingen hindurch. Unmittelbar dahinter lagen niedrige, schmale Kammern, die nur sehr wenige Personen bei Hof kannten; sie schienen in die breiten Mauern eingelassen worden zu sein. Eine Nachtlampe brannte in jedem dieser Räume. Sie durchliefen drei dieser langgestreckten Kammern und erreichten eine Treppe. Ein Stöhnen war zu vernehmen. Sie blieben stehen und beugten sich vor. Auf den ersten Stufen ausgestreckt lag ein menschlicher Körper

»Ismail!«, schrie der Kaiser auf.

In der Tat war es Ismail, der dort röchelnd lag, eine Schlinge um den Hals, Arme und Beine fest gebunden, ein Knebel schloss seinen Mund. Franz Holzener hatte den Gefesselten bereits zu sich herangezogen, um ihn genauer zu untersuchen, als der Kaiser den Kopf wandte: Aus den Kammern, die sie gerade durchquert hatten, war das Geräusch eiliger Schritte zu vernehmen. Es waren Leopold Ferdinand und Karl von Bamberg, die, wie sie sagten, ein Unglück befürchtet hatten, als sie im Kabinett des Kaisers die Geheimtür offen fanden. Noch niemals waren sie in diesen geheimen Kammern gewesen, deren Existenz ihnen zwar bekannt war, die sie aber gleichwohl nicht betreten durften. Der Kaiser war indessen zu erregt, um ihnen Vorhaltungen zu machen. Auf Ismail weisend ordnete er an, dass man diesen unverzüglich in sein Arbeitszimmer bringen solle. Er selbst ging voran, man trug den regungslosen Körper in sein Kabinett. Leopold Ferdinand und Karl halfen dem Jesuiten, Ismail von seinen Fesseln zu befreien und den Knoten der Schlinge zu lösen, die ihn fast erwürgt hatte; schließlich rissen sie ihm den Knebel aus dem Mund. Der Unglückliche schien nicht mehr zu atmen; sein Kopf pendelte leblos über seiner Brust, seine Augen öffneten sich nicht. Er war ohnmächtig.

»Schließt alle Türen!«, befahl der Kaiser.

Man ließ den treuen Diener Seiner Majestät Riechsalz einatmen. Nach einiger Zeit kam der Mann, der stark misshandelt worden zu sein schien, aber keinerlei sichtbare Wunden hatte, wieder zu sich. Kaum hatte er die Augen geöffnet und den Kaiser erkannt, fiel er diesem zu Füßen. Franz versuchte ihn aufzurichten, Ismail schien jedoch zutiefst erschreckt und verängstigt; atemlos, wie im Delirium, warf er sich erneut auf den Boden und gab unartikulierte Laute von sich ... Endlich konnte er sich verständlich machen:

»Durchlaucht! Weg! Flieht! Geht fort! Dieser Palast ... ist verflucht!«

Leopold Ferdinand zog den Diener mit Gewalt empor und schüttelte ihn rücksichtslos, damit er sich deutlicher erkläre. Ismail stöhnte laut auf:

»Die *weiße Frau* ...«

»Wie? Was? Die weiße Frau?«, rief Karl der Rote mit seiner rauen Stimme. »Hat die weiße Frau dich in diesen erbärmlichen Zustand gebracht?«

Ismail machte ein zustimmende Gebärde.

»Ach ja? Die weiße Frau war es also, die dich gebunden, gefesselt, dir die Schlinge um den Hals gelegt und einen Knebel in den Mund gedrückt hat? Diese Dame scheint äußerst kräftige Hände zu haben, Ismail!«

Der Kaiser gebot dem Prinzen zu schweigen. Er wechselte einen kurzen Blick mit dem Jesuiten und sagte dann:

»Lasst Ismail sprechen. Was hast du in den Geheimkammern zu schaffen gehabt, Ismail? Wo genau warst du?«

»Hinter der Geheimtür, Durchlaucht!«

»Und was hast du hinter der Geheimtür getrieben?«

»Ich habe gelauscht, Durchlaucht!«

Die beiden Prinzen konnten sich angesichts eines so schamlosen Geständnisses kaum noch zurückhalten. Abermals gebot ihnen der Kaiser, sich zu mäßigen.

»Warum hast du gelauscht, Ismail?«

Ismail zeigte auf den Jesuiten.

»Ich habe zu niemandem Vertrauen, der Eurer Majestät naht!«

Mit noch zitternder Hand zog er unter seinen Kleidern einen Dolch hervor.

»Überall, wo Eure Majestät sich befinden, bei Tag und bei Nacht, lauscht Ismail an den Türen, mit dem Dolch in der Hand, immer bereit, für Eure Majestät zu sterben.«

»Und du hast die weiße Frau gesehen?«

»Ich habe sie gesehen, als ich mich umdrehte, sah ich sie hinter mir, aufrecht wie ein großes Gespenst, und noch bevor ich eine Bewegung machen konnte, hatte sie mich zu Boden geschlagen, ich konnte nicht atmen, sie zogt mich fort, bis zu der Treppe ...«

Franz Holzener betrachtete Ismail aufmerksam. Dessen Gesicht zeigte ein wachsendes Grauen, da er versuchte, sein ungewöhnliches Abenteuer wiederzugeben. Ismail war tapfer und ergeben. Ein solches Entsetzen lag überhaupt nicht in seiner Natur.

»*Hat Ismail das Gesicht der weißen Frau gesehen?*«, fragte der Jesuit plötzlich.

Bei dieser Frage fiel der Diener wieder auf die Knie und rutschte vor die Füße des Kaisers. Dieser jedoch sagte:

»Antworte! Antworte, Ismail! Hast du das Gesicht der weißen Frau gesehen?«

»Flieht, Durchlaucht! Flieht!«, wiederholte der unglückselige Diener in einem Anflug von Delirium.

»Wirst du wohl antworten?«, insistierte Franz erbarmungslos.

Doch der Diener streckte die Arme aus, blickte die Prinzen an, dann den Jesuiten; er schüttelte den Kopf und bedeutete mit einer Gebärde, dass er nicht sprechen wolle, solange jene anwesend seien.

»Sprich! Ich befehle es.«

»Vor ihnen?«, keuchte Ismail.

»Vor ihnen!«

Ismail zitterte wie Espenlaub, unsicher erhob er sich:

»Nun gut, Durchlaucht! Ja! Ich habe das Gesicht gesehen.«

»Und ... du ... du hast es erkannt?«

Mit einer Stimme, die so leise war, dass man sie nur mit Mühe vernehmen konnte, erwiderte Ismail:

»Ich habe dieses Gesicht wiedererkannt, weil ich das Portrait gesehen habe, in der großen Galerie ...«

Franz Holzener richtete erneut seinen Blick auf den Kaiser. Dieser sprach sehr langsam und in befehlendem Ton:

»Was ist das für ein Gesicht gewesen, Ismail? Wessen Portrait meinst du? Du musst seinen Namen nennen!«

Die wenigen Worte, die Ismail hervorstieß, waren kaum zu verstehen:

»Durchlaucht ... Jakob Ork *lebt*!«

3. Kapitel

›Herr Namenlos‹

Leopold Ferdinand und Karl von Bamberg waren aschfahl geworden. Instinktiv hatten sie nach ihren Degen gegriffen. Mit tonloser Stimme befahl ihnen der Kaiser:

»Wacht über Euch! Wacht über uns alle! Lasst die Palastwache verdreifachen ... Stellt überall Soldaten auf ... Und lasst die Gänge von Militär besetzen! An den Schwellen zu allen Zimmern der Burg müssen Wachen stehen! Hört, was dieser Mann Euch sagt: Jakob Ork ist am Leben! Er ist überall, er ist ganz in der Nähe, er ist hier! Er wartet, still, regungslos und ist jeder Zeit bereit zuzuschlagen! Vorwärts, meine Herren! Seid auf der Hut!

Der König von Karantanien und Karl der Rote verließen das Arbeitszimmer des Kaisers, ohne ein Wort zu sagen. Franz blickte ihnen nach, und als sie sich entfernt hatten und die Tür hinter ihnen zugefallen war, sagte er zu Ismail:

»Du kannst vor Franz Holzener sprechen. Was hat dir die weiße Frau gesagt?«

»Nichts! Sie hat mir ihr Gesicht gezeigt und ist dann verschwunden! Und ich bin ohnmächtig geworden.«

»Und du hast Jakob Ork gesehen und wiedererkannt?«

»So wie ich Euch vor mir sehe, Durchlaucht!«

»Und warum lässt Jakob Ork dich erzittern? Zweifelsohne deshalb, weil du an den Türen lauschst ...«

»Nein, Durchlaucht ... weil ... weil Eure ...«

»Weil was?«

»*Weil Eure Majestät des Nachts manchmal träumen!*«

Es war, als hätte der Kaiser einen Schlag mitten ins Gesicht erhalten. Einen Moment lang herrschte tragische Stille. Franz hielt den Kopf gebeugt. Schließlich sagte er:

»Ismail, bin ich es, um den du zitterst?«

»Nein, Durchlaucht ... *noch nicht!*«

»Um wen zitterst du dann?«

Der Mann zeigte auf die beiden kleinen Totenkopf-Uhren auf dem Schreibtisch:

»*Um die Nummer 8!*«

»Ismail hat Recht!«, sagte Franz Holzener mit belegter Stimme.

Und er zitierte jene Sätze aus seinem Bericht:

»Ein Ereignis, an dem gemessen der Mord der Prinzessin Marie Luise gar nicht mehr zählt. Der Kaiser wird davon so schwach werden wie ein kleines Kind.«

Ismail erbebte sichtlich.

»Oh! Eure Majestät! Lasst mich zu ihm gehen! Lasst mich über *ihn* wachen!«

»Niemand ... niemand weiß, wo *er* sich heute aufhält!«, antwortete Franz stockend. Schaudernd hatte er erkannt, dass sein treuer Diener ihn verstanden hatte und mit ihm dieselbe geheime Furcht teilte. »Auf meinen Befehl hin ... verbringt er keine zwei Nächte ... keine zwei aufeinanderfolgenden Nächte mehr an ein und demselben Ort.«

»Durchlaucht, die Baronin Aquila ist vor einigen Stunden nach Mayerling aufgebrochen!«

Der Kaiser fuhr zusammen, er zitterte am ganzen Körper. Dann schrie er auf:

»Ismail! Isamil, lauf, lauf zu ihm, so schnell du kannst! Sag ihm, dass er wegfahren soll ... weg, weit weg! sehr weit weg! Mit ihr, wenn er will! Alles, was er will! Alles, was er nur will, nur weit weg! Sehr weit weg! Mit ihr ... wenn es denn sein muss! Aber wegfahren soll er!«

Ismail war aufgesprungen und schon im Begriff, die Geheimtür sorgfältig hinter sich zu schließen.

»Lass nur!«, befahl Franz. »Lauf!«

Der Diener gehorchte und verschwand.

»Ja!«, stöhnte Franz, der sich nun vor dem Jesuiten ungehemmt seiner Verzweiflung überließ, »ja, man soll alle Türen in meinem Haus weit offen stehen lassen! Möge er kommen! Möge er doch zu mir kommen ... Wenn ich ihn nur sehen oder mit ihm sprechen könnte! Ah! Ihn eines Tages zu sehen ... ihn wirklich zu hören! Ihn, der so oft des Nachts zu mir kommt und zu mir spricht!«

Wenige Minuten nachdem Ismail aus dem Kabinett des Kaisers gegangen war, verließ ein Mann die Hofburg durch einen unterirdischen Durchgang, der auf die Augustinergasse führte und mit einem massiven Gitter verschlossen war. Er hatte die Größe und den Gang jenes treuen Dieners, aber durchaus nicht dasselbe Aussehen, denn Ismails Gesicht war glatt rasiert, und dieser Mann trug einen äußerst opulenten

Bart. Zu diesem Zeitpunkt – es war etwa vier Uhr nachmittags – ist die Augustinergasse im allgemeinen recht belebt, doch während dieser Mann dort entlang lief, sah man nur einige wenige Patrouillen. Einige Male musste der geheimnisvolle Passant eine Losung nennen, um unbehindert den Bezirk verlassen zu können.

Auf diese Weise gelangte er bis zum Donaukanal, den er in der Nähe der Rudolf-Kasernen überquerte; danach befand er sich in einem Viertel, das ganz den öffentlichen Lustbarkeiten überlassen schien. Kein Militär, kein Polizeiagent ließ sich dort blicken. Über die Rembrandtstraße erreichte er die Umgebung des Augartens, wo er seltsamen Gestalten und äußerst suspekten Menschengruppen begegnete; alle Laster, alle Schändlichkeiten hatten sich zwischen dem Augarten und dem Prater ein Stelldichein gegeben. Genau in der Mitte dieser herrlichen Straße, welche Augarten und Prater mit der Kaiser-Joseph Straße verbindet, war noch am selben Morgen von Studenten und Bürgern eine Barrikade errichtet worden, doch waren anschließend dieselben Bürger und Studenten vor jenen unerwarteten Helfern geflohen, so dass nunmehr der Prater der Plünderung anheim gegeben war. Eine Gruppe von etwa fünfzig Raufbolden, die auf kein Befehlswort achtete und sich von nichts und niemand in ihrem brutalen Treiben stören ließ, hatte Bäume entwurzelt und Bretter aus den kleinen Läden gerissen, welche die Alleen flankierten, sodann alles quer über die Chaussee geworfen, den gesamten Holzstoß mit Petroleum übergossen und angezündet. Das Feuer entfachte dichte, dunkle Rauchschwaden, die in drohenden Wirbeln bis über die höchsten Häuser emporstiegen. Dieses traurige Schauspiel schien jedoch diesen Mann in keiner Weise zu berühren; er kehrte ihm schon bald wieder den Rücken zu, um zu den ruhigeren Stadtvierteln hinaufzueilen. So kam er schließlich in die *Kaiser-Wasser-Straße* und erreichte dort einen etwas abgelegenen Ort an den Ufern der Donau.

Nicht weit entfernt vom Ufer erhoben sich zwei gegenüberstehende neue Gebäude, die auffällig von der Umgebung abstachen. Das größere dieser Gebäude, in dessen weitläufigen Räumlichkeiten, wie es schien, zwei äußerst unterschiedliche Gewerbe untergebracht waren, war zur Straße hin von zwei Arkaden begrenzt. Über einem der Bögen konnte man die Aufschrift ›Wollwaren und Polster‹ lesen. Im ersten Stock war ein weiteres Ladenschild angebracht: ›Zur kleinen Polsterin‹. Das Gebäude musste indessen noch einige andere Läden beherbergen, denn man sah durch die Scheiben die unterschiedlichsten Gegenstände, Kisten, Ballen, Fässer und sogar einige vollständige Möbeleinrichtungen in sehr unterschiedlichen Stilen. Über dem anderen Gewölbebogen standen die beiden Worte: ›International Home‹.

Der Mann trat in den Schatten jener Arkade, hinter der offenbar mit Wollwaren und Polstern gehandelt wurde, und ging geradewegs in den inneren Hof des Gebäudes; indessen hatte er, als er aus dem Schatten des Gewölbes hinaustrat, eine gewaltige Sonnenbrille aufgesetzt, die ihn vollkommen unkenntlich machte, zumal der untere Teil seines Gesichts von dem Kragen seines Mantels verhüllt wurde. In dieser Ausstaffierung und in dieser Haltung durchquerte er den Hof. Überall stapelten sich hier Stoffballen, auf denen die seltsamsten fremdländischen Namen zu lesen waren. Offenkundig kamen diese Waren aus allen Ecken und Enden des Reiches. Mit diesen Ballen waren mehrere Leute beschäftigt, die ihrerseits den unterschiedlichsten Nationalitäten anzugehören schienen.

Nachdem er den Hof durchquert hatte, schlüpfte er in ein Treppenhaus, das ihn in den ersten Stock führte. Dort klopfte er in einer bestimmten Abfolge an eine Tür, die sich daraufhin öffnete. Ein Mann in Hemdsärmeln und mit einer grünen Schürze ließ ihn eintreten und schloss hinter ihm die Tür. Der Besucher betrat einen weitläufigen Raum, in dem andere Männer – auch sie in Hemdsärmeln und mit grüner Schürze, wie es sich für ehrliche Dekorateure und Tapezierer geziemt – mit Hämmerchen und kleinen Zangen bewaffnet an einem Dutzend Sesseln arbeiteten.

»Ich komme, um die Korrespondenz abzuholen!«, sagte der Besucher zu demjenigen, der so etwas wie ein Werkmeister sein mochte.

»*Wir nehmen sie aus der Umhüllung*«, antwortete der Werkmeister.

Und er zeigte auf die Sessel. Der Raum war hermetisch verschlossen, und das Tageslicht drang nur sehr gedämpft durch die matten Scheiben. Der Besucher sah dem Treiben zu.

»Macht rasch«, sagte er, »ich habe es eilig.«

Er setzte sich hin, zog seinen Mantel bis zu den Augen, so dass man von seinem Gesicht nichts anderes mehr sah als die beiden runden schwarzen Gläser seiner Brille. Die Arbeiter gebrauchten ihre Zangen und Hämmer mit Geschick, so dass sie die Sessel schon nach wenigen Augenblicken von ihren Stoffen und Bezügen befreit hatten; aus einigen Sesseln hatte man die Füllung nahezu vollständig herausgenommen. Und aus jedem dieser Möbelstücke war irgendein Paket, eine Schachtel, eine Papierrolle oder ein Brief hervorgezogen worden. Alle diese Gegenstände waren mit ein und derselben

Adresse oder auch nur mit einem einzigen Namen versehen: *Monsieur Baptiste.*

Der Mann nahm alles entgegen und verstaute es in einem grünen Stoffbeutel, den er mit sich gebracht hatte; er grüßte, ohne seinen Hut zu ziehen, und verließ den Raum. Auf dem Treppenabsatz angekommen, stieg er noch eine weitere Etage empor und gelangte auf diese Weise in ein geräumiges Laboratorium, dessen große Dachfenster keinerlei Indiskretion befürchten ließen, da sie allein vom Himmel aus Einblick gewährten. Indem er eintrat, sagte er nur dieses eine Wort:

»Fiume!«

Einer der drei jungen Männer, die sich in dem Laboratorium befanden, war mit einer Art Flaschenkorb beschäftigt, den er zu einem Tisch trug, auf dem so viele Gläser standen, wie es Buchstaben im Alphabet gibt. Er goss den Inhalt der Flaschen, die teilweise vollständig gefüllt waren, in einige dieser Gläser.

Einer bestimmten Systematik folgend, die dem Besucher offenbar vertraut war, wurden nun die Gläser zusammengestellt. Die jeweilige Menge der darin enthaltenen Flüssigkeit musste einzelnen Buchstaben korrespondieren, denn einer der Laborjungen las fließend und mit lauter Stimme vor:

»*Noch nicht!*«

»Verdammt«, brummte der Mann. Dann sagte er:

»*Sarajevo.*«

Man brachte einen anderen Flaschenkorb, und die Operation begann von neuem. Dieses Mal las der Laborjunge:

»*Wir sind bereit!*«

Woraufhin der Mann murmelte:

»Ja, ja ... die da sind alle bereit.«

Eine Viertelstunde später befand sich der Mann wieder unter dem Gewölbe. Ein Wollkämmerer mit nackten Armen hatte ihn begleitet.

»Die Chefin ist also nicht da?«, fragte er.

»Seit einigen Tagen haben wir sie nicht gesehen.«

»Auf Wiedersehen, Bender!«

»Auf Wiedersehen, *Herr Namenlos*.«

Die Dämmerung war angebrochen. ›Herr Namenlos‹ verlor sich zunächst im Schatten der Häuser, doch als er festgestellt hatte, dass die Straße vollkommen verwaist war, kehrte er noch einmal zurück und betrat das Gebäude hinter der zweiten Arkade, über dessen Eingang zu lesen stand: ›International Home‹. Er gelangte in einen großen, armselig ausgestatteten und beinahe kahlen Raum, in dem einige Frauen aller Altersstufen wohlgesittet auf Strohstühlen saßen und darauf warteten, dass man sie in ein kleines Büro rufen würde, in dem sich für gewöhnlich entweder die Frau Direktorin oder aber ihre Sekretärin befand, eine alte Dame mit ziemlich abweisendem Gesicht, die auf den Namen Milly hörte. Als Milly den Mann sah, machte sie ihm ein Zeichen, so dass er sogleich auf sie zuging.

»Ist Miss da?«, fragte er.

»Sie erwartet Euch«, antwortete Milly.

Sie öffnete die Tür, und er trat ein. Miss saß hinter ihrem Schreibpult: ein unscheinbares kleines Frauenzimmer mit roten Haaren und Brille, eine Engländerin, die jeder Anmut entbehrte, während in ihrer Stimme Charme und Sanftmut anklangen. Sie hatte es sich zur Aufgabe gemacht, Erzieherinnen und Gouvernanten in anständigen Wiener Familien unterzubringen, und sie hatte sich dabei den Ruf wahrer Güte erworben, denn sie begleitete ihre Schützlinge

Schritt für Schritt durch ihr Leben und stand ihnen trost- und hilfreich zur Seite. Man konnte ihr nur einen Fehler nachsagen: dass sie sich durch eine übertriebene Neugier auszeichnete, die manchmal die Grenze zur Indiskretion überschritt.

Als der Mann das Arbeitszimmer betrat, war Miss (man kannte sie nur unter dieser Bezeichnung oder ihrem Titel als Direktorin) in einem Gespräch mit einer vor ihr sitzenden Dame begriffen, deren Haltung inständige Dankbarkeit zum Ausdruck brachte.

»Es ist ein edles Unterfangen, Mademoiselle Lefébure, das ich für Euch vorgesehen habe. Ich vermittle Euch da eine Vertrauensstelle, die vollkommene Anständigkeit erfordert, ein weites Herz und viel Hingebung. Ich habe Euch sofort dafür ausersehen, dieser armen jungen Frau eine wirkliche Gefährtin und sogar eine Freundin zu sein. Ihr werdet alles in diesem bescheidenen Haushalt zu leiten haben; und während der Abwesenheit des Bruders werdet Ihr der Trost der Schwester sein, die des größten Guts beraubt ist, das der Herrgott selbst seinen unglücklichsten Kreaturen zugestanden hat: des Lichts!«

Miss hatte sich bei diesen Worten halb erhoben, und Fräulein Lefébure verstand, dass die Audienz beendet war. Sie dankte der Direktorin mit einigen warmen Worten und verließ mit einer leichten Verbeugung das Büro. Der Mann hatte sein vorsichtiges und geheimnisvolles Betragen nicht abgelegt; noch immer verbarg er sein Gesicht unter seinem Mantelkragen und seinem Hut, den er auf dem Kopf behalten hatte. Er fragte:

»Habt Ihr das, worum wir Euch gebeten haben?«

»Er will erneut eine Französin, nicht wahr?«

»Ja, eine Ausländerin ... eine seriöse Person, aber noch jung, des Kindes wegen, ein junges Mädchen, das nichts über Wien weiß und das nichts Auffälliges darin finden wird, dass sie sich ausschließlich um das Kind kümmern soll. Wenn sie auf freien Ausgang verzichtet und bereit ist, zu niemandem außerhalb des Hauses zu sprechen, wird man ihr so viel zahlen, wie sie will.«

»Ich habe genau das Richtige für Euch gefunden. Die Person akzeptiert alle diese Bedingungen, sie verlangt zweihundert Francs im Monat. Noch heute Abend wird sie in die Annagasse gehen. Es handelt sich um eine kleine, äußerst nette Französin, deren Zeugnisse die besten Empfehlungen enthalten. Sie spricht ein Pariser Französisch, da sie in einem Kloster auf dem Montmartre erzogen worden ist.«

»Ist sie geschwätzig?«, fragte der Mann.

» Wie eine Elster!«, antwortete Miss.

»Auf Wiedersehen, Miss. Vielen Dank!«

»Leben Sie wohl, Herr Namenlos!«

Der Mann trat ebenso vorsichtig aus dem zweiten Gewölbe, wie er das erste verlassen hatte.

Das Schaufenster der Apotheke im gegenüberliegenden Gebäude wurde bereits von den roten und blauen Lichtern zweier sehr großer Erdgloben beleuchtet. Herr Namenlos überquerte die Straße und sah durch die Schaufenster des Ladens. Dort erblickte er eine junge Frau, die sittsam auf einem Stuhl saß, während ihr gegenüber ein schlottriger Körper von beträchtlicher Länge sich schlangenartig zu einem Kreis bog, sich dann wie ein Bogen dehnte und schließlich wie ein Ball auf- und abhüpfte.

»Schon wieder der!«, entfuhr es Herrn Namenlos. »Und ausgerechnet hier! Umso schlimmer für ihn.«

Um sich vor zudringlichen Blicken zu schützen, verhüllte er sein Gesicht so sehr, dass es nunmehr den Anschein hatte, als sei er nichts anderes als ein Mantel unter einem Hut. Entschlossen drückte er die Türklinke nieder und betrat den Laden. Die junge Frau war bei seinem Anblick erschrocken aufgesprungen, und der lange, mit allen Gliedmaßen schlotternde Körper hielt in seinen Leibesübungen inne.

»Fürchten Sie nichts, Fräulein Berthe«, verkündete der lange Körper emphatisch, »dieser Herr ist ein Freund von Herrn Malaga. Er wird erwartet. Ihr seid doch gewiss der Herr ›Namenlos‹?«

Der Mann, der auf der Schwelle stehengeblieben war, bejahte mit einer Geste.

»Nun gut, mein Herr ›Namenlos‹, ich habe den Auftrag, Euch in das Labor zu führen, wo Ihr auf die Rückkehr meines verehrten Meisters warten sollt.«

Und Petit-Jeannot – denn er war es mit Haut und Haaren, oder vielmehr: mit Fleisch und Knochen, vor allem natürlich mit Knochen – öffnete eine Tür im hinteren Teil des Ladens.

»Ich habe es eilig«, erklärte der Mantel.

»Herr Malaga wird innerhalb der nächsten zehn Minuten zurückkommen.«

»Steht Ihr schon lange in seinen Diensten?«

»Seit vorgestern. Ganz zu Euren Diensten ...«

Nachdem Petit-Jeannot den Besucher in das Labor am Ende eines kleinen Hofes geführt hatte, kehrte er zu Fräulein Berthe zurück und setzte das unterbrochene Gespräch mit dem jungen Mädchen fort, wobei er jedoch weiterhin durch den Laden rannte, auf die Wände zustürzte und mit schnellen Bewegungen an den Möbeln entlangfuhr. Petit-Jeannot fing Fliegen und erklärte Fräulein Berthe, die sich nicht genug darüber verwundern konnte, dass dies von nun an sein Broterwerb sei. Doch Fräulein Berthe unterbrach ihn:

»Ihr habt mir immer noch nicht gesagt, wo die beiden kleinen Kinder geblieben sind.«

»Meine Schwester hat mich gebeten, ihr die Balgen wieder zu überlassen«, antwortete Petit-Jeannot unbestimmt.

»Eure Schwester? Aber habt Ihr mir nicht erzählt, dass sie im Kindbett gestorben sei?«

»Das ist selbstverständlich richtig«, entgegnete Petit-Jeannot, ohne sich aus der Fassung bringen zu lassen, »es handelt sich jedoch nicht um diese Schwester, sondern um eine andere – die Schwester meiner Schwester sozusagen.«

»Aber dann ist sie doch auch Eure Schwester?«

»Selbstverständlich!«

Armer Jeannot! Seitdem er Fräulein Berthe das letzte Mal in der Herberge zum Höllental gesehen hatte, waren ihm reichlich viele Missgeschicke zugestoßen. Zunächst hatte er eine überaus beschwerliche Reise unter einem Zug bestehen müssen und war derart ermüdet und zerschlagen in Wien angekommen, dass er sich, als er den Fuß endlich auf den Bahnsteig hatte setzen können, dabei etwas ungeschickt anstellte und den Knöchel verstauchte, woraufhin er genötigt wurde, drei Wochen lang das Bett in der Krankenstation eines Gefängnisses zu hüten, denn dorthin hatte man ihn aufgrund der offenkundigen Zuwiderhandlung gegen die Vorschriften der Bahnhofspolizei verbracht. Sobald sein Fuß abgeschwollen war, hatte er jedoch des Nachts durch ein Gasrohr aus dem Gefängnis entfliehen können.

Während seiner Gefangenschaft hatte Petit-Jeannot keinen Augenblick aufgehört, an Fräulein Berthe zu denken; und um ihr dafür einen unwiderlegbaren Beweis zu erbringen, riss er nun mit einer heftigen Gebärde sein Hemd auf und zeigte seine nackte Brust, auf der in schön getuschten und herzförmig angeordneten Lettern zu lesen stand: ›Ein Leben lang für Fräulein Berthe‹.

Fräulein Berthe war angesichts dieses unerwarteten Schauspiels mit einem kurzen Schrei aufgesprungen, der mehr Entsetzen als Verwunderung ausdrückte, doch als Petit-Jeannot sein Hemd wieder zuknöpfte, hatte auch das junge Mädchen errötend seinen Platz erneut eingenommen.

Petit-Jeannot hatte seine Entlassung aus dem Gefängnis nicht abwarten wollen, um Fräulein Berthe jene Papiere zurückzugeben, die sie für ihre Anstellung benötigte; sie waren auf eine rätselvolle und immer noch ungeklärte Weise aus ihrer Handtasche in die Hosentasche des jungen Mannes gewandert. Diesem mysteriösen Ereignis war es zu verdanken, dass beide dem Leben nunmehr einen besonderen Reiz abgewinnen konnten.

Jene Unterlagen, so berichtete Petit-Jeannot, habe ein Freund von ihm, der Monsieur Magnus heiße und auf freiem Fuß geblieben sei, an die darin angegebene Adresse des *Home* in der Kaiser-Wasser Straße gebracht. Und da eine gute Tat immer verlohne, habe Monsieur Magnus, der zwischenzeitlich gänzlich mittellos gewesen sei, in eben dieser Straße einen gewissen Rynaldo getroffen, der im selben Haus wie der Apotheker wohne. Herr Rynaldo, der, wie es hieß, Tierarzt sei und ganz und gar prächtige Pferde besitze, habe Monsieur Magnus angestellt, damit dieser auf seine wertvollen Tiere aufpasse.

»Vor allem besitzt er ein Pferd, so hat mir Monsieur Magnus erzählt, das alle Vorstellungen übertrifft und Darius heißt. Unglücklicherweise ist Darius zur Zeit etwas leidend. Er hat sich einen *Hexenschuss* zugezogen.«

Kurz gesagt: Monsieur Magnus sei nun in Herrn Rynaldos Dienste getreten, um Darius zu pflegen, und überdies sei er wahrlich ein netter Kerl, dieser Monsieur Magnus, und auch Fräulein Berthe werde ihn bestimmt eines Tages kennenlernen.

Petit-Jeannot hingegen war, sobald er das Gefängnis verlassen hatte, in die Kaiser-Wasser Straße geeilt, in der Hoffnung, dort auf Fräulein Berthe zu treffen; seit er das Glück gehabt hatte, seinen Fuß in diese Straße zu setzen, hatte er sie nicht mehr verlassen, da er durch die Fensterscheiben des gegenüberliegenden Gebäudes mit dem Schild ›Wollwaren und Polster‹ für den Bruchteil einer Sekunde das Profil eines Gesichtes wahrgenommen hatte, das ihn eindringlich an eine Person erinnert, die ihn schon hinreichend mit Unglück überhäuft hatte. Er hatte dieses Gesicht vor einigen Wochen vollkommen aus den Augen verloren und bekundete nunmehr das allergrößte Interesse, es so bald wie möglich wiederzusehen.

Fräulein Berthe fühlte sich an diesem Punkt bemüßigt, Petit-Jeannot zu fragen, ob das Gesicht, das ihm derart am Herzen zu liegen schien, womöglich das einer Frau sei, und da der junge Mann erwidert hatte: ›Ja, einer jungen Frau‹, war sie der Meinung, dass es ihr wohl anstünde, einen kleinen verärgerten Schmollmund zu ziehen, was dem Verliebten keineswegs entging. Diese erste Anwandlung von Eifersucht war ganz und gar nicht dazu angetan, Jeannot zu missfallen, der sich sogleich beeilte, das charmante Mädchen zu beruhigen, indem er ihr beteuerte, dass diese geheimnisvolle Geschichte mit Liebe nichts, aber auch gar nichts mit Liebe, sondern schlicht und einfach nur mit *Politik* zu tun habe. Man kann sich vorstellen, dass Fräulein Berthe davon nicht wenig beeindruckt war. Petit-Jeannot wurde in ihren Augen noch etwas größer, als er ohnehin schon war.

Allen Widrigkeiten und finanziellen Problemen zum Trotz (ohne die Mildtätigkeit von Monsieur Magnus wäre Petit-Jeannot sicherlich vor Hunger gestorben) war der junge Mann in dieser Straße geblieben, wo ihm jenes bemerkenswerte Gesicht erschienen war; er hatte seinen Wachposten nicht verlassen, und so hatte ihn der Apotheker dieses verlassenen Viertels, Herr Malaga, angetroffen.

Bei dieser ersten Begegnung war Petit-Jeannot damit beschäftigt, Fliegen zu fangen. Vom ersten Moment an hatte Herr Malaga ihm mit größter Aufmerksamkeit zugesehen. Da er sich beobachtet fühlte, hatte Petit-Jeannot sich bemüht, keine einzige Fliege zu verfehlen. So fing er nach einander fünf, sechs, sieben Fliegen. Der Apotheker folgte ihm Schritt für Schritt und bewunderte die Fingerfertigkeit und Geschmeidigkeit des jungen Mannes. Schließlich sprach er ihn auf Deutsch an:

»Was macht Ihr da?«

»Sie sehen doch, Monsieur«, antwortete Petit-Jeannot auf Französisch, »ich fange Fliegen.«

»Und dir entwischt keine der Fliegen?«

»Nein, niemals.«

»Bist du zur Zeit ohne Verpflichtungen?«, hatte Herr Malaga gefragt. Der junge Mann rief den Himmel zum Zeugen an, dass er noch nie so frei wie in diesem Moment gewesen sei.

»Das ist gut. Ich bin der Apotheker von gegenüber. Ich stelle dich ein. Du bist genau der Junge, den ich brauche.«

»Wozu?«, fragte Jeannot.

»Um Fliegen zu fangen! Denn ich bin dabei«, geruhte Herr Malaga zu erklären, »ein einmaliges Klebepapier gegen Fliegen auf den Markt zu bringen. Ich könnte mit diesem Fliegenpapier ein Vermögen verdienen. Doch um das zu erreichen, müsste jeder Kunde, der meinen Laden betritt, aufschreien: ›Das ist großartig! Es gibt keine einzige Fliege hier!‹. Du wirst also Jagd auf Fliegen machen (selbstverständlich nur, wenn keine Kundschaft im Laden ist!). Sobald du eine Fliege siehst, fängst du sie und klebst sie dann auf mein Fliegenpapier. Je mehr Fliegen auf dem Papier zu sehen sind, desto erstaunter werden die Kunden sein. Zwischen dem Fangen von zwei Fliegen wirst du mir als Gehilfe im Labor dienen. Hast du verstanden?«

Und ob Petit-Jeannot verstanden hatte! Aus tiefstem Herzen dankte er dem Himmel, dass er ihm eine so interessante Stelle beschafft hatte. Von der Apotheke aus konnte er die gegenüberliegende Fensterscheibe überwachen, hinter der er den Umriss jener Frau zu erspähen hoffte, die nun abermals aus seinem Blickfeld verschwunden war. Zudem ermöglichte ihm die Jagd auf Herrn Malagas Fliegen, auch den Arkadeneingang des *Home* im Auge zu behalten, denn er hoffte natürlich, dass dort eines Tages diejenige Person auftauchen würde, der er seine unsterbliche Liebe geweiht hatte! Und an dem Tag, an dem wir ihn hier wiederfinden, hatte ihm der Himmel diesen Wunsch erfüllt. Fräulein Berthe war gekommen. Er hatte sie wiedergesehen, er hatte sie in seine Wirkungsstätte eintreten lassen.

In diesem Augenblick öffnete sich die hintere Tür des Ladens, die zu dem Labor im Hof führte, und der Mann im Mantel erschien erneut.

»Wenn dein Meister nicht in fünf Minuten hier ist, bin ich gezwungen, wieder zu gehen. Du weißt nicht, wo er ist?«

»Bei meinem Wort, nein, Herr Namenlos ... Ich weiß nur, dass er Alkohol und Kampfer kaufen gegangen ist, weil wir keinen mehr auf Lager hatten. Er wird sich aber gewiss nicht verspäten.«

Herr Namenlos knurrte einige unverständliche Worte und machte sich wieder auf den Weg ins Labor; doch als er sich zurückzog, stieß er mit seinem Hut an die Tür, und der Hut fiel herab.

»Oh!«, dachte Jeannot, als er den unverhüllten Kopf erblickte, »dieses Gesicht habe ich doch irgendwo schon einmal gesehen!«

Herr Namenlos hatte seinen Hut sofort wieder aufgesetzt.

»Wo habe ich dieses Gesicht bloß schon gesehen?«, sagte Petit-Jeannot nachdenklich.

»Verwendet ihr viel Alkohol und Kampfer in dieser Apotheke?«, fragte Fräulein Berthe, die zeigen wollte, dass sie sich für die berufliche Tätigkeit des Verliebten interessiere.

»Oh! Ja! sehr viel, es wird daraus Kampferalkohol gemacht.«

»So habt ihr also viel Kundschaft?«

»Hier? Hier kommt doch nie jemand vorbei.«

»Wem aber verkauft Herr Malaga dann seinen Kampferalkohol?«

»Er verkauft ihn nicht, Fräulein Berthe, er trinkt ihn.«

Und indem er mit einer Geste profunder Reflexion den Finger an die Schläfe legte, wiederholte Petit-Jeannot erneut seine Frage:

»Wo habe ich dieses Gesicht bloß schon gesehen?«

Fräulein Berthe war überrascht. Ein Apotheker, der seinen eigenen Kampferalkohol trank! Petit-Jeannot erklärte ihr:

»Es ist so: Drei Viertel der Zeit ist Herr Malaga sturzbetrunken!«

»Ein Apotheker, der sich betrinkt«, äußerte Fräulein Berthe, »ist höchst gefährlich.«

»Ganz meine Ansicht«, stimmte ihr der junge Mann zu. »Aus diesem Grund denke ich auch, klug daran zu tun, mir ein wenig von seinem eingedicktem Brustbeerensaft auszuleihen, der gesund und naturbelassen ist ... Gott, wie blöd ich bin! Natürlich habe ich diesen Mann in Frankreich gesehen!«

»Welchen Mann?«

»Den Mann im Mantel ... den ich auf Anweisung meines Meisters ›Herr Namenlos‹ nennen soll.«

»Und warum glaubt Ihr, dass Ihr ihn in Frankreich gesehen habt?«

»Dafür gibt es zwei Gründe. Erstens spricht er französisch. Zweitens hat er mich sofort auf Französisch angesprochen. Das heißt, dass er mich wiedererkannt hat. Er wusste, dass ich Franzose bin!«

In diesem Moment klingelte die Ladentür, und Herr Malaga trat ein. Sofort sahen die jungen Leute, dass er schon ein wenig angeheitert war. Seine Arme umhalsten einige Flaschen, die er liebevoll an seine Brust drückte.

Mit einer freundschaftlichen Geste begrüßte er Petit-Jeannot, der ihm mitteilte, dass der von ihm erwartete Gast sich im Labor befinde. Der Apotheker verschwand sogleich durch die hintere Tür des Ladens.

»Euer Apotheker macht mir Angst!«, rief Fräulein Berthe. »Ich mag seine leeren Augen und seinen gelblichen Teint nicht und auch nicht seinen langen, nackten, mageren Hals.«

Plötzlich ging die hintere Tür des Ladens wieder auf, und Herr Malaga erschien erneut. In seiner ausgestreckten Hand überreichte er Petit-Jeannot eine runde Schachtel, deren aufgeklebtes Etikett eingedickten Brustbeerensaft versprach. Petit-Jeannot lief vor Vergnügen rot an, denn er liebte diesen Sirup, und es war dem Apotheker nicht unbemerkt geblieben, dass sich der kleine Vorrat von diesem dickflüssigen Saft beträchtlich reduziert hatte, seitdem Petit-Jeannot hier zu arbeiten begonnen hatte.

Herr Malaga war erneut verschwunden. Petit-Jeannot hielt Fräulein Berthe die Schachtel hin, und die beiden jungen Leute wollten sich gerade an dem Inhalt laben, als dem neuen Apothekerlehrling plötzlich ein Ausruf entfuhr, der Fräulein Berthe gänzlich unverständlich war. Die Naschhaftigkeit und mit ihr die verlockende Schachtel waren vergessen, und fast schon zu höflich für einen Verliebten verabschiedete sich Petit-Jeannot von seiner Dame. Er hatte sich innerhalb einer Sekunde vollkommen verändert und war derart verstört, dass Fräulein Berthe die Apotheke verwirrt durch die Ladentür verließ, während Jeannot hinter der anderen Tür verschwand.

»Der ›Ungläubige‹!«, wiederholte er und verspürte dabei eine überwältigende Gefühlsbewegung. »Es ist der ›Ungläubige‹! Ja, jetzt habe ich ihn wiedererkannt ... Jener ›Ungläubige‹, der immer zu Monsieur Baptiste gekommen ist, und eines Abends ist er von ihm weggegangen und hat dabei geschworen, er würde dafür Sorge tragen, dass wir − *koste es, was es wolle* − die Spur der Königin des Sabbats verlieren! Warum ist er nur hierhergekommen?«

Petit-Jeannot rannte zum Labor, in das die beiden Männer sich eingeschlossen hatten. Dieses Labor war nicht mehr und nicht weniger als eine veritable Bruchbude, die man durch eine Tür aus dünnem Holz betreten konnte. Leicht war jedes Wort zu vernehmen, das im Innern gesprochen wurde. Durch das

Schlüsselloch konnte der junge Mann seine ängstliche Neugier sowohl mit den Augen als auch mit den Ohren befriedigen. Herr Malaga und Herr Namenlos saßen einander gegenüber – Herr Namenlos sicherheitshalber noch immer in seinen Mantel gehüllt und mit bedecktem Gesicht – und unterhielten sich auf Deutsch. So schlecht Petit-Jeannot diese Sprache auch beherrschte, waren ihm doch inzwischen so viele geläufige Ausdrücke vertraut, dass er mit Hilfe der Gesten, die dabei ausgetauscht wurden, den Sinn des Gesprächs fast vollständig verstehen konnte.

Er brauchte daher nicht lange, um zu erraten, dass die beiden Männer von ihm sprachen, dass Herr Namenlos äußerst verärgert war, ihn hier angetroffen zu haben, dass er Erklärungen für seine Anwesenheit in der Apotheke verlangte und seinem Gegenüber zu verstehen gab, dass es unbedingt notwendig sei, sich Petit-Jeannots mit welchen Mitteln auch immer zu entledigen. Der Apotheker beruhigte ihn und sprach dabei von dem Brustbeerensirup, und er tat dies mit einem so eigentümlichen und düsteren Lächeln, dass Petit-Jeannot, dem die Haare vor Entsetzen zu Berge standen, nur allzu gut begriff, dass dieser ehrenwerte Herr Malaga das größte Vertrauen in seinen Brustbeerensirup setzte, um besagten Petit-Jeannot loszuwerden. Um es kurz zu machen: Es konnte kein Zweifel daran bestehen, dass man ihn vergiften wollte. Ah! Petit-Jeannot war dem nur knapp entgangen! Und seine geliebte Berthe ebenfalls! Der Schweiß rann ihm in großen Tropfen über das Gesicht. Was waren das bloß für Menschen, denen Leben und Tod der anderen eine so geringe Bedeutung hatte?

Auf wackligen Knien, das Auge immer noch ans Schlüsselloch geklebt, verfolgte Jeannot das Geschehen weiter.

Herr Malaga war auf einen Schemel gestiegen und hatte einen sehr kleinen Glasbehälter von einem Brett heruntergeholt. Er öffnete ihn und zog einen winzigen Flakon hervor, der nicht größer als eine Kindermurmel war. Er übergab Herrn Namenlos diese kleine Glaskugel.

»Das hier«, sagte er zu ihm, »ist alles, was Ihr für Eure Angelegenheit benötigt!«

Der Mann ließ die kleine Kugel in einer Schachtel verschwinden, die unter seinem Mantel versteckt war.

»Vollkommen farb- und geruchslos! Was wollt Ihr mehr?«

»Nichts!«, sagte der Mann.

»Unlöslich in Wasser ... löslich in Alkohol! Das dürft Ihr nicht vergessen!«

»Ich vergesse niemals etwas! Doch seid Ihr sicher, dass es ausreichen wird?«

»Oh!«, antwortete Herr Malaga, »Ihr besteht doch nicht darauf, dass sie davon sterben?«

»Mein Gott, nein«, antwortete der andere, »sollte das eintreffen, würde ich es sehr bedauern.«

»Seid beruhigt, sie werden keinesfalls sterben.«

»Ich möchte aber dennoch, dass es Wirkung zeitigt...«

»Was hier drin ist«, sagte er, »genügt, um alle Lanzenreiter der Rudolf-Kaserne toll zu machen. Es ist weniger gefährlich als Arsen, es hinterlässt keinerlei Spuren, und es sorgt immer für Vergnügen!«

Petit-Jeannot hatte genug gehört. Er hatte nicht jedes Wort verstanden, aber alles in allem schien das Gespräch irgendeinen furchtbaren Anschlag anzukündigen. Mühsam gelang es ihm, sich zu erheben, er schwankte zurück in den Laden und von dort gleich weiter auf die Straße, und indem er den Laden von Herrn Malaga verließ, schwor er sich, niemals wieder einen

Fuß dort hinein zu setzen. Sowie er auf der Straße war, lenkte er seine Schritte zu der nächsten Tür desselben Gebäudes, und kaum hatte er wieder die Herrschaft über seine Beine gewonnen, hastete er mit unglaublicher Geschwindigkeit die Treppe empor. In der dritten Etage hielt er an, klopfte an eine Tür, die sich sofort öffnete, und indem er sich über ein dunkles Etwas beugte, das vor seinen Füßen knurrte, rief er atemlos:

»Monsieur Magnus ... der Mann ... der ›Ungläubige‹ ...«

»Wer? Etwa der, von dem du meinst, dass er nicht katholisch aussieht?«, fragte das knurrende dunkle Etwas.

»Genau ... genau der! Er ist es! Er ist es auf jeden Fall! Hier und sogar in diesem Haus!«

Der Zwerg sagte nur:

»Nichts wie los!«

Eilig schlossen sie die Tür und stürzten die Treppe hinab, und nur wenig später waren sie auf der Straße. Doch sogleich drückte Petit-Jeannot mit einer jähen Bewegung Monsieur Magnus in die Türöffnung zurück, da er gesehen hatte, wie Herr Namenlos just in diesem Moment aus dem Laden des Apothekers trat. Gern überließen sie ihm den Vortritt.

»Los, folgen wir ihm!«, kommandierte der Zwerg.

4. Kapitel

Die Baronin von Aquila

»He! Schlick!«

Es war Herr Namenlos, der nach einer Droschke rief. Offenbar kannte er den Kutscher, der gerade an der Ecke der Wallensteinstraße Station machte, da er ihn bei seinem Namen nannte. Schlick war im übrigen in Wien wohlbekannt.

Er war ein pfeifender Kutscher ersten Ranges – erstrangig vor allem als Pfeifer – und man vermied es, mit einem anderen zu fahren, wenn man das große Glück hatte, diesem fidelen Automedon zufällig zu begegnen. Er fuhr immer zu den guten Orten, das heißt dorthin, wo man sich amüsiert. Die ›hohe Festgesellschaft‹, die in Wien Prinzen und Dirnen vereint, behandelte ihn weniger als Bediensteten denn als Freund. Die Droschke von Schlick war alles andere als eine gemeine Droschke. Es war einer dieser außergewöhnlichen Wagen, die in Wien ›Comfortable‹ heißen und für die man sehr viel zahlt; sie entsprechen den luxuriösen Einspännern in Paris. Schlick, ein großer, überaus fetter Mensch mit stark gerötetem Gesicht, näherte sich vorsichtig dem Mann, der ihn gerufen hatte und der auf so eigenartige Weise in seinen Mantel gehüllt war. Schlick nahm sich in Acht. Man lebte in unruhigen Zeiten.

»Wer seid Ihr?«, fragte er, »Ihr, der Ihr meinen Namen kennt?«

»Was schert es dich. Es ist Viertel nach Zwei!«

Schlick stieg, ohne weitere Erklärungen zu fordern, auf seinen Kutschbock, und der Mann sprang in den Wagen. Bequem auf die Kissen gelagert, hatte Herr Namenlos sogleich nach dem Sprachrohr gegriffen.

»Zur Baronin von Aquila«, befahl er.

Der Comfortable schoss wie ein Pfeil davon, doch hatte Petit-Jeannot sich schon in die Federung gehängt, und Monsieur Magnus betätigte sich seiner alten Gewohnheit gemäß als fünftes Rad. Auf diese Weise gelangten alle unbehindert zur Ecke Praterstraße-Zirkusgasse. Dort hielt Schlick vor einem vollkommen neuen, architektonisch auffälligen Gebäude. Herr Namenlos stieg aus, gebot Schlick, auf ihn zu warten, und trat, ohne am Torweg zu klingeln, durch eine kleine Nebentür ein, zu der er den Schlüssel besaß.

Das Haus war in diesem Augenblick fast menschenleer. Die Familie von Aquila weilte noch in Triest. Nur die Baronin war mit einer Gesellschaftsdame und einer Kammerzofe in Wien geblieben. Herr Namenlos erklomm schnell eine kleine Dienstbotentreppe, die zur Wohnung der Baronin führte, Petit-Jeannot und Monsieur Magnus benutzten hingegen die Haupttreppe.

Wo und wie waren sie hereingekommen? Durch welches Mysterium, welchen Zauber, welche Akrobatik? Der magische Durchlass war ein Kellerfenster gewesen!

»Sie wohnt in der zweiten Etage«, flüsterte Monsieur Magnus mit leiser Stimme.

Im letzten Fenster an der Ecke der Straße brannte Licht. Sie warteten im zweiten Stock und lauschten. Kein Laut. Alle Türen auf dem Treppenflur waren mit Schloss oder Riegel versperrt. Monsieur Magnus raufte sich die Haare.

»Um zu wissen, wer dieser Mensch ist, würde ich das Kostbarste geben, was ich auf dieser Welt besitze, nämlich meine dritte Hand«, sagte er. »Das ist für uns eine Frage auf Leben und Tod ...«

Doch wie es schien, war Monsieur Magnus unvermittelt eine Idee gekommen. Er setzte seine drei Hände wieder in Gang und rollte wie ein Rad die Treppe hinab. Petit-Jeannot spreizte seine Beine zu einer großen Schere und folgte. Auf diese Weise stiegen sie in das Kellergeschoß hinunter, woher sie gekommen waren, und flüchteten sich dann in die Küche. Das Küchenfenster ging auf die Zirkusgasse hinaus, während Schlick mit seiner Droschke vor dem Eingangsportal in der Praterstraße gehalten hatte. Niemand hatte sie bei ihrem Einbruch beobachtet.

»Der Speiseaufzug!«, rief Monsieur Magnus und ließ sich augenblicklich häuslich darauf nieder. Er sagte Jeannot, er solle ihn hinaufziehen und erst anhalten, wenn er heftig am Seil rütteln würde. Petit-Jeannot tat, wie ihm geheißen. Auf jeder Etage versetzte Monsieur Magnus den kleinen Türchen einen Faustschlag, so dass diese sich öffneten und die dahinter liegenden, nur schwach vom Tageslicht beleuchteten Räume sehen ließen. Im zweiten Stock fiel indes ein recht heller Lichtschein von dem Nebenzimmer in das Boudoir. Magnus signalisierte, dass Petit-Jeannot ihn nicht weiter hinaufziehen solle. In aller Seelenruhe kroch er aus dem Speiseaufzug und dann wie ein Krebs bis zur Türschwelle des angrenzenden Zimmers, in dem sich zwei Personen unterhielten.

Die Baronin von Aquila lag ausgestreckt auf einem Kanapee. Diese Frau war eher ein junges Mädchen. Sie war erst achtzehn Jahre alt, doch ihre Schönheit war schon so aufsehenerregend wie die einer Fünfundzwanzigjährigen. Sie war groß, schlank und hatte wundervolle Formen, einen aufreizenden Busen und einen rosigen Teint; ihr herrliches blondes Haar, ihre leuchtend schwarzen Augen, ihr Blick, der unvermittelt zwischen anziehender Sinnlichkeit und abweisender Härte wechselte, verliehen dieser Pracht etwas hinreißend Verführerisches.

Die Baronin von Aquila gehörte einer Familie an, die in den elegantesten Kreisen Wiens empfangen wurde. Das junge Mädchen war sehr umschwärmt gewesen, doch hatte sie alle Partien ausgeschlagen. Sie war äußerst ehrgeizig. Und sie war die Geliebte des Erzherzogs Adolf geworden, weil es das einzige Mittel war, das ihr zur Gebot stand, um seine Frau und damit Kaiserin zu werden. Kaiserin! Davon hatte sie geträumt. Der Erzherzog hatte ihr versprochen:

»Ich werde dich an meiner Seite auf den Thron setzen.«

Sie hatte ihm geglaubt und war seine Geliebte geworden. Allerdings war der Erzherzog bereits verheiratet. Es gab nur die Möglichkeit einer Scheidung, und dazu bedurfte es der Einwilligung des Papstes. Wie sie den Erzherzog kennengelernt hatte? Eines Tages, als sie einen Spazierritt nach Schönbrunn unternommen hatte, war ihr auf dem Weg eine alte Zigeunerin namens Giska begegnet, die ihr prophezeite, dass sie Königin würde, wenn sie sofort den Weg zum Palast einschlüge.

Da hatte sie sich zum Palast von Schönbrunn aufgemacht, und zufällig ergab es sich, dass just in dem Moment, als sie vor dem Gittertor eintraf, der Erzherzog hindurchgeritten war. Sie grüßte ihn. Er erwiderte ihren Gruß. Und als sie vor dem verschlossenen Gitter verharrte, fragte der von ihrer großen Schönheit beeindruckte Erzherzog, was sie wünsche. Sie antwortete, dass sie nach Schönbrunn gekommen sei, um einen König zu suchen.

»Wozu?«, fragte der Prinz.

»Um ihn zu heiraten!«

Und daraufhin erzählte sie ihm ihre Begegnung mit Giska, der Bäuerin vom Schwarzwald. Der Prinz und das junge Mädchen brachen gemeinsam in Lachen aus. Die Bekanntschaft war geschlossen. Danach hatten weitere Zufälle den Erzherzog und die kleine Baronin auf wunderbare Weise immer wieder zusammengeführt; allerdings hatte ein Bediensteter des Herrschers namens Ismail, der Adolfs unbegrenztes Vertrauen besaß, dabei tatkräftig nachgeholfen. Sie hatten sich geliebt, zunächst insgeheim, bald aber hatte ganz Wien davon gewusst. Einen Moment lang zögerte die gute Gesellschaft, ob man der Familie Aquila ihre Pforten verschließen solle. Doch hatte das junge Mädchen sich nicht gescheut, ganz offen davon zu sprechen, dass am Ende ihres Abenteuers der Thron auf sie warte, und nach reiflicher Überlegung hatte man daraufhin statt der Türen lieber die Augen geschlossen. Für den Hof hingegen war die ganze Geschichte nach wie vor eine Tragödie geblieben.

Vor der Baronin von Aquila, die immer noch ausgestreckt auf ihrem Kanapee ruhte, stand ein Mann. Er hatte die Kleidungsstücke abgelegt, die ihn unkenntlich machen sollten. Monsieur Magnus erbebte. Er erkannte den ›Ungläubigen‹ wieder. Es war dieser Mann, der das Geheimnis der Königin des Sabbats kannte, während es ihm, Monsieur Magnus, bis jetzt verschlossen geblieben war. Es war derselbe Mann, derselbe mysteriöse Mensch, dessen Auftrag es war, jenen anderen Auftrag zu durchkreuzen, den Monsieur Magnus und Petit-Jeannot so feierlich hatten annehmen müssen: der Königin des Sabbats durch ganz Europa zu folgen. Er hatte diesen fliehenden Schatten aber in demselben Moment verloren, da er inmitten des Schwarzwaldes die Fährte des ›Goldenen Gottes‹ wiedergefunden hatte. Danach waren gleich beide wieder verschwunden: der ›Ungläubige‹ wie auch der ›Goldende Gott‹! Doch mitten in diese undurchdringliche Dunkelheit war ein erhellendes Wort gefallen, das sich auf eine unumstößliche Realität bezog: Wien! Ein Gespräch zwischen dem ›Ungläubigen‹ und einem Fabrikanten einfallsreich verzierter Uhrengehäuse, das Monsieur Magnus in Freiburg aufgeschnappt hatte, gab Anlass zu der Vermutung, dass die Hauptstadt von Austrasien sowohl für die Königin des Sabbats als auch für den ›Ungläubigen‹ und somit auch für ihn selbst Ziel und Ende dieser fantastischen Reise sein müsse.

Wir wissen, was unseren beiden Zigeunern, Monsieur Magnus und Petit-Jeannot, widerfahren war, seitdem sie in Wien weilten. Sie hatten die Königin des Sabbats abermals aus den Augen verloren und sich zudem verstecken müssen. Monsieur Magnus vermied es tunlichst, sich in den Schaustellungen des Prater zu zeigen, denn er fürchtete, eine Nachricht vom alten Omar zu erhalten, der von ihm zu erfahren wünschte, was aus seiner Königin Stella geworden sei.

Doch nun – endlich! – hatte er den ›Ungläubigen‹ direkt vor sich! Und er konnte hören, was er sagte! Denn Monsieur Magnus sprach Deutsch.

»Es ist vorbei, meine Dame«, sagte der ›Ungläubige‹. »Es gibt keinerlei Hoffnung mehr!«

»Erklär dich, Ismail. Ich bin zu allem bereit«, entgegnete die Baronin, die totenblass geworden war.

»Die Nachricht des Erzherzogs an den Papst war nur eine Komödie. Seine Hoheit wusste genau, dass Seine Heiligkeit es auf keinen Fall für gut erachten würde, in dem Sinne zu intervenieren, wie man es von ihm erhofft hatte. Die Nachricht des Papstes hinsichtlich der Scheidung ist vor über acht Tagen in Wien eingetroffen und wurde dem Kaiser durch seinen Beichtvater, den alten Prior der Kapuziner, ohne jede weitere Formalität überbracht. Seine Majestät ist in großen Zorn geraten, als er von der Affäre erfuhr, und hat den Erbprinzen zu sich kommen lassen.«

»Ich weiß«, unterbrach die junge Frau mit einer Stimme, der sie Kraft zu verleihen suchte, »ich weiß, dass es eine schreckliche Szene gegeben hat: der Prinz, von seinem Vater einbestellt, war feierlich in das kaiserliche Arbeitszimmer geführt worden. Dort fanden sich um den Kaiser versammelt der Kardinal-Erzbischof von Wien, der Präsident des Ministerrats und der Minister für Auswärtige Angelegenheiten. Auf dem Schreibtisch Seiner Majestät war Adolfs Brief an den Papst ausgebreitet. Der Kaiser hat seinen unumstößlichen Willen zum Ausdruck gebracht, indem er verkündete, dass er seinen Sohn lieber tot sehen würde als eine Abenteuerin auf dem Thron von Austrasien. Der Erzherzog hat dann seinem Vater wenig respektvoll geantwortet, beide sind in schrecklichen Zorn geraten, die Zusammenkunft hat gut über eine Stunde gedauert. Adolf hat sie bleich, mit verstörten Zügen und zitternden Händen verlassen. Eine Viertelstunde später hat man den Unglücklichen in tiefer Ohnmacht in seinem Arbeitszimmer aufgefunden. So haben sich die Dinge doch abgespielt, nicht wahr?«

»Genau so, bis auf die Ohnmacht, und ich erkenne an all dem, meine Dame, die Vortrefflichkeit des ehrwürdigen Pater Rossi, der Euch sehr zugetan ist, und die Geschwindigkeit, mit der er solche Nachrichten zu verbreiten weiß. Es gibt allerdings ein kleines Detail, das darin nicht enthalten ist und das Ihr daher noch nicht kennt. Erlaubt mir diese Lücke zu schließen. Seine Hoheit, meine Dame, ist, als er in seine Gemächer zurückkam, keinesfalls ohnmächtig geworden, sondern ist umgehend zu Seiner Majestät zurückgekehrt, der Erzherzog hat Seiner Majestät dafür gedankt, dass man sein fatales Abenteuer, das eine Aquila auf den Thron von Austrasien hätte führen können, auf so glückliche Weise beendet habe ...«

Bei diesen Worten hatte sich die Baronin mit einem einzigen Ruck aufgesetzt. Ihr Gesicht, das zuvor blass und verstört gewesen war, zeigte jetzt einen furchtbaren Ausdruck. Ihre Augen warfen Blitze auf Ismail, der die seinigen nicht senkte. Sie machte ihm ein Zeichen, dass er weitersprechen solle, da es ihr unmöglich war, ein Wort hervorzubringen.

»Der Prinz hat Seine Majestät angefleht, noch einen Schritt weiterzugehen und, nachdem schon so viel für ihn getan worden sei, noch etwas mehr zu tun, nämlich ihm den Befehl zu erteilen, ohne weiteren Aufschub die Gebiete des Reichs zu verlassen. Seine Majestät möge ihm eine offizielle Mission übertragen, die ihn auf einem Schiff der kaiserlichen Marine ins Ausland bringen und zugleich vor jeder Annäherung der Baronin von Aquila schützen würde. Hier, in meinen Händen ist dieser Befehl! Ich bin damit beauftragt, ihn noch heute Abend Seiner Hoheit zu überbringen.«

Und Ismail zeigte eine Depesche mit dem Wappen des Kaisers. Die Baronin ergriff und entsiegelte sie mit zitternder Hand. Sie las: ›Fahr weg! Fahre sofort weg – Franz‹.

Sie zerriss den Brief. Schließlich fand sie die Kraft, mit zusammengepressten Lippen zu fragen:

»Und die Szene? Die große Streitszene im Kabinett des Kaisers?«

»Eine Komödie!«, erwiderte Ismail kalt. »Eine Komödie, die zwischen Seiner Majestät und Seiner Hoheit arrangiert wurde und allein darauf abzielte, Euch zu täuschen.«

»Und wenn du dich irren solltest, Unglückseliger! Ismail! Ismail! Nimm dich in Acht! Wenn du dich irren solltest!«

Der Mann trat auf die Baronin zu und sagte ihr:

»Meine Dame, ich habe Seine Hoheit zu Seiner Majestät dem Kaiser sagen hören: ›*Seit langem habe ich genug von der Aquila!*‹.«

Die junge Frau ging zu einem Toilettentisch und griff mit den Bewegungen eines Automaten nach einem Flakon mit Riechsalz, das sie einatmete. Einen Augenblick lang blieb sie bewegungslos, aufrecht, ohne jede Regung, so dass man sie für eine Statue aus kaltem Marmor hätte halten können. Als sie sich dann umwandte und auf Ismail zuging, erstaunte sie ihn durch ihre erhabene Ruhe, ihre bewundernswert gelassene und natürliche Haltung.

»Warum verrätst du ihn?«, fragte sie ihn.

»Weil er Euch verrät!«, antwortete er.

»Du liebst mich also?«

»*Bis in den Tod.*«

Sie warf einen seltsamen Blick auf diesen Hausdiener, einen Blick der Herrin auf den Sklaven, der darunter erzitterte.

»Und wo wirst du mit Seiner Hoheit zusammentreffen?«, fragte sie.

»In Mayerling. Heute ist Jagd gewesen. An diesem Abend findet ein intimes Fest statt. Der Prinz von C... ist dabei. *Seine Hoheit feiert seine Abfahrt.* Man hat Mädchen von der Kriau kommen lassen.«

»Ismail, einen Wagen ... rasch!«

»Schlick wartet unten!«

»Sehr gut!«, sagte sie.

Und sie klingelte nach ihrer Kammerfrau.

5. Kapitel

Mayerling

Der Zwerg Magnus hatte, sich dabei rückwärts bewegend, den Speiseaufzug wieder erreicht. Er hatte selbst den Sperrhaken gelöst und mit dem Seil äußerst vorsichtig den Abstieg der kleinen Maschine reguliert. So gelangte er in die Küche und machte dabei so wenig Geräusch, dass Petit-Jeannot, der das Untergeschoß nicht verlassen hatte, ihn überhaupt nicht kommen hörte.

Petit-Jeannot hatte auf einem Büffet ein vollständig zubereitetes, doch in Reserve gehaltenes Gericht auf einem flachen Tafelgeschirr entdeckt; allerdings hatten die schrecklichen Gefühlsregungen, denen er in diesem Moment ausgesetzt war, ihm jeglichen Appetit genommen. So begnügte er sich damit, in aller Ruhe den Silberteller unter seinem Jackett zu verstauen. Er knöpfte gerade den letzten Knopf zu, als Monsieur Magnus zwischen seine Beine sprang.

»Los!«, sagte der Zwerg. »Trollen wir uns! Es ist höchste Zeit.«

Und er kroch wie ein gewaltiges Insekt die langen Beine und den Körper von Jeannot empor, erreichte auf diesem Weg das Kellerfenster, durch das die beiden Kumpanen hindurchkletterten, so dass sie sich gleich darauf wieder auf der Straße befanden. Monsieur Magnus rannte zur Ecke des Gebäudes. Die Droschke von Schlick stand immer noch da!

»Kümmere dich nicht um den Kutscher und um niemanden anderen auf der Welt, sondern nur um den ›Ungläubigen‹«, sagte der Zwerg zu Jeannot. »Wir haben ihn zwischen den Fingern. Verlier ihn nicht! Du wirst zweifelsohne schreckliche Dinge sehen. Davon kannst du mir später erzählen.«

»Aber Ihr? Wohin geht Ihr«, fragte Jeannot zutiefst beunruhigt.

»Kümmere dich nicht darum«, antwortete Monsieur Magnus.

Er drehte sich um, warf sich auf seine drei Hände, streckte seine Füße und war schon im nächsten Augenblick hinter der Ecke des Karl-Theaters verschwunden. Petit-Jeannot hatte gerade noch Zeit, sich wieder umzuwenden. Auf dem Trottoir sprach der ›Ungläubige‹ leise zu Schlick; dann entfernte er sich hastig. Einige Zeit lief er scheinbar ziellos durch die Straßen, endlich traf er auf einen Fiaker und rief ihn zu sich. Jeannot, der hinter ihm hergeglitten war, hörte ihn zum Kutscher sagen:

»*Südbahnhof*!«

Von dem Ort, an dem man sich befand, bis zum Südbahnhof war es ziemlich weit. Jeannot, der durch seinen Silberteller behindert war, beeilte sich, seinen bevorzugten Platz auf dem hinteren Teil des Fahrwerks einzunehmen. Als man in die Wiedner Hauptstraße einbog, gab der Mann im Wagen den Befehl, vor einem luxuriösen Stahlwarengeschäft zu halten. Er ging in den Laden und nahm eine schon bereit gestellte Schachtel mit Rasiermessern in Empfang, die er gleichwohl noch einmal sorgfältig schärfen ließ. Anschließend fuhr der Fiaker auf direktem Weg zum Bahnhof.

Dort angekommen kaufte der Mann eine Fahrkarte nach Baden, setzte sich in ein Abteil erster Klasse, stieg, als er am Zielort angekommen war, aus dem Zug, ging durch das Bahnhofsgebäude, nahm einen der wenigen Wagen, die auf dem Vorplatz warteten, und ließ sich nach Mayerling fahren. Zu etwa dieser Zeit sollte die Jagdgesellschaft hier zusammentreffen. Der Mann entlohnte den Kutscher. Er befand sich nun auf einem Waldstück, in dessen Mitte eine verlassene Hütte stand, ging darauf zu, verbeugte sich tief, als er sich der Türschwelle der Hütte näherte, und trat ein.

Einen Augenblick später zeichneten sich hinter der Tür zwei Silhouetten ab: die eine war die des treuen kaiserlichen Dieners Ismail, der vor einer zweiten Gestalt kniete, einem stummen Schatten, der bewegungslos aufrecht stand. Das Geräusch eines Wagens, der sich im schnellsten Galopp seiner beiden dampfenden Pferde näherte, durchbrach die Stille der Nacht. Ismail erhob sich und zeigte mit ausgestrecktem Arm auf den vorbeirollenden Wagen. Es war Schlick, der die Baronin von Aquila zu der Zusammenkunft der Jagdgesellschaft in Mayerling kutschierte, wo niemand mit ihr rechnete.

Das Schloss befand sich etwa zweihundert Meter entfernt. Als Schlick auf fünfzig Meter herangekommen war, ließ ein Befehl, der aus dem Inneren des Wagens kam, die Pferde anhalten. Die Baronin entstieg der Kutsche und gab Schlick ein Zeichen, dass er umkehren und zurück nach Wien fahren solle. Eingehüllt in ihren weiten Pelzmantel ging sie mit langsamen Schritten auf das Schloss zu. Am dunklen Nachthimmel war kein einziger Stern zu sehen.

Durch die zugezogenen Läden des Erdgeschosses fielen einige Lichtstrahlen. Es war das einzige Licht, das die Finsternis erhellte. Der Klang einiger lauter Stimmen drang bis zu ihr heraus. Einen Moment lang meinte sie, das Lachen des Erzherzogs und Thronerben wiederzuerkennen. Sie näherte sich der Einzäunung.

Während sie vor dem Haupteingang des Schlosses umherirrte und, vielleicht noch vor der Ungeheuerlichkeit ihres Vorhabens zurückschreckend, von den furchtbarsten Gedanken und Gefühlen bewegt wurde, stand Ismail vor der Dienstbotentür. Er war gerade im Begriff, in diesen Teil des Schlosses einzudringen, als er einen jähen Rückwärtssprung vollführte; etwas war knapp an ihm vorbeigeflogen und mit einem außergewöhnlich geräuschvollen, hell scheppernden Klang neben ihm gelandet. Er beugte sich nieder und hob einen Teller auf.

»So etwas!«, murmelte er. »Ein Teller ... ein Teller, der vom Himmel fällt!«

Er hob den Kopf und starrte in den dunklen Raum und auf die schwarze Überdachung des Dienstboteneingangs. Er konnte jedoch nichts sehen und trat schließlich mitsamt dem Teller in das Schloss. Auf dem Dach hingegen suchte Petit-Jeannot, der nicht bemerkt hatte, dass er seinen Teller beim

Erklettern der Regenrinne verloren hatte, sich seinen eigenen Weg. Und sich einen Weg auf einem Dach zu suchen, bedeutete für Petit-Jeannot nichts anderes, als nach einem Schornstein Ausschau zu halten. Die Natur hatte ihn so seltsam geformt, so lang und geschmeidig, so dünn und beweglich, dass er fast überall durchschlüpfen konnte, wenn er sich je nach Bedarf aufblähte oder aber sich streckte und längte.

Petit-Jeannot war fest entschlossen, in dieses Gebäude einzudringen, in dem ›Herr Namenlos‹ einem äußert geheimnisvollen Vorhaben nachzugehen schien. Er wollte endlich wissen, was es mit dieser merkwürdigen Person auf sich hatte! Womöglich würde er jetzt in Erfahrung bringen können, wer der ›Ungläubige‹ wirklich war. Außerdem hatte ihm Monsieur Magnus befohlen, diesen Schatten unter keinen Umständen aus den Augen zu verlieren. Da ist ein Schornstein! Und noch dazu ein unbeheizter Schornstein! Petit-Jeannot ist sogleich darin verschwunden. Vorsichtig steigt er hinab in das Dunkel, in den Ruß hinein ... Da, ein Halt ... Er tastet sich vorwärts ... zwei große Rohre öffnen sich, eines nach rechts, das andere nach links, er entscheidet sich, wie es der Zufall gerade will ... Und dann bewegt er sich einen Moment lang in der Waagerechten ... und klettert nun senkrecht empor ... dann wieder schräg hinauf und schließlich wieder senkrecht nach oben ... Schließlich fühlt er keinen Boden mehr unter seinen Füßen; er kann sie frei bewegen, doch nun ist der Oberkörper stecken geblieben ... und dann fällt er plötzlich ... er fällt in die Tiefe eines jener gewaltigen Kachelöfen, die das Ausmaß einer Hütte haben und vor allem in slawischen Ländern sowie teilweise auch in Deutschland verbreitet sind; sie dienen dazu, mehrere Zimmer gleichzeitig zu beheizen, wobei der Brennstoff ganze Tage lang nicht erneuert werden muss. Diese geräumigen Öfen, die im allgemeinen mit Fayencen verkleidet sind, werden zwischen drei oder vier Zimmern eingebaut. Auf jedes dieser Zimmer öffnet sich eine kleine Tür aus Metall oder Gusseisen, die den Ofen separat verschließt oder aber nach Gusto Flamme und Glut sehen lässt. Petit-Jeannot fühlte sich wunderbar darin aufgehoben. Jede dieser kleinen Türen konnte ihm als Fenster dienen.

Mit allergrößter Vorsicht stieß Jeannot die Ofentür zu seiner Rechten auf. Er konnte ein Zimmer sehen, das äußerst schlicht möbliert war. In der Mitte stand ein Bettgestell aus Kupfer, das Bett war bereits bezogen worden. Auf einer Kommode war ein großes geöffnetes Reisenecessaire abgestellt, und neben diesem Reisenecessaire gewahrte Petit-Jeannot die gleichfalls geöffnete Schachtel mit den Rasiermessern, die er ›Herrn Namenlos‹ hatte kaufen sehen. Auf der Kommode stand ein Portrait des Kaisers. Über dem Kamin, in dem ein Holzscheit brannte, waren zwei Lichter angezündet. Es befand sich niemand in diesem Zimmer.

Petit-Jeannot schloss die Ofentür auf dieser Seite und versuchte, die mittlere Tür zu öffnen. Sie war von außen mit einer kleinen Metallklemme verschlossen; es gelang ihm, sie mit der Klinge seines Messers zu lösen. Er konnte nicht verhindern, dass er dabei ein leises Geräusch verursachte, das einen Augenblick lang den Mann, dem sich Petit-Jeannot nunmehr gegenübersah, merklich zu beunruhigen schien. Augenblicklich hatte der junge Mann erkannt, dass er es mit ›Herrn Namenlos‹ zu tun hatte, der sich seines Mantels und seines falschen Bartes entledigt hatte.

Er befand sich allein in dem Raum, auf den die mittlere Ofentür hinausging. Bei dem leichten Quietschen, das durch die Entfernung der Klemme an der kleinen Eisentür entstand, war Ismail zusammengezuckt. Das ungewohnte Geräusch störte ihn bei einer besonders delikaten Tätigkeit. Der Kammerdiener und Vertraute des Kaisers goss Tropfen für Tropfen den Inhalt jener kleinen Glasampulle, die ihm, wie Petit-Jeannot mit eigenen Augen gesehen hatte, von dem Apotheker übergeben worden war, in die Likörgläser, die auf dem Tisch in der Mitte des Zimmers standen. Er zögerte einen Moment, langsam drehte er den Kopf und betrachtete aufmerksam alle Dinge, die sich in dem Zimmer befanden. Zweifelsohne glaubte er, sich geirrt zu haben, denn sogleich nahm er das unterbrochene Werk wieder auf.

Petit-Jeannot war in seinem tiefsten Inneren außerordentlich erleichtert über die beruhigenden Worte des Apothekers hinsichtlich der Konsequenzen, die der Genuss dieser Flüssigkeit aus der verdächtigen Glasampulle zeitigen konnte. Andernfalls hätte der junge Mann zweifellos an die Vorbereitungen zu einem Giftanschlag glauben müssen, und dann wäre es ein grundlegendes Gebot der Menschlichkeit gewesen, diese Untat zu verhindern, was allerdings den ehemaligen Uhrmacherlehrling ernsthaften Unannehmlichkeiten ausgesetzt hätte. So begnügte er sich damit, die Nase an das dritte kleine Fenster zu legen. Er öffnete es mit noch mehr Vorsicht als die beiden anderen, denn seit er in seinem Ofen war, hatte er nicht aufgehört, von dieser Seite einigen Lärm zu vernehmen, der auf eine lebhafte und angeheiterte Gesellschaft schließen ließ.

»Ach!«, seufzte Petit-Jeannot »ach, wie schön diese Frauen sind! Doch werden sie sich bestimmt eine Erkältung zuziehen.«

In der Tat ließen die beiden Damen, die er nun zu Gesicht bekam, tiefe Dekolletés sehen, die kein weiterer Schmuck bedeckte. Petit-Jeannot, der davon hatte reden hören, dass die Vorschriften der Mode die zu gewissen Diners geladenen Damen dazu veranlassten, nackte Schultern zu zeigen, war dennoch sehr erstaunt. Niemals hätte er gedacht, dass die Mode imstande wäre, die Schultern so weit *nach unten* zu verschieben!

»Das ist schamlos!«, sagte sich Petit-Jeannot und errötete dabei ... und er dachte sogleich an das keusche Fräulein Berthe, die ihre Brust sicherlich niemandem zeigen würde.

Das ausgelassene Souper näherte sich bereits seinem Ende. Am Tisch saßen außer den beiden Damen noch drei Männer, in der Mitte der Erzherzog und Thronfolger, Prinz Adolf, Sohn des Kaisers Franz und der Kaiserin Gisela. Er schien äußerst gelangweilt; den beiden entblößten Ausschnitten zu seiner Rechten wie zu seiner Linken schenkte er nicht die geringste Aufmerksamkeit. Adolf war von Natur aus keinesfalls eine vulgäre Person. Er hatte durchaus Literatur und Künste geliebt, doch hatte die von Kaiser Franz eingeforderte Staatsräson dem jungen Mann eine Heirat aufgezwungen, die vollkommen außerhalb seines Geschmacks und seines Herzens lag. Seither galt sein Interesse ausschließlich Vergnügungen und Orgien. Sein Abenteuer mit der Baronin von Aquila hätte ihn vielleicht retten und ihm Gefühle wahrer Liebe vermitteln können, doch hatten sich ihm zu viele Schwierigkeiten in den Weg gestellt, die zu überwinden er weder die Kraft noch den Mut besaß.

Wie es schien, war dieser melancholische Gast in einem bösen Traum versunken, aus dem er bisweilen unter seltsamen Lachanfällen erwachte, die Petit-Jeannot im Inneren seines Ofens erschaudern ließen. Seine beiden männlichen Begleiter waren der Prinz C... und der Graf H..., die berüchtigten Gefährten bei allen seinen Vergnügungen. Sie waren angelegentlich mit ihren zwei Nachbarinnen beschäftigt, zwei galanten hübschen Mädchen, die in der Krieau – an jenem Ort im Prater, wo die nächtliche Ausschweifung ihre unangefochtene Herrschaft etabliert hat – gewöhnlich die Abendgesellschaften unterhielten.

Dem Erzherzog direkt gegenüber saß noch eine junge Person, die mit eigenartigen Schmuckstücken bedeckt und erstaunlich unbekleidet war. Das war die in Wien für ihren ›Tanz der Salome‹ berühmte Tribaldi. Seit die Leidenschaft, die der Erzherzog für die Baronin bekundete, dem Hof bedenklich geworden war, hatte man sich bemüht. ihn für diese Frau zu interessieren, deren laszive Kunst die ganze Hauptstadt in Bewegung gebracht hatte. Der Prinz C... hatte die junge Künstlerin angewiesen, in ihrem Kostüm der Salome – und zwar genau so, wie sie sich auf der Bühne zeigte – zu dem Souper zu erscheinen, das heißt mehr oder weniger nackt, die Brust unterhalb des Busens von einem goldenen Gürtel umschnürt, an dem ein durchsichtiger Schleier befestigt war, so dass von der Bewegung ihrer wunderbaren Beine nichts verloren ging. Der Erzherzog saß diesem aufregend sinnlichen Körper genau gegenüber, doch schien er sich dessen gar nicht bewusst zu sein. Auch die Tribaldi blieb inmitten des dröhnenden Gelächters stumm.

Petit-Jeannot betrachtete diese Szene mit weit aufgerissenen Augen, als sich die Tür zu dem Saal öffnete und ein Diener Likörgläser hereintrug; es waren dieselben, in die der ›Ungläubige‹ zuvor jene pharmazeutische Flüssigkeit geträufelt hatte. Hinter dem Diener erschien Ismail selbst. Er trat hinter den Erzherzog und sprach über seine Schulter gebeugt mit leiser Stimme einige Worte. Adolf schien erregt, er stand auf und verließ den Raum. Auch Ismail verschwand.

Petit-Jeannot schloss sein kleines Fenster zur Linken und öffnete erneut das zu seiner Rechten, denn ein unbestimmtes Gefühl sagte ihm, dass er sich nun dieser Seite zuwenden solle. In der Tat war das Zimmer nicht mehr leer. Vor dem Kamin stand eine Frau, in ihrem Pelz gehüllt und mit einer so erhabenen Haltung, dass Petit-Jeannot davon sehr beeindruckt war. »Das«, dachte er bei sich, »ist eine wirkliche Dame!«. Und da sie sich ein wenig zu seiner Seite gedreht hatte, konnte er ihr Profil sehen. »Wie zart sie ist! Wie schön! Doch macht sie keinen zufriedenen Eindruck!«

Erzherzog Adolf trat ein. Sogleich ging er auf die junge Frau zu, er streckte die Hände nach ihr aus. Noch bevor ein Wort zwischen ihnen gesprochen worden war, hatte die Dame ihren Pelz fallen lassen und zeigte sich dem Erzherzog und Petit-Jeannot in einer umwerfenden Abendtoilette, die sie in ihrer ganzen Schönheit erscheinen ließ. Ihre herrlichen Schultern und ihre wundervolle Brust waren mit Schmuckstücken bedeckt. Sie trug an diesem Abend das berühmte Diamantencollier, das einige Wochen zuvor bei einem Diner in der austrasischen Botschaft in Deutschland, an dem Adolf und die Erzherzogin Sophie teilnahmen, einen Skandal verursacht hatte; Adolfs Gemahlin hatte sich demonstrativ entfernt, als sie auf den Schultern eines jungen Mädchens einen Schmuck erblickte, den die Etikette nur verheirateten Frauen zugesteht. Natürlich war es auch ihr nicht unbekannt geblieben, dass dieses junge Mädchen die Maitresse ihres Gatten war, und dass diese gleichsam als zweite Ehefrau auftrat, hatte die Wirkung des Skandals vervielfacht. Doch hatte die Aquila immer schon und immer nur das gemacht, was sie selbst für richtig hielt.

Nun trat sie ihrem Geliebten in derselben Toilette und mit demselben Schmuck gegenüber, der die Erzherzogin zur Verzweiflung gebracht und den Erzherzog hatte vergessen lassen, dass er auf dieser offiziellen Soiree den Kaiser vertreten sollte; er hatte sich an jenem Abend nur noch um seine Maitresse gekümmert.

»Ist es wahr, dass du von deiner Aquila genug hast?«, fragte sie ganz ruhig.

»Ach, Mad!«, sagte der Prinz mit dumpfer Stimme »Wie schön du bist!«

»Ist es wahr, dass du mich nicht mehr liebst?«

»Mad, ich habe dich so sehr geliebt, dass ich aus dir meine Frau machen wollte, doch Gott ist mein Zeuge, dass weder Gott noch der Papst es gewollt haben.«

»Ich weiß ... ich weiß ...«, unterbrach ihn die junge Frau.

»Ich habe meinen Vater angefleht, Mad ...«

»Auch das weiß ich ... Ich weiß alles, was geschehen ist.«

»Dann bedaure mich, denn ich liebe dich immer noch.« Und er wollte sich ihr nähern. Sie aber trat zurück.

»Und jetzt, Adolf, was wirst du jetzt tun?«

Ihre Stimme war sanft, aber sie zitterte. Der Erzherzog konnte unmöglich ahnen, wie viel Zorn sich in diesem Zittern verbarg.

So setzte er sich wieder. Niedergeschlagen seufzte er:

»Ich werde abreisen!«

Die Baronin erwiderte nichts. Der Prinz blickte zu ihr auf. Zum ersten Mal war er über ihre Blässe und das dunkle Feuer in ihren Augen erschrocken. Und da sagte er ein unheilvolles Wort, einen ganz banalen Satz:

»Man muss vernünftig sein, Mad. Doch ich werde zurückkehren.«

Die Augen der Aquila hatten sich auf furchtbare Weise verfinstert. Zum ersten Mal begriff der Erzherzog, dass es notwendig gewesen wäre, einem Schicksal gegenüber Einspruch zu erheben, dass sie voneinander zu trennen beabsichtigte.

»Was kann eine solche Trennung gegen eine Liebe wie die unsrige ausrichten?«, murmelte er statt dessen. »Sieh dich doch um, schau nur, was sich gerade abspielt, Aquila, diese ganze Unruhe im Reich ...«. Und er fügte leise hinzu: »Wer wird Herrscher des morgigen Tages sein? Gib die Hoffnung nicht auf!«

Im Grunde aber war er der ganzen Geschichte bereits müde geworden. Selbst in dem Augenblick, da er seine Mätresse anbetete, hätte er gewünscht, sich ihrer zu entledigen. In seinem tiefsten Inneren fühlte er nicht die geringste Schuld gegenüber dieser jungen Frau, der er in aller Seelenruhe Thron und Reich versprochen hatte, um sie zu besitzen. Und hatte er nicht alle notwendigen Schritte unternommen? Sie hatten keinen Erfolg gehabt. Jetzt konnte man allenfalls abwarten.

»Wann brichst du auf?«, fragte sie.

»Morgen! So lautet der Befehl des Kaisers.«

»Und du wärst abgefahren, ohne mich wiederzusehen?«

»Nun ja, ich hoffte, dich vor meiner Abreise nicht mehr wiederzusehen! Ich verstehe deinen Zorn, Aquila, doch verstehe bitte meinen Kummer... Ich liebe dich so sehr... Wozu sollte es gut sein, dich wiederzusehen, wenn ich dir schlechte Nachrichten überbringen musste? Kannst du das verstehen, meine kleine Mad?«

»Ihr seid voller Feingefühl!«, zischte sie.

Sie näherte sich dem Erzherzog. Sie legte ihm eine Hand auf die Schulter und sagte ihm unumwunden ins Gesicht:

»Durchlaucht, Ihr seid ein Feigling! Doch ich vergebe Euch. Ihr habt mich getäuscht, und ich trage es Euch nicht nach! Ihr werdet wegfahren, und ich danke Euch dafür. Ich habe Euch mehr als alles auf der Welt geliebt, und Ihr habt darin irgendein abscheuliches Kalkül vermutet, oder man hat dafür gesorgt, dass Ihr es vermuten musstet. Ich erbringe Euch heute den Beweis, dass Aquila Euch nur um Euretwegen liebte. Wenn Ihr mich auch nicht lieben solltet, so zweifle ich doch nicht daran, dass ich Euch gefalle. Hier bin ich. Amüsiert Euch und reist morgen ab!«

Und sie trat vor den Spiegel, vor dem sie ihre Frisur etwas in Ordnung brachte. Der Erzherzog stand hinter ihr. Die Worte, die sie ihm gesagt hatte, klangen seltsam in seinen Ohren fort. Was er davon aufnahm, war vor allem, dass sie ihm noch einmal gehören werde; ganz gleich, wie die Umstände sein mochten, sie würde sich nicht verweigern ... Er verstand nichts anderes als das. Und das Wort »Feigling«, das ihn hatte erbleichen lassen, war bereits vergessen. Sie drehte sich zu ihm um, als er ihr einen Kuss auf den Nacken gab.

»Man ist dabei, sich zu amüsieren?«

»Man ist noch dabei zu soupieren.«

»So gehen wir zu dem Souper!«, sagte sie.

»Wo denkt Ihr hin, Mad ...«, protestierte er. »Der Prinz von C... und der Graf H... haben ein paar Dirnen mitgebracht; wir werden hier soupieren ... nur wir beide allein.«

»Warum? Ich möchte mit den Dirnen soupieren!«

»Aquila!«

»Also, nein! Für wen haltet Ihr mich? Was bin ich denn, wenn ich keine Dirne bin? Könntet Ihr mir bitte sagen, was Ihr aus mir gemacht habt? Gehen wir also! Gehen wir, mein Lieber, *man muss vernünftig sein*!«

Und sie trat auf die Zimmertür zu. Der Erzherzog wollte sie erneut zurückhalten:

»Aquila ... sie sind betrunken!«

»Ich werde mich auch betrinken ...«

»Aquila ... sie sind nackt!«

Die Baronin senkte ihren Blick auf ihre wundervolle Brust:

»Findet Ihr meinen Ausschnitt noch nicht tief genug?«

Und indem sie ihrem Liebhaber das Wort abschnitt, sagte sie:

»Ich verlange es!«

Sie sagte es in einem Ton, der keine Erwiderung zuließ. Wortlos folgte ihr der Prinz.

Petit-Jeannot, der die gesamte Unterredung mitangehört hatte, atmete kaum noch. Er verschloss die kleine Tür zur Rechten und öffnete erneut die zur Linken. Während er die Drehbewegung im Inneren seines Ofens vollführte, warf er einen raschen Blick durch die kleine Tür in der Mitte, was ihm gestattete, einen Augenblick lang den ›Ungläubigen‹ zu sehen, der durch eine halbgeöffnete Tür beobachtete, was im Speisesaal geschah.

»Oh! oh! die Lage spitzt sich zu!«, murmelte Petit-Jeannot.

Als der Erzherzog und die Baronin den Speisesaal betraten, erhoben sich alle Gäste. Sie alle fragten sich, da sie die Mätresse des Prinzen erkannten, was eine derartige und noch dazu eine so unerwartete Erscheinung zu bedeuten habe? Die jungen Damen zeigten sich etwas geniert und versuchten hastig, wieder etwas Ordnung in ihre Toiletten zu bringen. Einzig die Tribaldi bewahrte ihre Ruhe und ihre ganze Künstlerwürde unter den Kleinodien der Salome.

Die Aquila drückte dem Prinzen von C... und dem Grafen von H... die Hand, begrüßte die Damen mit einem Lächeln, trat zu der Tribaldi und beglückwünschte diese sogleich zu ihrem großen Erfolg. Die Aquila setzte sich an den Tisch; sie war so schön, dass die anwesenden Männer sich dafür schämten, andere Frauen mitgebracht zu haben. Sie schien sich vollkommen wohl zu fühlen und bat die Gäste, auf keinen Fall den geplanten Verlauf des kleinen Festes zu unterbrechen, das gestört zu haben, sie sich sonst niemals verzeihen würde. Sie ließ auf die Gesundheit des Erzherzogs trinken und wachte höchstpersönlich darüber, das die beginnende Trunkenheit, die bei allen Anwesenden bereits deutliche Spuren hinterlassen hatte, nicht auf halbem Weg stehen bleiben sollte. Sie selbst trank jedoch nicht. Gleichwohl zeigte sie eine exzessive Ausgelassenheit, hielt lebhafte Reden, rauchte Zigaretten. Und dieses Schauspiel einer großen Dame, die sich auf die Ebene der vulgärsten Kurtisanen herabließ, schien weit davon entfernt, den Gentlemen zu missfallen, die, seltsam erregt durch die unbekannten Liköre, die ihnen serviert worden waren, die Baronin zu immer weiteren exzentrischen Ausfällen ermutigten. Auch der Erbprinz, so grämlich er noch kurz zuvor gewesen war, legte nunmehr eine ungewöhnliche Munterkeit an den Tag.

Er wusste selbst nicht, was plötzlich in ihn gefahren war, welcher Dämon ihn dazu verleitete, sich dem Treiben seiner Begleiter anzuschließen. Nachdem die Gefährtinnen dieser Herren sich wieder entblößt hatten, schwor er, dass seine Mätresse die schönste von allen sei und dass ihr Busen mit keinem anderen Busen auf der Welt verglichen werden könne. Und indem er dies sagte, zerriss er das Korsett der Aquila.

Nicht die geringste Geste eines Protests war ihr anzumerken. Sie verharrte einen kurzen Moment, als wäre sie in Stein verwandelt worden, und schloss dabei die Augen. Hingerissen betrachteten die Männer ebenso wie die Dirnen diese Brüste aus Marmor.

»Gebt zu, dass sie den Busen einer Kaiserin hat!«, kreischte der Erbprinz auf, der offenbar allen Verstand verloren hatte.

Die Aquila öffnete erneut ihre dunklen Augen. Ihr Blick war starr, und als sie sprach, war ihre Stimme nicht wiederzuerkennen.

»Danke«, sagte sie, »danke für dieses gute Wort, Durchlaucht!«. Und zu der Tribaldi gewendet fügte sie hinzu: »Da ich an diesem Abend die Kaiserin bin, meine Dame, darf man mir nichts verweigern. Ich wünsche mir daher, dass Ihr den ›Tanz der Salome‹ aufführt.«

Die Tribaldi stand sogleich auf, und die Männer erhoben sich ebenfalls. Sie war unter ihren Schleiern fast nackt, ihr lasziver Gang ließ das Flittergold und die kleinen ehernen Brustplatten seltsam aufklingen. Um ihre Knöchel spielten goldene Ringe, die bei jedem ihrer Schritte leise klirrten. Die Männer umkreisten sie wie Tiere, indem sie einander mit eifersüchtigen Augen anblickten, mit brennenden Blicken, in denen der Wahnsinn aufflackerte. Es war ein Moment erreicht, da sich unversehens etwas Schmerzhaftes, Bedrohliches, Unheilvolles in das orgiastische Treiben mischte. Selbst die Tribaldi, die nur auf die Gesundheit des Prinzen getrunken hatte, schien ihre Kaltblütigkeit verloren zu haben, und während ein unsichtbarer Musiker die Takte der ersten Tanzfigur vernehmen ließ, zeigten ihre Schritte eine ungewohnte Anspannung. Die ganze Atmosphäre war geschwängert von Leidenschaft und Brutalität. Adolf war neben der Aquila stehengeblieben, und während er den Tanz der Tribaldi mit seinen Augen verschlang, streichelte er zugleich seine Mätresse. Plötzlich erklangen unartikulierte Schreie, das Klatschen von Händen auf das Fleisch der exaltierten Tänzerin, die innehielt und mit ihren Armen kraftvoll die verstörten Männer zurückstieß, die ihre gierigen Hände auf ihren Körper gelegt hatten und unter atemlosen Keuchen auf sie einbrüllten:»Mehr! Mehr!«

Seit ihrer Auferstehung auf der Theaterbühne hatte die Tochter der Herodias noch niemals eine solche Wirkung auf die Sinne ihrer Zuschauer entfaltet. Es grenzte an ein Delirium, das in ein Gemetzel auszuarten drohte. In einer Ecke lag heulend eine der Damen, die der Erzherzog in einem Wutausbruch dorthin geschleudert hatte, allein aus Zorn darüber, dass sie ihn im Weg gestanden und beim Zuschauen behindert hatte. Mit beiden Händen hatte er mitten in ihr Fleisch gegriffen und war mit Blut unter den Fingernägeln und blutunterlaufenden Augen wieder an die Seite seiner Aquila zurückgekehrt. Und auch ihr gegenüber gebärdete er sich mit ungehemmter Brutalität, indem er ihren Arm mit aller Kraft zusammendrückte, als ob er sie vor Schmerzen aufschreien lassen wollte. Doch schien die Aquila sich dessen kaum bewusst zu sein.

Nun streckte die Tribaldi ihre Hände dem Erzherzog entgegen, so wie Salome die ihrigen dem Herodes Antipas. Es war die zweite Tanzfigur, die hier beginnen sollte. Und sie stieß einen wiederholten Ruf aus: ›Johannes! Johannes!‹. Sie forderte den Kopf des Täufers. Da man ihr diesen nicht geben konnte, erklärte sie, dass sie ihren Tanz nicht fortsetzen könne, sofern man ihr nicht zumindest einen silbernen Teller bringen würde. Die Aquila stand auf.

»Wartet!«, sprach sie. »*Ich habe das, was Ihr braucht!*«

Und sie ging in das andere Zimmer, wohin der Erzherzog ihr wie ein Hund folgte, indem er sich an ihrem Kleid festklammerte und dieses in wenigen Augenblicken mit geradezu erbitterter Wollust zerriss; er fühlte das wilde

Bedürfnis, zu zerstören und auszulöschen, zu besitzen und zugleich zu vernichten. Er röchelte. Sein Mund schäumte. Er zeigte alle Symptome jener sexuellen Grausamkeit, wie sie eine Überdosis Kantharidenkampfer hervorruft. Gemeinsam verließen sie den Saal, in dem sich gleich darauf die Orgie zu furiosem Wahnsinn wandelte. Rings um die Tribaldi entstand ein hemmungsloser Taumel der Lust und des Todes. Die Tänzerin stieß einen grauenhaften Schrei der Wollust und der Verzweiflung aus.

Petit-Jeannot konnte dem nicht mehr zusehen. Vor Scham und Entsetzen schloss er die kleine Tür auf der linken Seite seines Ofen. Kurz danach aber hörte er aus dem rechten Zimmer so etwas wie Kampfgetöse, ein Todesröcheln, und er öffnete die kleine Tür, die er aber instinktiv sogleich wieder schloss ... Entsetzen! Entsetzen! Entsetzen! ... Instinktiv öffnete er nun die gegenüberliegende Tür, denn er brauchte dringend Luft und war kurz davor zu ersticken. Da sah er den ›Ungläubigen‹ aufrecht stehen, regungslos, und in seinen Händen hielt er ... einen Teller ... einen silbernen Teller ... Trotz des heillosen Durcheinanders, das in seinem Kopf entstanden war, erkannte Petit-Jeannot den Teller sogleich wieder. Indessen war keine Zeit, sich zu fragen, wie denn sein Teller in den Besitz des ›Ungläubigen‹ gelangt war. Eine Tür des Arbeitszimmers hatte sich geöffnet, und die Aquila war auf der Schwelle erschienen, und indem sie ihre blutigen Hände vorstreckte ... Entsetzen! Entsetzen! Oh! Welches Entsetzen!

Petit-Jeannot schloss die Tür, doch weil er in seiner furchtbaren Erregung unbedingt Luft benötigte, musste er, um dem Anblick zu entgehen, der sich zu seiner Rechten bot, zu dem Spektakel auf der linken Seite zurückzukehren. Erneut öffnete er die Ofentür zum Speisesaal. Dort herrschte ein unbeschreibliches Chaos, das jedoch wie durch Zauber in dem Moment erstarrte, als mit langsamen Schritten, die Paare zurückstoßend, die ihren gespenstischen Gang behinderten, nackt, in die Fetzen ihres Galakleides gehüllt, die Brust und die Arme von purpurrotem Blut übergossen, die Aquila auf Salome zuging und ihr auf einem silbernen Teller das entgegenstreckte, *was sie für die Fortsetzung ihres Tanzes brauchte* ...

Einen Kopf ... Einen frisch abgeschnittenen Kopf! ...

Den Kopf des Erzherzogs Adolf ... des Erbprinzen von Austrasien.

Vierter Teil

Die kleine Polsterin

1. Kapitel

Durch Fensterscheiben

In jenem Haus der Kaiser-Wasser Straße, in dem sich die seltsame Apotheke des Herrn Malaga befindet, betreten wir am folgenden Morgen die Wohnung eines gewissen Rynaldo, der, wie wir erfahren haben, den parallelepipedischen Zwerg mit fünf Gliedmaßen als ›Mädchen für alles‹, vor allem aber als Stallburschen in seine Dienste genommen hat. Hier werden wir nicht nur Monsieur Magnus und Petit-Jeannot antreffen, sondern auch unsere zurückliegende Bekanntschaft mit Fräulein Lefébure und Fräulein Berthe auffrischen.

Fräulein Lefébure war dank der Bemühungen der Direktorin des gegenübergelegenen ›Home‹ bei eben demselben Rynaldo untergebracht worden. Ihre Aufgabe bestand darin, der Schwester dieses jungen Mannes, einer jungen Frau, die unglücklicherweise erblindet war, Gesellschaft zu leisten und ihr vorzulesen. Fräulein Berthe hingegen hatte durch dieselbe Vermittlung eine Stelle in einem Haus in der Annagasse erhalten, wo sie sich bereits bei Tagesanbruch hätte einfinden sollen. Die quasi revolutionären Unruhen in der Hauptstadt hatten das junge Mädchen jedoch erschreckt und zur Umkehr bewogen. In der Tat schien es ganz so, als habe die Polizei unmittelbar nach jenem grauenhaften Ereignis, dessen Zeuge wir gewesen sind, ihren ganzen Ehrgeiz daran gesetzt, die ohnehin schon schwierige Situation durch eigene Maßnahmen noch zuzuspitzen. Mit Ingrimm wurden jetzt die Barrikaden gestürmt und beseitigt, deren Errichtung der Polizeiminister am Vortag insgeheim unterstützt hatte.

Dieses Vorgehen erschien vielen dumm und gefährlich, und man fragte sich, ob Herr von Riva nunmehr vollkommen den Kopf verloren habe. Dabei hatte die Nachricht von dem schrecklichen Drama in Mayerling sich noch nicht einmal in Wien verbreitet. Der Erste, der mit dieser Neuigkeit in der Hauptstadt eintraf, war Petit-Jeannot. Er war im Anschluss an die schreckliche Tragödie, die er miterlebt hatte, in die Kaiser-Wasser Straße gerannt und dort mehr tot als lebendig eingetroffen. Er hatte die Vorsicht besessen, sich gar nicht erst in der Apotheke blicken zu lassen, sondern war die Treppe hinaufgesprungen und gleich darauf in die väterlichen Arme von Monsieur Magnus gesunken, der ebenso wie Fräulein Lefébure äußerst erschrocken über seinen ›derartigen Zustand‹ war. In seinem derartigen Zustand! Auf der einen Seite war der junge Mann schwarz wie ein Schornsteinfeger, auf der anderen rot wie ein Metzger vom Schlachthof.

Monsieur Magnus und Fräulein Lefébure hatten den armen Petit-Jeannot, der kaum noch die Kraft hatte, sich aufrecht zu halten, in die Küche transportiert und ihm ihre ganze Fürsorge zuteil werden lassen; sie waren sehr erleichtert, als sich herausstellte, dass er ungeachtet des vielen Blutes, mit dem er überströmt war, selbst keine Verletzungen aufwies. Petit-Jeannot, der noch vollkommen außer Atem war, hatte weder trinken noch essen mögen; er habe, sagte er, Monsieur Magnus derart gravierende Dinge anzuvertrauen, dass er Fräulein Lefébure bitten müsse, ihn zu entschuldigen. Die Erzieherin hatte verstanden und die beiden Freunde allein gelassen.

In dem Moment wurde leise an die Tür geklopft. Fräulein Lefébure, die auf den Korridor gegangen war, öffnete selbst. Vor ihr stand Fräulein Berthe, die darauf verzichtet hatte, sich an diesem Tag in der Annagasse einzufinden.

»Man sagt, dass die Truppen schießen werden!«, jammerte sie, indem sie sich im Zimmer von Fräulein Lefébure auf einen Stuhl sinken ließ. »Oh, es müssen sich schreckliche Dinge zutragen«, trumpfte Fräulein Lefébure auf. »Stellt Euch vor! Der junge Mann ... der lange junge Mann aus dem Schwarzwald ... Petit-Jeannot ist hier! Auf der einer Seite ist er schwarz wie ein Schornsteinfeger und ganz rot auf der anderen, wie ein Metzger vom Schlachthof!«

»Mein Gott! Wo ist er? Er ist verletzt, sagt Ihr?«

»Bei Gott, nein! Er wollte nur mit seinem Freund, Monsieur Magnus, allein bleiben«.

»Ach ja ... das ist der Zwerg mit den fünf Gliedmaßen! Ich habe ihn noch nie gesehen, doch hat Jeannot von ihm gesprochen. Und was machen die beiden?«

»Sie sprechen über die jüngsten Geschehnisse. Petit-Jeannot hat mir gesagt, als er mich vor die Tür setzte: ›Entschuldigen Sie, Mademoiselle Lefébure, ich muss mit Monsieur Magnus sprechen. Es handelt sich um Dinge, die er dringend erfahren muss, falls ich zuvor sterben sollte!‹«

»Das hat er gesagt? Falls er sterben sollte! Mein Gott! Er wird vielleicht sterben, und Ihr bleibt einfach hier ...«

Sie stürmte geradezu durch die Küchentür.

»Petit-Jeannot!«

»Fräulein Berthe!«

Und daraufhin lagen sie einander in den Armen und schluchzten wie zwei Kinder, die sie in der Tat ja auch noch waren. Sogar Monsieur Magnus schien vor Mitleid ganz gerührt.

Die jungen Leute lockerten schließlich ihre Umklammerung. Nachdem sich Fräulein Berthe überzeugt hatte, dass ihr

Liebster wirklich unverletzt geblieben war, beruhigte sie sich allmählich und betrachtete ihn nunmehr mit aufmerksamen, aber doch gesitteten Blicken. Monsieur Magnus ersuchte die Damen, das Zimmer zu verlassen, denn der Zwerg hatte es eilig, das Ende der furchtbaren Enthüllungen seines Gefährten zu hören. Als sie wieder allein waren, spiegelte sich auf dem sanften Gesicht von Petit-Jeannot erneut seine Bestürzung über die furchtbaren Begebenheiten, die er gerade erlebt hatte. Mit einfachen Worten nahm er seine Erzählung wieder auf:

»Sie hatte also dem Erzherzog den Kopf abgeschnitten und ihn auf den silbernen Teller gelegt. Um uns her herrschte große Stille. Man hätte meinen können, das Haus sei ausgestorben. In Wahrheit hatten alle, die noch Augenblicke zuvor an diesem schrecklichen Fest teilgenommen hatten, schleunigst die Flucht ergriffen. Die Dame trug den Teller und den Kopf in das Zimmer, zu dem sich meine rechte Ofentür öffnete. Ich hatte alle ihre Bewegungen verfolgt. Mein Blick konnte sich nicht von ihr lösen. Sie kreiste lange Zeit um den abgeschnittenen Kopf und stöhnte dabei ... und sie weinte sogar. Schließlich beugte sie sich ein letztes Mal zu ihm hinab und küsste ihn auf die Lippen. Da entfuhr mir ein lauter Schrei ... Doch das hat die Unglückliche, wie ich glaube, gar nicht mehr gehört, denn dann ... Was habt Ihr denn, dass Ihr die ganze Zeit derart durch die Fensterscheiben starrt?«

»Fahr fort, Jeannot, fahr fort ... ich werde es dir später sagen.«

»Dann nämlich«, fuhr Jeannot fort, »hat die Unglückliche sich den Lauf der Pistole an die Schläfe gedrückt und sich das Gehirn herausgeblasen. Das Schreckliche an der Sache war, dass sie mit dem Kopf an den Ofen stieß, als sie der Länge nach auf den Fußboden fiel, und so hat sich das ganze Blut, das aus der Wunde strömte, durch die Ofentür über mich ergossen, die nämlich – wie ich Euch bereits sagte – halb offen geblieben war, sonst hätte ich ja nichts sehen können. Da konnte ich noch so sehr zurückweichen … viel Platz hatte ich ja nicht im Inneren meines Ofens, und das ganze noch warme Blut lief mir über das Gesicht und über meine Hände, überall hin …!«

»Das ist wirklich alles ganz entsetzlich«, sagte Monsieur Magnus zerstreut.

»Und doch gibt es etwas, Monsieur Magnus, das noch viel entsetzlicher und noch viel mysteriöser ist als das, was ich Euch bislang erzählt habe …«

»Unmöglich!«, antwortet Monsieur Magnus, der nicht im mindesten seine Position verändert hatte. Nach wie vor blickte er gespannt aus dem Fenster, das auf die Straße und das Gebäude der ›Wollwaren und Polster‹ hinausging.

»Stellt Euch nur vor: Es waren ungefähr fünf Minuten vergangen, seit die Unglückliche ihr ganzes Blut über mich vergossen hatte, und weil ich niemanden mehr sah, wollte ich mich schon aus meiner misslichen Lage befreien, doch da trat der ›Ungläubige‹ leise ins Zimmer, und den enthaupteten Körper des Prinzen Adolf zog er dabei an den Füßen hinter sich her. Eine Sekunde lang hielt er inne, als er vor dem Leichnam der armen Dame stand. Er lauschte, ob da nicht irgend ein Geräusch zu hören wäre, und dann legte er in aller Ruhe die beiden Leichen auf das Bett, Seite an Seite. Dann hob er den Kopf des Erzherzogs auf und legte ihn an seinen Platz, wo er hingehörte, auf das Kopfkissen. Danach drehte er den Docht der Lampe herunter, weil er wohl fand, dass ein derartiges Schauspiel nicht so viel Licht haben sollte. Und als das ganze Zimmer auf diese Weise in Halbschatten getaucht war, ging er an die Tür zurück und machte ein Zeichen. Da trat ein Schatten ein, es zeichnete sich eine Silhouette ab, deren Konturen ich nicht genauer erkennen konnte. Doch habe ich keinen Augenblick daran gezweifelt, dass ich diese Gestalt schon irgendeinmal gesehen habe. Sie hatte so eine ganz besondere Haltung, und diese ›Haltung‹ – die kam mir irgendwie bekannt vor ...

Auf das Zeichen des ›Ungläubigen‹ näherte sich der Schatten mit kleinen Schritten dem Bett, auf dem die beiden Leichen ausgestreckt waren, und er ging so vorsichtig, dass man hätte meinen können, er habe Angst, sie zu wecken. Er beugte sich über die Leiche des Erzherzogs, der am Rand des Bettes und somit näher zu ihm lag.

›*Wie sie nur schlafen*‹, sagte eine Stimme, die mir Angst machte. ›*Wie friedlich sie schlafen*!‹

Und der Schatten streckte seine Hand aus und berührte die Stirn des Erzherzogs, dann griffen die Finger in dessen Haare. Er zog den Kopf zu sich heran ... diesen Kopf mit seinen geschlossenen Augen. Schließlich ... schließlich, nachdem der Schatten den Kopf mit einer Hand hochgehoben hatte, öffnete er mit der anderen die Augenlider, und der Schatten sprach zu dem Kopf.

›*Erkennst du mich wieder?*‹, flüsterte die Stimme, die mich erneut erbeben ließ ...

Diese Stimme! Wo hatte ich diese Stimme schon einmal gehört? Da ließ der Schatten den Kopf in einen Sack gleiten, den er unter seinem Mantel hervorgezogen hatte, und ging, den Sack in der Hand, mit kleinen vorsichtigen Schritten davon. Dann zögerte er, weil er wohl nicht wusste, welchen Weg er einschlagen sollte, und da hörte ich den ›Ungläubigen‹ mit leiser Stimme sagen: ›Hier entlang, mein Herr!‹. Bevor aber der Schatten verschwand, hatte er einen Seufzer ausgestoßen ... einen Seufzer, wie ich ihn nur zu gut kannte. So oft hatte ich ihn gehört! Unwillkürlich entfuhr mir ein Name ... der Name kam einfach so über meine Lippen, er entwich mir sozusagen ... und dieser Name gelangte an die Ohren des Schattens, der plötzlich bewegungslos im Dunkel verharrte.

›Monsieur Baptiste!‹

›Wer hat hier ›Monsieur Baptiste‹ gesagt?‹ fragte der Schatten mit eisiger Stimme. ›*Warst du es, Michael?*‹

›Ich habe nichts vernommen, mein Herr!‹

›Ich versichere dir, dass eine Stimme gesagt hat: ›Monsieur Baptiste!‹

›Ihr habt Euch geirrt, mein Herr. Es gibt hier weder einen Baptiste noch einen Michael, es gibt hier nur Ismail, den treuen Diener Seiner Majestät, zwei Leichname und einen Schatten!‹.«

In diesem Moment bemerkte Petit-Jeannot, dass Monsieur Magnus verschwunden war. Er war darüber vollkommen verblüfft, doch bevor er sich noch ernsthaft fragen konnte, was das zu bedeuten habe, dass sich Monsieur Magnus davongemacht und damit gerade den Höhepunkt der Geschichte versäumt hatte, war der Zwerg bereits wieder aufgetaucht. Er rannte quer durch das Zimmer, packte einen Stuhl, der in der Nähe des Fensters stand, und mit einer Geschwindigkeit, die nicht ihresgleichen hatte, war er auf eben diesen Stuhl gesprungen und hatte sein Gesicht, auf dem sich ebenso großes Erstaunen wie heftiger Zorn abzeichneten, an die Fensterscheibe gepresst.

»Oha!«, knirschte er zwischen den Zähnen, »das war er, zweifelsohne! Ich habe mich nicht getäuscht. Aber wo ist er nur geblieben?«

»Wer ist denn *er*?«, fragte Petit-Jeannot verwirrt.

»Derjenige, der höchstpersönlich durch meine Hände krepieren wird! Er! Einen anderen gibt es nicht! Er ist der einzige, der dafür gesorgt hat, dass Madame Magnus ihre Pflichten vergessen konnte ... Er! Der Mann mit dem Kalbskopf! Ich habe ihn vorhin auf der Straße vorbeigehen sehen, so wie ich dich in dieser Küche sehe, und das ist keinesfalls das erste Mal!«

»Was macht er denn hier?«

»Ich habe nicht den leisesten Schimmer! Doch würde ich ihn nur allzu gern eine meiner Fäuste spüren lassen! Am vergangenen Abend, als du mich aufgesucht hast und wir dem ›Ungläubigen‹ gefolgt sind, hatte ich es sehr eilig, hierher zurückzukehren, denn ich war sicher, ihn in dem Haus gegenüber gesehen zu haben, bei der *kleinen Polsterin*.«

»Nicht möglich! Und die *kleine Polsterin* – habt Ihr sie auch gesehen? Habt Ihr sie Euch gut angesehen? Habt Ihr gesehen, wem sie ähnlich sieht?«

»Auf mein Wort, nein! Ich hatte nur Augen für den Mann mit dem Kalbskopf. Sie haben sich auch gleich wieder getrennt. Deshalb bin ich hinuntergelaufen. Aber ich habe keine Ahnung, wie er das Haus gegenüber so schnell verlassen konnte. Als ich auf der Straße war, sah ich gerade noch, dass er von der Uferböschung aus in einen Kahn sprang und sich über den Fluss davonmachte. Oha! Ich habe ihn erkannt. Ich habe nicht gerufen, nicht geschrien. Ich bin hierher zurückgekehrt, weil ich mir gesagt habe: Wenn er einmal zu der kleinen Polsterin gegangen ist, dann wird er mit Sicherheit auch wieder zu ihr zurückkehren.«

»Hört einmal, Monsieur Magnus, ich verstehe, dass Ihr Euch sehr für den kalbsköpfigen Mann interessiert, aber ... ich habe hinter diesen Fensterscheiben, in demselben Büro der kleinen Polsterin, hört Ihr, genau dort habe ich ein Gesicht gesehen, ein Gesicht, das für uns beide in höchstem Maße von Interesse ist. Und wo sie sich nun schon einmal gezeigt hat, wäre es doch sehr schade ...«

»He! Was kommst du mir mit deiner Polsterin?«, rief Monsieur Magnus aus.

»Ich sage Euch, dass sie ihr so ähnlich sieht ... Wirklich, ich schwöre Euch, sie sieht aus wie ... wie Stella!«

»Du bist verrückt, Petit-Jeannot ... Die Königin des Sabbats als Verkäuferin von Wollwaren und Polstern! Ich sage Dir, du bist vollkommen verrückt!«

»Seitdem ich entdeckt habe, dass der ›Ungläubige‹ ein Bediensteter vom Hof ist, der dabei hilft, Erzherzöge zu ermorden, und dass Monsieur Baptiste in einem Sack Köpfe wegträgt, bin ich auf alles gefasst!«, verkündete Petit-Jeannot mit großem Nachdruck.

In diesem Moment klingelte es an der Eingangstür. Der Zwerg glitt von seinem Stuhl und in den Korridor. Kaum hatte er die Tür einen Spalt weit geöffnet, wich er mit einem Schrei zurück:

»Die Königin des Sabbats!«

»Still! mein guter Monsieur Magnus« sagte die Stimme einer jungen Frau in einem sehr sanften, freundschaftlichen Ton. »Befindet sich Euer Herr bei Euch?«

»Ja, unser aller Herrin«, keuchte der Zwerg, den die Erregung erzittern ließ. »Seine Hoheit Rynaldo ist hier ... Wen soll ich ihm melden?«

»Melde ihm die ›kleine Polsterin‹!«

Monsieur Magnus verbeugte sich. Er war sehr verblüfft und auch ein wenig beleidigt. Einige Sekunden später war der

Zwerg wieder bei Petit-Jeannot in der Küche und verkündete ihm die große Neuigkeit.

»Oh!«, sagte Petit-Jeannot. »Was für eine merkwürdige Straße ist doch diese Kaiser-Wasser Straße, in der alle Welt wieder zusammentrifft! Gerade in diesem Augenblick, als Ihr hinausgegangen seid, Monsieur Magnus, habe ich meinerseits ein wenig durch die Fensterscheiben geschaut, und wisst Ihr, wen ich in der Straße gesehen habe? Einen Mann, von dem ich Euch schon erzählt habe, und in Todtnau habe ich ihn Euch von weitem gezeigt und Euch gesagt, dass man mit ihm so wenig wie möglich zu schaffen haben sollte. Er schlich ganz sacht auf dem Bürgersteig an der Apotheke von Herrn Malaga vorbei ... unter dem Arm sein ewiges Futteral mit Regenschirmen.«

»Aha!«, knurrte der Zwerg. »Aha! Der Regenschirmhändler aus dem Schwarzwald!«

2. Kapitel

Rynaldo und Myrrha

Als die Königin des Sabbats eintrat und Monsieur Magnus sagte, er solle seinem Herrn die Ankunft der ›kleinen Polsterin‹ melden, befand sich der junge Rynaldo, dessen Name schon mehrfach erwähnt worden ist, bei seiner Schwester Myrrha in einem äußerst bescheiden möblierten Zimmer, dessen Fenster ebenso wie die des Büros und der Küche auf die von eigenartigen Personen frequentierte Kaiser-Wasser Straße hinausgingen.

Der einzige Luxus dieses Zimmers bestand in einem großformatigen und prächtig gerahmten Portrait; es zeigte einen aufrecht stehenden Mann, dessen Schultern von einem Umhang aus schwarzem Velours bedeckt waren und der in der Hand einen Geigenbogen umfasste. Merkwürdig daran war allerdings, dass der Mann ihn mit einer militärischen Gebärde in die Höhe hielt, in der Haltung eines Generals, der einen Angriff befiehlt. Wenn jemand neugierig nach der Signatur des Malers gesucht hätte, wäre ihm statt dessen der Name des Musikers ins Auge gefallen, der auf der Geige verzeichnet war: Réginald Rakowitz-Yglitza. Des weiteren hätte man ungewöhnliche, kindlich stolze Worte bemerkt, die in den Rahmen eingeritzt waren: ›Unser Cousin‹.

Rynaldo stand am Fenster und beobachtete unentwegt die Straße. Neben ihm saß seine Schwester Myrrha.

Rynaldo besaß die bernsteinfarbene Schönheit der Zigeuner. Sein Profil erinnerte an Réginald, als dessen legitimer und würdiger Nachfolger er sich fühlte. Seine Gestalt war klein, aber wohl proportioniert. Seine Hände und Füße hatten die Zartheit einer Frau. Er erweckte nicht den Eindruck physischer Stärke, doch schien er vollkommen aus Nerven und Sehnen zu bestehen und gegebenenfalls zu den größten Anstrengungen fähig. Seine Bewegungen zeichneten sich durch Geschmeidigkeit und Anmut aus. Er war in eine locker herabfallende Tunika gekleidet, die in der Hüftgegend von einem Ledergürtel mit silbernen Verzierungen zusammengehalten wurde. Er trug Stiefel, die bis zu den Knien reichten, und da diese Stiefel mit Sporen versehen waren, konnte er jederzeit zum Reiten aufsitzen. Der Hals war unbedeckt und brachte dadurch den Kopf sehr gut zur Geltung: seine lockigen Haare, die Lippen, die vom Flaum eines leichten Bartes beschattet wurden, und die Augen, die manchmal äußerst sanft und manchmal äußerst finster blicken konnten. Es waren diese Augen, die durch den Ausdruck ihrer glühenden Lebhaftigkeit sofort auffielen.

Auch wenn man die Schwester betrachtete, waren es zunächst die Augen, die alle Aufmerksamkeit auf sich zogen, doch leider aus einem ganz anderen Grund, denn die Augen von Myrrha *waren tot*! Ach, diese armen weit geöffneten starren Augen, die immer nach jemandem zu suchen schienen, den sie niemals wiedersehen würden. Es war Rynaldo, den diese armen Augen *immer wieder* vergeblich suchten: Rynaldo, der geliebte Bruder, das umsorgte Kind, das Myrrha, die ältere Schwester, mit der Zärtlichkeit einer Mutter aufgezogen hatte!

Myrrha musste einmal sehr schön gewesen sein, und sie war es immer noch. Doch nun war es nur noch ihr Bruder, der ihr dies sagte ... seit jener schrecklichen Prüfung, durch die sie, die einst so viele Verehrer gehabt und so viele Triumphe gefeiert hatte, in diesen verlassenen Schlupfwinkel geworfen worden war. ›Myrrha, die Göttliche‹, so hatten sie damals die Plakate angekündigt, Myrrha, die auf ihrem wundervoll tänzelnden Springpferd in die Zirkusmanage einritt!

Denn sie war eine Reiterin par excellence gewesen. Ihr Ruf hatte Sand auf allen Reitplätzen der Welt aufgewirbelt ... Ach, wenn man Myrrha auf ihrem Pferd Darius reiten sah! Man zahlte bares Gold für ein derartiges Schauspiel ... Aber wie weit entfernt waren heute die Bravorufe aus dem Zirkus! Wer erinnerte sich noch an Myrrha und Darius? Wer dachte noch an den furchtbaren Abend, an dem sie *mit ihren toten Augen aufgetreten war?*

Dieses furchtbare Unglück hatte allein durch die außergewöhnliche Zärtlichkeit gelindert werden können, die Bruder und Schwester miteinander verband. In dem trostlosen Zustand, der so jählings eingetreten war, hatten sie gerade noch rechtzeitig die Hilfe erhalten, die sie insgeheim erhofft hatten, die Unterstützung der geheimnisvollen ›Freunde von Réginald‹, der ›Stunden‹. Man ermöglichte dem jungen Mann Unterricht in den ungarischen Idiomen (Bruder und Schwester befanden sich damals in Triest), und Myrrha verkaufte ihre Pferde an Unbekannte, wobei sie wie durch ein Wunder unglaublich hohe Preise erzielte.

Gewiss: An dem Tag, an dem Myrrha sich von Darius hatte trennen müssen, hatten die *toten Augen* geweint. Und weder Bruder noch Schwester hatten sich damals vorstellen können, dass das heroische Tier jemals zu ihnen zurückkehren würde. Doch nun hatte das geheimnisvolle Geschick und die weiterhin unbekannte Hand, die es lenkte, Rynaldo und Myrrha bis nach Wien geführt, und hier waren sie in diesem abgelegenen Stadtviertel einquartiert, um nicht zu sagen: versteckt worden. Sie mussten nur gehorchen. Seit Jahren und insbesondere seit dem Tod von Réginald Yglitza hatten sich alle, die wie Rynaldo und Myrrha dem weit verbreiteten Volk der Zigeuner angehörten, einzig dem Willen der Geheimgesellschaft der ›Stunden‹ zu unterwerfen.

Was diese Vereinigung, deren Zusammensetzung und Verbreitung ihnen unbekannt waren, im Einzelnen beabsichtigte, woran sie konkret arbeitete und was sie von ihnen wollte – all das fragten sich Rynaldo und Myrrha nicht einmal, denn es genügte ihnen zu wissen, dass man die Befreiung ihres Volkes anstrebte. Und sie waren zu allem bereit! Wenngleich man in Wien nur hinter vorgehaltener Hand über die Gesellschaft der ›Stunden‹ sprach, war man übereinstimmend der Meinung, dass ihr organisatorischer Aufbau wie auch ihre Ziele auf den *vedegylet* zurückgingen, jene geheimnisvolle Vereinigung, die ehemals von Kossuth im

Herzen von Ungarn gegründet worden war und die – *unter dem Vorwand, die nationale Industrie zu fördern* – politische Aktivitäten entwickelte, welche die Regierung Metternich mehr als einmal in beträchtliche Unruhe versetzt hatten. Und wie es schien, war es weiterhin das schon von Kossuth verfolgte Ziel, dem sich die Geheimgesellschaft verschrieben hatte: Die Völker der unteren Donau und des Balkans miteinander zu verbünden, um sich gemeinsam von der österreichischen Herrschaft und der Regierung in Wien zu befreien! Eine wundervolle Vision, der im Anschluss an Kossuth auch Réginald Yglitza gefolgt und darüber zu Tode gekommen war.

Wen aber bekümmert der Soldat, der in der Schlacht fällt, wenn doch die Schlacht weitergeht. Rynaldo und Myrrha vermeinten bereits, diesen schrecklichen Kampf rings um sich zu spüren; hingerissen begannen sie, bei den ersten Anzeichen eines Aufruhrs in der Stadt den Geruch aus Pulver und Blut zu atmen; im Schatten versteckt zog man bereits die Degen, die vielleicht schon morgen im hellen Sonnenlicht blitzen würden! Immer wieder hatte sich Rynaldo gefragt: ›Warum wird mir nichts mitgeteilt? Warum ruft man mich nicht?‹. Doch eines Abends brachte ihm ein Schneidergeselle einen Anzug, den Rynaldo nicht bestellt hatte.

Es war ein Umhang aus scharlachrotem Tuch; eine gänzlich mit Gold bestickte Weste, die eine gewaltige Schnalle zusammenhielt, ein großes silbernes Ei, das sich öffnen ließ und zu gewissen feierlichen Anlässen als Trinkschale dienen konnte; ein mit Eisen besetzter damaszierter Ledergürtel, der mit orientalischen Waffen verziert war. Der Umhang war mit einem Kragen versehen, der so geschnitten war, dass er den Flügeln einer Fledermaus glich und bei Bedarf eine spitze Kapuze bildete, die denen der *marinari* in Venedig glich.

Schließlich hatte man dem Ganzen noch eine karmesinrote Mütze beigegeben, die an der Stirn mit einem Band aus Gold befestigt war; die goldene Troddel fiel bis auf die Schultern herab. Es war das Gewand der *Ban* (wie die Befehlshaber in Kroatien genannt werden), das man während der letzten Versammlung den obersten Anführern der ›Stunden aus Ungarn‹ überreicht hatte: als Zeichen, dass die langjährigen Feindseligkeiten zwischen Slawen und Magyaren überwunden worden waren.

Rynaldo hatte das Gewand des *Ban* zusammen mit der Anweisung, größte Sorgfalt darauf zu verwenden, von den ›Stunden‹ erhalten, und als er dieses Gewand anprobierte und feststellen konnte, dass es ihm vortrefflich stand, wollte ihm sein junges Herz vor Stolz bersten. Er teilte seiner Schwester jedoch nichts davon mit, er wollte sie möglichst nicht beunruhigen.

Der Gehorsam, den Bruder und Schwester stets gegenüber den Anordnungen und Befehlen der ›Stunden‹ bezeigt hatten, war noch durch eine andere Überraschung belohnt worden, die besonders das Herz der Zigeunerin zutiefst berührte. Als sie in Wien eintrafen, fanden sie ihre Pferde in einem Reitstall am Ende der Kaiser-Wasser Straße wieder. Myrrha konnte erneut mit ihren Fingern über die Nüstern von Darius streichen, und das edle Pferd war darüber vor Freude außer sich gewesen. Zwar gehörten die Pferde nicht mehr ihnen, doch war Rynaldo mit ihrer Aufsicht betraut worden, und zwar in der Eigenschaft eines ›Tierarztes‹, obwohl sich der junge Mann gerade erst zum Studium an der medizinischen Fakultät eingeschrieben hatte. Myrrha hatte darauf bestanden, weil sie ihren Bruder imstande sehen wollte, seinen Lebensunterhalt selbst zu bestreiten, und wenngleich sie für ihn ein heroisches Schicksal erhoffte, verlangte sie von ihm, dass er daran arbeiten solle, ein guter Arzt zu werden.

Wir wissen aus einigen beiläufigen Bemerkungen zwischen dem Kaiser, dem Grafen Brixen und Herrn von Riva, wie Rynaldo sein Medizinstudium aufgefasst hat, und haben auch von der eigenartigen revolutionären Betriebsamkeit erfahren, die er inmitten der Aula unter seinen aufgeregten Kommilitonen verbreitete. Es scheint überflüssig zu betonen, dass er vor Myrrha diese unvorsichtigen und gefährlichen Aktivitäten mit aller Sorgfalt zu verheimlichen suchte, zumal der junge Mann schon häufiger einer Verhaftung so nahe gewesen war, dass er tatsächlich nicht hätte sagen können, was ihn gerade in dem Augenblick, da man ihn schnappen wollte, davor bewahrt hatte: Stets war es ein überraschender, bizarrer Zufall, *ein Zufall, der ihn immer begleitete, ein Zufall, der ihm zur Seite stand, ihm schützend zu Hilfe kam*, und ihn von einem falschen Schritt zurückhielt, zu dem ihn sein überhitzter Kopf und sein großmütiges Herz verleiten wollten.

Rynaldo berichtete Myrrha also durchaus nicht alles. Er verschwieg ihr auch, dass er – entgegen seinem Versprechen, niemals mehr im Zirkus aufzutreten – von Darius Rückkehr profitiert hatte, indem er das sprunggewandte Tier vor dem Publikum im Prater zur Schau stellte. Er hatte das maskiert getan. Darius hatte dabei an seine früheren Erfolge anknüpfen können: Die wunderbaren *Sprünge* des Pferdes hatten die staunende Menge erneut in Begeisterung versetzt.

Doch warum hatte Rynaldo das getan? Zunächst um Geld zu verdienen, dessen Mangel auch in ihrem bescheidenen kleinen Haushalt spürbar war; sodann aber auch, *um jemanden wiederzufinden, den er zu suchen nicht müde wurde, in jeder Stadt, in die es ihn verschlagen hatte, suchte er unaufhörlich jemanden, der manchmal in den Zirkus ging ...*

Man wird eine Existenz wie die von Rynaldo und Myrrha nicht führen, *ohne auf alles zu achten, was ringsum geschieht*. Auch wenn man nicht genau weiß, wohin man geführt wird, so versucht man doch, die leiseste Andeutung einer Absicht jener geheimen Gesellschaft zu erhaschen, die auf so mysteriöse Weise über das eigene Leben wacht. Man fragt sich, warum man nach Wien gekommen, warum man just in dieser kleinen Straße untergebracht ist, die zu einem Vorstadtufer der Donau führt, warum man gegenüber diesem merkwürdigen Lagerhaus für Wollwaren, Matratzen und Möbel wohnt, *die immer dieselben sind* und mit denen nichts anderes geschieht, als dass sie hinein- und wieder herausgetragen werden, indem man sie aus einem Schiff holt und sie dann wieder in das Schiff zurückbringt.

Man liest die Beschriftungen auf den Kisten. Man liest darauf Namen, die jedem Zigeunerherz wert und teuer sind. Man liest Worte wie diese: *die Eiserne Pforte*! Man sagt sich, dass dies nur ein Vorwand für irgendwelche dunklen Geschäfte sein könne. Man betrachtet die Leute, die sich in diesem Umfeld bewegen. Man gewahrt eine Person, die, wie es scheint, die Chefin dieses eigentümlichen Etablissements ist: eine sehr junge Person, bei Gott, die sehr schöne Augen hat und sehr schönes goldenes Haar. Man sieht die ›kleine Polsterin‹; man sieht sie sehr gut, so gut, dass man nichts anderes mehr sieht, nur noch sie ... und man verliebt sich in sie!

Schließlich bemerkt man, während man die ›kleine Polsterin‹ durch die Fensterscheiben betrachtet, dass auch sie einen anblickt. Also zieht man Erkundungen ein, schließlich schnappt man einige Worte auf, genau genommen spioniert man hinter ihr her ... Man schleicht im Schatten jener Männer umher, die das rätselhafte Etablissement nur zu bestimmten

Stunden betreten und dabei diese Worte murmeln: *Viertel nach Zwei.*

Und wenn man dies alles entdeckt, wenn man endlich einen Zugang zu dem unergründlichen Treiben dieser ›Stunden‹ gefunden hat, darf man wohl einen gewissen Stolz empfinden; doch wird man sich sagen müssen, dass dieses Geheimnis, wenn man so leicht seinen Schleier lüften konnte, sich vielleicht selbst zu erkennen geben wollte ... und das stolze liebende Herz schlägt darum nur heftiger und ist mit noch mehr Stolz und Liebe erfüllt. So sehr, dass an dem Tag, als im Reitstall von Darius plötzlich die ›kleine Polsterin‹ vor die betörten Augen Rynaldos tritt und ihn bittet, ihr für einige Zeit das Pferd zu überlassen, er mit bebender Stimme antwortet:

»Es gehört Euch, meine Schwester!«

»Eure Schwester?«, hatte die ›kleine Polsterin‹ gefragt, indem sie ihren wunderbaren Blick auf den erblassenden Rynaldo richtete.

»Ja, *meine Schwester um Viertel nach Zwei!*«

Offenbar liebte die ›kleine Polsterin‹ Pferde, denn von nun an besuchte sie Darius ziemlich häufig. Manchmal lieh sie sich das edle Tier über ganze Tage von ihm aus. Bisweilen tauchte die mysteriöse Amazone erst am Ende einer Woche wieder auf und dann mit einem Pferd, das sichtlich ermüdet war. Nach ihrer letzten Abwesenheit war Darius ganz allein in einem denkwürdigen Zustand in den Stall zurückgekehrt. Am Sattel war eine Nachricht der ›kleinen Polsterin‹ befestigt, in der sie Rynaldo dankte, was ihn jedoch über ihre lange Absenz nicht hinwegtrösten konnte, denn sein Herz war bereits ganz und gar von ihr eingenommen.

An eben diesem Tag finden wir ihn also auf seinem gewohnten Beobachtungsposten. Gerade hat Rynaldo wohl zum zehnten Mal Myrrha alle seine Sorgen und Befürchtungen mitgeteilt.

»Was macht sie nur?«, wiederholte er immer wieder. »Warum gibt sie mir kein Lebenszeichen?«

Vergeblich versuchte Myrrha, ihn mit freundlichen Worten zu beruhigen; er verstand einfach nicht, warum die ›kleine Polsterin‹ zu einem Zeitpunkt, an dem die gesamte Stadt in Aufruhr war, nicht aktiv wurde.

»Ich fürchte, dass ihr ein Unglück zugestoßen ist!«

»Wie sehr du sie liebst!«, seufzte Myrrha.

Lange betrachtete Rynaldo seine Schwester, die sich jetzt in Schweigen hüllte. Schließlich sagte er in einem etwas trockenen Ton:

»Gewiss, ich liebe sie mit der ganzen Kraft meines Herzens! Warum sollte ich es dir nicht gestehen? Oder solltest du gar auf diese Liebe eifersüchtig sein, meine Schwester?«

»Darum handelt es sich keineswegs, Rynaldo!«

Und Myrrha senkte ihre schönen Augenlider. Sie weinte.

»Warum weinst du denn, Myrrha?«, fragte der junge Mann geradezu grob. »Glaubst du, dass ich meinen Schwur vergessen habe? Ist es deshalb, dass du weinst?«

Rynaldos Stimme hatte bei diesen Worten auf so beunruhigende Weise gezittert, dass Myrrha sich beeilte, zärtlich die Hand ihres Bruders zu drücken.

»Rynaldo! Rynaldo! Du kannst, du sollst glücklich sein! *Ich möchte, dass du deinen Schwur vergisst*, mein geliebter Bruder.«

»Niemals!«

Der junge Mann stieß dieses Wort mit einer solchen Verve aus, dass Myrrha, die dabei von furchtbarer Freude ergriffen wurde, ihren Bruder mit wilder Bewegung umarmte. Just in diesem Moment meldete der Zwerg Magnus:

»Die ›kleine Polsterin‹ lässt bitten!«

»Stella!«, schrie Rynaldo. Und er rannte hinaus, ergriff Stellas Hand und führte sie zu seiner Schwester: »Sie ist es! Ach! Wenn du wüsstest, Myrrha, wie schön sie ist!«

Myrrha sagte mit traurigem Lächeln:

»Ich bedaure, dass ich Euch nicht sehen kann, meine Schwester.«

Stella nahm die beiden Hände der Blinden, und indem sie sich hinabbeugte, legte sie die Hände auf ihren Kopf und sagte:

»Segnet mich, meine Schwester, wie es an der ›Eisernen Pforte‹ üblich ist, denn ich liebe Rynaldo.«

Myrrha jedoch zog ihre Hände in großer Erregung zurück und rief:

»Unglückliche! Hat Rynaldo es Euch also nicht gesagt?«

»Er hat mir gesagt«, gab Stella sanft zurück, »dass er einen Schwur geleistet hat, der ihn, solange er nicht erfüllt ist, an einer Heirat hindern wird.«

»Dann versteht Ihr aber, dass ich Euch nicht segnen kann, wie es an der ›Eisernen Pforte‹ üblich ist«, fuhr Myrrha fort, deren Brust vor Aufregung bebte, »*denn es kann geschehen, dass er stirbt, ohne seinen Schwur erfüllt zu haben.*«

»*Dann werde ich als Jungfrau sterben*, meine Schwester, doch werden wir im Tod einander angehören. Segnet mich also, wie es an der ›Eisernen Pforte‹ üblich ist!«

Myrrha sammelte sich und sprach die Worte, die der *djüt*[1] am Hochzeitstag über der Stirn der Braut vernehmen lässt:

›*Fröstelnde Tochter Ägyptens, die du nur in Stricke gekleidet bist, mache daraus Gürtel, die dein Bräutigam löst, und warm wird dir werden!*‹.

1   Dies ist der Titel des von den Zigeunern gewählten Anführers.

Als Rynaldo seine Braut wieder aufrichtete, war er ebenso erregt wie Stella ruhig und gelassen. Obgleich dieser Schatz nun sein eigen war, durfte er nicht vergessen, dass er einen Schwur geleistet hatte, der es ihm untersagte, ihn auch nur anzurühren.

»Meine Schwester«, sagte Stella, indem sie sich neben die Blinde setzte, »Rynaldo hat oft von Euch gesprochen, und ich liebte Euch, bevor ich Euch kannte. Immer wenn er von Eurem Unglück sprach, konnte ich die Tränen nicht zurückhalten. Doch welche fürchterliche Katastrophe hat Euch ereilt, dass Ihr, so jung und schön Ihr seid, des Augenlichts beraubt wurdet?«

Myrra erbleichte derart, dass Rynaldo glaubte, sie würde in Ohnmacht fallen. Stella hatte ihre Frage schon bereut, doch überwand die junge Zigeunerin ihre Gefühlsbewegung, und indem sie leicht den Kopf bewegte, antwortete sie mit einer Stimme, die in den Ohren von Stella seltsam klang:

»Es geschah in einer Nacht, in einer Nacht, die von Sternenlicht erstrahlte, nicht wahr, Rynaldo? *Ich aber sah die Sterne nicht mehr*! Da haben Rynaldo und ich begriffen, dass ich blind geworden war! Nicht wahr, Rynaldo? Und seitdem habe ich die Sterne nicht mehr wiedergesehen, obgleich ich in ewiger Nacht lebe!«

Indem sie dies sagte, umklammerte Myrrha krampfhaft ihre Finger, und ihre schönen, großen toten Augen waren zum Himmel gerichtet und suchten dort vergeblich eine zarte Berührung mit dem Tageslicht.

»Ihr müsst sehr verzweifelt gewesen sein!«, sagte Stella.

»Ja, in der Tat. Ich habe furchtbar geschrien, die Schreie waren in dieser Nacht bis weit auf das Meer hinaus zu hören! Nicht wahr, Rynaldo?«

»Was immer du sagen magst, Myrrha, ich werde es immer wiederholen: dass deine Hoffnungslosigkeit noch übertroffen wurde von deiner Liebe zu mir. Ach, diese unselige Woche in Triest, wo du mit *toten Augen* im Zirkus aufgetreten bist!«

»Wie! Ihr habt Eure Zirkusübungen fortgesetzt, obwohl Ihr blind wart?«

»Mein Bruder Rynaldo«, gab Myrrha einfach zurück, »war sehr jung, und wir brauchten Geld, um zu leben.«

»Hat man denn nichts bemerkt?«[2]

An diesem Punkt ließ sich wieder Rynaldos zitternde Stimme vernehmen:

»Man ist sich der toten Augen erst an jenem Tag bewusst geworden, als Darius in das Publikum gesprungen ist und mit seinen goldenen Hufen das Gesicht des Infamen gezeichnet hat ...«

»Rynaldo!«

Myrrha hatte sich ihm zitternd zugewendet: »Schweig, schweig still. Sag nichts!«

Stella blickte vom Bruder zur Schwester. Deren tote Augen hatten in diesem Moment einen so drohenden Ausdruck angenommen, dass es schien, als wären sie wieder lebendig geworden. Rynaldo war derart erregt, dass Myrrha ihre kleinen Fäuste auf seinen Mund legen musste, um ihn zum Schweigen zu bringen. Schließlich ließ Myrrha sich wieder auf ihren Stuhl fallen.

»Ja, die tausend Schreckensschreie des Publikums klingen mir noch in den Ohren. Darius wälzte sich ... Ich war

2   Dieses Ereignis ist keinesfalls einzigartig. Die Baronin Rahden hat es sogar überboten: Über Nacht erblindet, hat sie sich am Morgen mit ihrem gleichfalls blinden Pferd Czardas auf die Reitbahn begeben.

glücklicherweise nicht verletzt, nur Darius musste für zwei Wochen den Stall hüten. Mein guter Darius ... ich habe ihn seitdem nicht mehr reiten können. Armer Darius! Doch im Unterschied zu mir ist er noch immer stark und kräftig. Rynaldo hat mir erzählt, dass auch Ihr ihn sehr liebt und dass er Euch jedes Mal mit freudigem Wiehern begrüßt, wenn Ihr an seiner Box vorbeigeht. Und dennoch ... Ich muss Euch einen Vorwurf machen, meine Schwester: Ihr ermüdet meinen lieben alten Darius zu sehr!«

»Durch seine Anstrengung hat er mir das Leben gerettet!«, antwortete Stella. »In einer Nacht wurde ich im Wald von Wölfen verfolgt, Dank einer seiner unerhörten Sprünge, die man von keinem anderen Pferd der Welt erwarten könnte, bin ich ihnen entkommen.«

»Oh ja! Es war mir gelungen, ihn die wunderbarsten Sprünge vollführen zu lassen. Ihr wisst, dass er aus dem Gestüt von Trakehnen stammt und die Dressur der Hohen Schule mit Bravour absolviert hat. Ach! Es gab nichts, was ich ihn nicht hätte ausführen lassen können! Doch seine Sprünge waren sein wahrer Triumph! Versprecht mir, meine Schwester, dass Ihr ihn nicht von den Wölfen verschlingen lasst. Gebt ihm alle Pflege, die er braucht!«

»Oh, er wird wie ein Kind versorgt, und er reist wie ein Erzherzog. Ich halte für ihn ganz allein einen eigenen Wagen bereit, und an Domestiken mangelt es ihm auch nicht.«

»Ist dieser Wald sehr weit entfernt? Meine Schwester, wozu braucht Ihr Darius in einem Wald, in dem sich Wölfe herumtreiben?«

Rynaldo legte eine Hand auf die Schulter seiner Schwester: »Man stellt der ›kleinen Polsterin‹ keine Fragen«, sagte er.

»Das ist wahr«, versetzte Stella, »denn es schmerzt sie zu sehr, wenn sie auf die Fragen ihrer Schwester nicht antworten darf.«

»Man gehorcht ihr nur!«, fuhr Rynaldo fort.

»Oh! durchaus nicht immer«, warf Stella ein und bedachte Rynaldo mit einem Blick, der ihn zutiefst erröten ließ. »Es ist sehr bedauerlich, dass der arme Darius eine Pause benötigt, denn ich brauche ein Pferd und zwar sofort!«

»Es gibt da noch Gitane«, bemerkte Myrrha und wandte sich an Rynaldo: »Geh also rasch, mein Freund, ich bitte dich, und bring ihr das Pferd, ohne eine Sekunde zu verlieren«.

»Stella ist noch nie auf Gitane geritten«, erwiderte Rynaldo, »und wenn sie nicht beabsichtigt, mit ihm in jenen Wald zurückzukehren, würde ich vorziehen, ihr trotz seiner Ermüdung Darius zu geben«.

Stella stimmte mit Freuden zu.

»Vergoldet ihm die Hufe«, sagte sie, »denn heute Nacht wird er eine Königin tragen!«

»Die Königin des Sabbats!«, ergänzte der junge Mann und verbeugte sich.

»Rynaldo, Ihr seid recht unvorsichtig, die Sätze der ›kleinen Polsterin‹ zu vollenden. Sie wird Euch Ihre Geheimnisse nicht mehr anvertrauen!«, erwiderte Stella gutgelaunt.

Dann entließ sie den jungen Mann, der zu den Ställen rannte. Sogleich eilte Stella, um Myrrha mit bebenden Armen zu umfassen.

»Rynaldo ist wahnwitzig, meine Schwester«, flüsterte sie ihr ins Ohr. »Er kompromittiert sich, und er kompromittiert unsere gemeinsame Sache! Er stürzt sich wie ein Kind in jedes Abenteuer! Er wäre längst hinter Schloss und Riegel, wenn ich nicht über ihn wachte. Er wird morgen sterben, wenn Ihr ihn heute Abend nicht bei Euch zurückhaltet!«

»Was sagt Ihr mir da?«, flüsterte Myrrha, die zu zittern begonnen hatte.

»Hatte ich ihm nicht geraten, die rechte Zeit abzuwarten? Die Stunde hat noch nicht geschlagen! Er jedoch hat von meiner Abwesenheit profitiert, um sich wie ein ungestümes Kind aufzuführen! So hat er der Volkserhebung in Wien nicht einfach zusehen wollen ... einer ›organisierten‹ Erhebung, organisiert allerdings zum großen Teil von der Polizei selbst. Er hat sich an die Spitze der ganzen Bewegung gestellt. Er leitet sie. Man hat ihm seine Dummheiten und Provokationen durchgehen lassen, weil er mit Verrätern zu tun hat!«

»Warum habt Ihr ihm all das nicht selbst gesagt?«

»Weil er geglaubt hätte, dass es sich meinerseits nur um einen Vorwand handelt ... um ihn daran zu hindern, sich der Gefahr auszusetzen, die er selbst durch seine Unvorsichtigkeit ausgelöst hat. Wisst Ihr, was er sich ausgedacht hat? Er will die Delegierten durch einen unterirdischen Gang der Augustinerkirche in die Burg führen, in das Zimmer des Kaisers. Er hat sich derart in diese Angelegenheit hineingeritten, dass er es als Verlust seiner Ehre ansehen würde, jetzt davon zurückzustehen. Nichts, was ich ihm hätte sagen können, hätte ihn davon zurückgehalten. Diese Leute aber werden ihn alle verlassen, denn sie haben sich gegenseitig verraten. Die Polizei hat von allem Kenntnis! Und ich habe schon einige Freunde von Réginald benachrichtigen müssen, damit sie sich heute Abend auf keinen Fall den ›Verschworenen des Kellers‹ anschließen.«

»Das Treffen soll in den Kellern stattfinden?«, fragte Myrrha.

»Die Gesandten sollen sich in den Kellern versammeln und von dort aus Rynaldo in dem Gang unter der Augustinerkirche aufsuchen. Sie werden indes nicht kommen. Sie werden Rynaldo mutterseelenallein dorthin gehen lassen! Sie haben sich an Brixen verkauft! Und Rynaldo wird den furchtbaren Waffen, welche die Polizei des Herrn von Riva in Anschlag gebracht hat, vollkommen allein gegenüberstehen. Das ist der sichere Tod! Und zuvor erleidet er vielleicht noch Qualen!«

»Mein Gott, mein Gott! Oh, Stella, meine Schwester, was wollt Ihr, das ich tun soll? Wie könnt Ihr denken, dass ich, ausgerechnet ich, Rynaldo zurückzuhalten vermag, wenn Ihr doch glaubt, dass selbst Eure Worte keine Macht hätten, ihn zu hindern. Was soll geschehen? Was kann ich tun?«

Myrrha rang mit den Händen.

»Mir gehorchen«, sagte Stella in knappem Ton. »Das Treffen ist für diese Nacht angesetzt. Rynaldo speist heute Abend mit Euch. Gebt ihm ein Schlafmittel zu trinken, und er ist gerettet!«

Myrrha umarmte Stella mit wilder Leidenschaft.

»Dir wird er abermals das Leben verdanken!«, sprach sie. »Ach, liebe ihn! Liebe ihn nur! Wie ich dich dafür lieben werde! Wo ist das Schlafmittel?«

Da setzte die ›kleine Polsterin‹ sich an ein Schreibpult, das in einer Ecke des Zimmers stand. Sie schrieb einige Zeilen und siegelte das Papier mit einem Stempel, der wie eine Uhr aussah. Dann klingelte sie, und der Zwerg Magnus erschien.

»Für Herrn Malaga«, sagte sie.

Als Magnus wieder hinaufkam, fand er Stella und Myrrha, die am offenen Fenster einige Worte mit einer Person wechselten, deren Stimme man von der Straße nur undeutlich vernehmen konnte. Stella drehte sich bei dem Geräusch um, das Magnus beim Eintreten verursacht hatte, und die beiden Frauen verließen das Fenster, indem sie sich einige Worte zuflüsterten. Monsieur Magnus eilte sogleich zum Fenster, um es zu schließen, und warf einen raschen Blick auf die Straße.

»Der Mann mit dem Kalbskopf!«, schrie er.

Nachdem er Myrrha den Trank überreicht hatte, rollte er durchs Zimmer, stieß Möbel um, rammte Türen, durchquerte den Korridor und warf sich auf die Treppe. Und alles dies geschah so rasch, dass er versehentlich Rynaldos Wohnungstür zu schließen vergaß. Auch hatte er dabei den Schatten übersehen, der sich die unverschlossene Tür zunutze machte und lautlos in das Vestibül glitt.

Dieser Schatten trug unter dem Arm einen Beutel, wie er für Händler von Regenschirmen charakteristisch ist. Trotz seiner enormen Geschwindigkeit hatte Monsieur Magnus die Eingangstür des Gebäudes nur noch erreichen können, um festzustellen, dass der ›Kalbskopf‹ spurlos verschwunden war; dafür sah er an der Ecke der Straße Rynaldo auftauchen, der Darius am Zügel führte.

Als Stella ihrerseits in die Straße hinabgestiegen war, erfüllte Darius die Luft mit seinem fröhlichen Wiehern. Stella liebkoste die Nüstern des edlen Tieres, während Rynaldo sich etwas abseits hielt, neidisch und schmollend wie ein Kind von zwanzig Jahren und zudem wie jedes Mal traurig, wenn er Stella zu einer dieser mysteriösen Exkursionen aufbrechen sah, deren Geheimnis sie ihm nie enthüllt hatte:

»Auf Wiedersehen, Rynaldo!«

»Auf Wiedersehen, Stella!«

Und sie tauschten einen Blick, bei dem es trotz der vermeintlichen Verstimmung zwischen diesen beiden schönen und merkwürdigen Kindern unmöglich war, das Strahlen ihrer Liebe zu übersehen. Bevor sie aufbrach, zeigte Stella auf das Fenster, an das Myrrha ihre bleiche Stirn drückte.

»Geh hinauf zu ihr «, befahl Stella, »sie wartet auf dich!«

Erst als sie den Schritt von Rynaldo auf der Treppe nicht mehr hörte und somit sicher sein konnte, dass er wieder bei seiner Schwester war, fasste sie die Zügel von Darius. Doch in demselben Augenblick gewahrte sie, indem sie ihren Kopf nach links wandte, wie der Zwerg Magnus sich seinerseits in Bewegung setzte.

»Ihr begleitet mich, Monsieur Magnus?«, fragte Stella.

»Überaus glücklich, Euch wiedergefunden zu haben, meine Königin!«, erklärte Monsieur Magnus. »Ich werde Euch nicht mehr verlassen«.

»Genauso wenig wie ich«, ließ sich eine dünne Stimme vernehmen.

Stella drehte den Kopf nach rechts und erblickte einen großen, langen, schlaksigen Körper, der ihr wohl bekannt war.

»Sieh an, Monsieur Petit-Jeannot! Nun gut«, sagte sie mit einem ermutigenden Lächeln, »kommt also mit! Dieses Mal, meine lieben kleinen Freunde, werde ich Euch auf keinen Fall verlieren.«

Und wie an dem besternten Abend, an dem sie gemeinsam die Saintes-Maries verlassen hatten, rief Stella ihnen zu:

»Los geht's, ihr nutzlose kleine Schutztruppe!«

Sie folgten ganz gemächlich dem menschenleeren Ufer der Donau, überquerten den Fluss und setzten ihren Weg am jenseitigen Ufer fort.

3. Kapitel

Die Zigeuner

Als der kleine Trupp unweit der Insel Lobau anlangte, sah er sich unvermittelt von einer großen Schar von Zigeunern umgeben, die wie eine Zirkusgesellschaft anmutete. Man war im Begriff, überall Feuer zu entzünden. Etwa fünfzig Wagen waren in einem Rechteck aufgestellt und bildeten einen äußeren Schutz, während in der Mitte die Zelte aufgeschlagen waren.

Beim Anblick des herankommenden kleinen Trupps rannten schlanke junge Mädchen mit bronzefarbenem Teint in großen Sprüngen herbei und schlugen dabei klangvoll ihre Tamburine. Sie waren vermutlich dort als Wachtposten platziert worden, und die Musik, die sie erklingen ließen, war gewiss weniger dazu gedacht, das Ohr der Eintreffenden zu erfreuen, als vielmehr den Zigeunern, die sich dort niedergelassen hatten, den bevorstehenden Besuch anzukündigen.

Langsam näherten sich Stella, Magnus und Petit-Jeannot dem Lager. An dessen Eingang stieß Stella einen wilden Schrei aus, doch statt sich davon aus der Ruhe bringen zu lassen, blieben die Zigeuner ungerührt und widmeten sich ihren jeweiligen Beschäftigungen, ohne den Ankömmlingen besondere Aufmerksamkeit zu schenken. Der Schrei schien sie vielmehr beruhigt zu haben. Ohne auch nur im Geringsten belästigt zu werden, durchquerte die Amazone das gesamte Lager. Monsieur Magnus kannte sehr viele Zigeunergruppen, dieser jedoch war er noch nie begegnet. Sie bot ein besonders armseliges Aussehen. Es handelte sich um *liaessi*, mit denen er gewöhnlich keinen Umgang pflegte.

Petit-Jeannot betrachtete die wilden Gestalten mit wenig Zutrauen. Im Licht eines glühenden Kohlebeckens ließen Männer mit dunklen Zügen und fahlen Gesichtern wie wahrhafte Zyklopen das Eisen unter ihren Hämmern aufstöhnen. Und das waren keine Leute, die zierliche Schlosserei- oder Kupferschmiedearbeiten verfertigten. Was sie aus ihren Kohlebecken zum Vorschein brachten, waren Spieße, Spieße aus glühendem Feuer, messerscharfe Spieße, deren Stahl beim Abkühlen im Wasser des Schmelztiegels zischende Geräusche machte. Frauen saßen im Kreis und rauchten ihre Pfeife, indem sie leise einen seltsamen Singsang von sich gaben. Ab und an warfen junge Männer Äste auf die Feuer, über denen die Abendsuppe köchelte.

Niemand unterbrach seine Verrichtungen, als Stella und ihre beiden Gefährten vorbeizogen, nur hatte sich, sowie die Amazone ihren Schrei ausgestoßen hatte, im Zentrum dieser eigenartigen Siedlung das Zelt des *djüt*, des Oberhaupts dieser Gruppe, geöffnet. Unter den Lederlumpen, die vor dem Eingang hingen, war eine Silhouette erschienen, die sich immer deutlicher abzeichnete, je näher Stella und ihre Gefährten dem Zelt kamen.

Mit einem Mal schrie Monsieur Magnus auf:

»Der Mann mit dem Kalbskopf!«

Und er sprang auf die Gestalt zu, die sich sofort in Luft auflöste. Monsieur Magnus wollte ins Zelt stürmen, doch blieb er wie am Boden festgenagelt stehen, als er in diesem Moment unmittelbar vor sich auf dem erhabenen Sitz der Vorfahren den alten Omar höchstpersönlich erblickte.

In seiner hieratischen Bewegungslosigkeit strahlte der Stammesälteste eine steinerne Größe und Erhabenheit aus. Auf seiner Stirn ruhte die eiserne Krone des *djüt* der Walachei, deren Autorität von allen anderen *djüts* und allen Zigeunern in der ganzen Welt anerkannt wird. Niemand anderes als der *Grand Coesre* selbst, der *Goldene Gott*, darf vor ihm Gerechtigkeit sprechen. Zwei mit Eisendornen besetzte Morgensterne kreuzten ihre Stiele an der Rückenlehne seines Sitzes. Seine rechte Hand stützte sich auf einen Speer, seine Linke ruhte auf seinem Knie.

In seinem Inneren war das Zelt des *djüt* der Walachei mit prunkvollen Ledern ausgestattet: kostbare gegerbte Tierhäute aus Ungarn, aus Transsylvanien, vor allem aber aus der Walachei, die man in ein Gemisch aus Gerstenmehl, Salz und gesäuertem Weizen tunkt oder darin einlegt und im Anschluss mit purpurnen und rotgoldenen Ornamenten verziert. Waffen und Trophäen hingen an Wänden aus Leinwand. Zwei Feuerbecken mit bläulichen Flammen tauchten den alten Omar und seinen Speer in ein unheilvolles Licht.

Stella hatte sich rasch von ihrem Pferd zu Boden gleiten lassen und betrat das Zelt, an dessen Schwelle Zwerg Magnus stehengeblieben war. Ihr folgte Petit-Jeannot. Ohne irgendeine Bewegung zu vollziehen, hieß der alte Omar die Königin des Sabbats nähertreten. Respektvoll berührte sie mit einem Knie den Boden und beugte ihren schönen goldenen Kopf. Der *djüt* klopfte mit seinem Speer zweimal auf den festgetretenen Erdboden. Die junge Frau erhob sich wieder, und der *djüt*, der sie in dieser Haltung vor sich stehen ließ, begann zu sprechen:

»Ich habe den *Goldenen Gott* erwartet«, sagte er. »Der ›Kalbskopf‹ hatte mir Euer Kommen angekündigt.«

Und indem er sich an Petit-Jeannot und Zwerg Magnus wandte: »Wie ich sehe, haben meine Söhne ihre Mission erfüllt, da sie mir den *Goldenen Gott* trotz aller Fährnisse des Weges gesund und heil zurückgebracht haben.«

»*Djüt*, sie verdienen Eure ehrenvolle Auszeichnung, denn sie haben mich kein einziges Mal verlassen«, erwiderte Stella.

»Man wird es zu lohnen wissen«, fuhr der alte Omar mit seiner rauen Stimme fort. »Fahrt nur fort, meine Kinder, so gute Wächter zu sein, falls eure Haut weiterhin etwas wert sein soll!«

Und er stieß ein heiseres Lachen aus. Petit-Jeannot erschauderte dabei vom Kopf bis zu den Füßen.

»Nun aber geht hinaus!«, befahl der alte Omar, »Ihr werdet am Eingang auf eure Königin warten.«

Genau in diesem Augenblick ertönte lautes Geschrei. Inmitten des Zeltes war ein unerhörter Tumult entstanden, man hörte das Getöse eines heftigen Kampfes. Alle wandten ihre Köpfe. Zwei Körper, die seltsam ineinander verkeilt waren, rollten über den Erdboden. Es waren Monsieur Magnus und der ›Kalbskopf‹, die ihre Bekanntschaft erneuert hatten. Mit seinem Spieß versetzte der *djüt* der Gruppe einen heftigen Stoß, der dem ›Kalbskopf‹ eines seiner großen Ohren durchbohrte. Stöhnend stand er auf, und Monsieur Magnus ließ seine Beute fahren. Gleichmütig verlangte der *djüt* eine Erklärung, die er dahingehend verstand, dass der ›Kalbskopf‹ Monsieur Magnus die Frau gestohlen habe. Der *djüt* erhob sich, und der Tradition entsprechend bedeutete er dem *Goldenen Gott*, auf seinem Sitz Platz zu nehmen, denn nun ging es darum, Gericht zu halten, und ein *djüt* darf nicht vor dem Großen Coesre richten. Stella nahm also den Platz des alten Omar ein, um den Konflikt schnell zu regeln. Das Kodex der Zigeuner gestattet es, zu stehlen und seinen Nächsten zu verraten, sofern dieser nichts davon bemerkt, doch hatte Monsieur Magnus die Entführung seiner Frau durch den ›Kalbskopf‹ durchaus wahrgenommen, und so musste der ›Kalbskopf‹

schuldig gesprochen werden. Auf diese Weise begründete der Goldene Gott sein Urteil, und der alte Omar bekundete seine Zustimmung, indem er mit seinem schneeweißen Haupt gedankenvoll nickte. Der ›Kalbskopf‹ wurde dazu verurteilt, Monsieur Magnus seine Frau wiederzugeben. Allerdings antwortete der ›Kalbskopf‹, dass er angesichts der Tatsache, dass Madame Magnus ihn verlassen und sich mit dem Tapir-Mann auf und davon gemacht habe, nicht sagen könne, was aus ihr geworden sei. Der Goldene Gott wusste daraufhin nichts anderes zu erwidern, als dass er in diesem Fall die Angelegenheit nicht entscheiden könne und dass *man sich vor der Eisernen Pforte wiedersehen werde*. In der Tat müssen alle Urteile der *djüts* während der Jahresfeier, zu der sich die Oberen der Zigeuner in den Grotten der *Eisernen Pforte* am Ufer der Donau einfinden, erst noch bestätigt werden, bevor sie zur Vollstreckung kommen, und jedwede Zuwiderhandlung wird streng geahndet. So sind die Gepflogenheiten der Zigeuner.

Omar und Stella blieben allein zurück. Was hatten sie sich zu sagen? Die Unterredung war kurz. Als Stella wieder vor dem Zelt auftauchte, war es vollkommen Nacht geworden, und über Wien stieg ein heller Lichtschein zum Himmel auf. Es war der Aufruhr, der seine Fackel über der Stadt entbrannte!

Omar ist in seinem Zelt verblieben, doch hinter dem mit Leder verhangenen Eingang hört man plötzlich den vollen Klang seines Olifanten und daraufhin Kommandos und Kriegsgeschrei. Unversehens haben sich die Schatten der Zigeuner um ihre Feuerstellen versammelt. Stella ist wieder auf ihr Pferd gestiegen, gefolgt von Monsieur Magnus und Petit-Jeannot durchquert sie von neuem das Lager, zweifelsohne gehorcht sie dabei dem Oberbefehl des alten Omar, und durch eine weitere Order, die unter den verschiedenen

Gruppen weitergetragen wird, hat sich sogleich ein ganzer Trupp Zigeuner aufgemacht, um der Königin des Sabbats zu folgen. Beim Schein der Feuer sieht man, wie sie sich mit Piken und Hirschfängern bewaffnen. Es sind bestimmt zweihundert Männer, die sich um die Amazone versammelt haben.

Die ungewöhnliche Karawane hat sich schweigend in Bewegung gesetzt. Kein Wort ist zu vernehmen. So zieht sie geheimnisvoll und bedrohlich dem flammenden Horizont entgegen. Angeführt wird die dämonische Kohorte von Stella. Sie hat denselben Weg eingeschlagen, den sie zuvor mit ihren beiden Gefährten zurückgelegt hat. Und jetzt sehen wir sie alle am Ufer des Flusses, in dessen schwarzen Wassermassen sich die unheilvollen Lichter der in der Stadt aufflackernden Brände spiegeln.

In welchem Viertel ist die Feuerbrunst gelegt worden? Wer hat die Fackel des Aufstands entzündet, die Revolutionäre oder der Polizeiminister selbst? Wo wird gekämpft? Woher kommen diese bedrohlichen Geräusche, die Gewehrschüsse, das dumpfe Geheul? Man spürt, dass nicht weit entfernt von hier schwerwiegende Dinge geschehen. Doch ist das Stadtviertel, durch das sich dieser fantastische Zug jetzt bewegt, überhaupt nicht bewacht. Alle verfügbaren Ordnungskräfte werden offensichtlich andernorts gebraucht. Das Marschtempo hat sich beschleunigt, doch verläuft der Zug weiterhin vollkommen schweigsam. Nach kurzer Zeit biegen die Zigeuner in die Alleen zum Prater ein.

Dort brennt kein einziges Licht, nicht einmal eine Gaslaterne.

Bevor sie an der Hauptallee eintreffen, lässt die Amazone einen Pfiff ertönen, und von einem Moment zum anderen kommt der gesamte Trupp zum Stehen. Stella ist erneut vom Pferd gestiegen, das sie Magnus und Petit-Jeannot übergibt, dann hat sie sich geschmeidig unter die einzelnen Gruppen gemischt und mit ihnen einige Worte in der Sprache der Romani gewechselt. Zu diesem Zeitpunkt befindet man sich im Schutz von dichtem, dunklem Baumwuchs, durch den kein Lichtstrahl dringt. Inzwischen ist das Heer der Nomaden hinter den Bäumen verschwunden. Man sieht nur noch eine weibliche Silhouette, die mit festem Schritt auf eine Mauer zugeht. Es ist die Rückseite einer großen Brasserie, die jetzt in Schweigen und Dunkelheit gehüllt ist. Es ist das Lokal von Herrn Baumgartner.

In der Mauer befindet sich eine Tür. Stella klopft dreimal, sie sagt das Losungswort, die Parole lautet: *Konstitution*. Die Tür öffnet und schließt sich wieder. Die junge Frau sieht sich Herrn Baumgartner höchstpersönlich gegenüber. Herr Baumgartner hat eine schöne Offiziersgestalt, und er hat Augen, die den Leuten unmittelbar ins Gesicht sehen. Seitdem diese Augen existieren, haben sie der ganzen Welt Vertrauen eingeflößt. Sowie er die Losung vernommen hat, lässt er Stella passieren, ohne sich weiter um sie zu kümmern. Stella durchquert einen Garten, in dem sich offenbar niemand aufhält. Ein Talgstumpf erhellt eine feuchte Treppe, die unter die Erde führt. Stella steigt einen langen Korridor hinab, sie geht bis zum Ende dieses Ganges, stößt eine weitere Tür auf und befindet sich in einem Billardsaal.

Zwei Spieler sind mit ihrer Partie beschäftigt, ein dritter notiert die Punkte. Als die Stiefel tragende und wie ein Musketier in ihren Mantel gehüllte Frau eintritt, hat er gerade eine Zahl gerufen.

Daraufhin ist wie durch Zauberei der Lärm einer lebhaften Diskussion verstummt, die im angrenzenden Raum geführt worden ist. Auch dort gibt es einen Billardtisch, auch dort wird gespielt, auch dies ist ein Raum des sogenannten *Kellers*, in dem sich regelmäßig eine Gesellschaft enthusiastischer Billardspieler trifft; es sind Herren, die keinesfalls riskieren mögen, in diesen Kellerräumen von irgendetwas behelligt zu werden.

Drei Säle reihen sich hintereinander. Ja, es sind wirklich einzigartige Spieler! Einige sind sehr auffällig gekleidet, sie tragen Gewänder, wie man sie immer noch im Bereich der unteren Donau und in den Karpaten trägt. Einen merkwürdigen Eindruck machen diese Gestalten, wenn sie an einem Billardtisch stehen! Zum Beispiel diese eigenartigen Männer, in deren Gürtel Hirschfänger in Lederfutteralen stecken! Neben diesen Briganten tauchen von Zeit zu Zeit die Gestalten friedlicher Kleinbürger in Kragen und Gehrock auf.

Bei dem Ruf des Punktezählers ist alles in regungslose Starre verfallen, doch gleich darauf werden die Partien mit äußerster Konzentration wieder aufgenommen. Stella hat sich bis zur Schwelle des zweiten Saals begeben und die Worte gesprochen: *Viertel nach Zwei!*

Dann hat sie das verrauchte Zimmer durchquert und die Tür zum dritten Raum aufgestoßen, ohne dass sie jemand gehindert hätte. Dort befinden sich etwa dreißig Männer, die wie eine genaue Nachbildung jener Gestalten erscheinen, die sie in den anderen Räumen angetroffen hat. Allerdings spielen diese Männer kein Billard, und sie rauchen auch nicht. Sie unterhalten sich leise und mit düsteren Mienen. Sie sind um einen Tisch versammelt, der von unterschiedlichen Schriftstücken bedeckt ist, und kaum ist die Frau, die niemand erwartet hat, hinzugetreten, lassen sie augenblicklich sämtliche Papiere verschwinden. Alle Männer haben sich drohend erhoben.

»Wer bist du?«, fragt jemand.

Mit einem düsteren Blick überflog Stella diese Gruppe von Männern, die nicht in der Lage gewesen waren, ihr Versprechen gegenüber dem schon geschlossenen Bündnis zu halten, und sich auf beschämende Weise von den politischen Manövern des Grafen Brixen haben verführen lassen. Sie hatte beschlossen, sie alle preiszugeben und mit ihren Leichen die diplomatischen Bemühungen des Premierministers des Reiches zu durchkreuzen. Mit einer Stimme, die vor Erregung bebte, antwortete sie auf die Frage des Verschwörers:

»Ich bin die *Rote Stunde*!«

Indem sie die Rockschöße ihres Mantels zurückwarf, erschien sie unvermittelt in ihrem prächtigen Gewand: umhüllt von der scharlachroten Tunika der Brandenburger, mit gelben Stiefeln, in der Hand *die große Peitsche mit dem Andreaskreuz* sowie allen anderen Kennzeichen des Großen Coesre. Der glänzende Handschar, ein orientalisches Krummschwert, und die mit reicher Damaszenerarbeit verzierten Pistolen waren am Gürtel befestigt. Es gab einen einzigen Aufschrei:

»Die Königin des Sabbats!«

»Ja! Slawen und Magyaren! Kroaten, Tschechen, Bosniaken! Italiener und Dalmatiner! Ich bin es, die *Königin des Sabbats*, die euch verkündet worden ist … Ich bin eure Freundin, eure Verbündete, die Nachfolgerin von Réginald, der zu euch spricht: ›Die Stunde ist gekommen, um hinter dem *Ban*[3] zu marschieren‹.«

---

3   Früherer Titel des Oberkommandanten der ungarischen Truppen (marches). Seine Macht war quasi unbegrenzt.

»Der *Ban ist tot*!«, ließ sich eine heisere Stimme vernehmen, »es sei denn, Réginald wäre wieder auferstanden!«

Mit vorgestreckten Köpfen wiederholten alle:

»Der *Ban* ist tot!«

»Der *Ban* ist tot, es lebe der *Ban*!«, schrie das junge Mädchen und trat dabei so drohend auf die Männer zu, dass einige von ihnen zurückwichen.

Stellas Augen schleuderten Blitze. Ach, wie schön war sie in diesem Augenblick! Die junge Frau, deren Hand vor Begeisterung mit dem Knauf ihres Handschars spielte, schien wie außer sich, und ihre Worte brannten auf der Haut der Verschwörer, die sich gegenseitig verraten hatten, wie glühendes Eisen.

»Es lebe der *Ban*!«, fuhr sie fort. »Der Stamm von Réginald ist keinesfalls tot, denn die Asche der Helden ist unsterblich! Ein neuer *Ban* ist geboren, um euer Vorbild zu sein, er wird euch in die Schlacht führen. Er ist das Kind des Kriegsgottes. Auf ein Wort von ihm, auf sein Zeichen hin werden sich an den Ufern der Donau zweihunderttausend Männer erheben, und Frauen und Kinder werden gleichfalls zu den Waffen greifen! Der Allmächtige beschützt den *Ban* auf allen seinen Wegen. Niemals ist er verwundet worden, und er wird auch niemals verwundet werden, denn die Hand Gottes ist über seinem Haupt! *Zivio ban*! Es lebe der *Ban*!«

»*Zivio ban*!«, wiederholten einige raue Stimmen, doch fügten sie dann hinzu: »*Wo ist denn der Ban?*«

»Wo der *Ban* ist? Es ist mitten unter euch! Er hat jeden Tag zu euch gesprochen, er hat euren Mut und eure Hoffnung wieder wachgerufen. Er heißt Rynaldo.«

»Rynaldo! Ein Kind?«

»Er ist euer Anführer! Er ist dazu erzogen worden, den Völkern der Eisernen Pforte zu befehlen! *Živio ban*!«

»Wo ist er dann aber?«, ließen sich einige vernehmen.

»Ihr fragt noch?«, schrie Stella mit überbordender Stimme. *Er ist dort, wo er euch erwartet*! Er ist dort, wo ihr längst sein müsstet!«

»Das ist ein unsinniges Unternehmen«, hörte man eine Stimme, die sich in der plötzlichen Stille seltsam ausnahm.

»Er wartet auf euch, um euch zu demjenigen zu führen, der alles vermag und der euch Gehör schenken muss! Auch wenn ihr dem *Ban* nicht folgen solltet, wird die Königin des Sabbats ihn nicht im Stich lassen! Dann werden wir beide ganz allein in den Palast eindringen, und die Völkerschaften, die euch entsandt haben, werden euch Verräter nennen!«

Es entstand ein Gemurmel. Unterschiedliche Stimmen waren zu hören: »Wir werden gehen! Der Kaiser muss uns anhören! Das ist ein unsinniges Unternehmen! Die Revolution in Wien ist bereits tot! Die Barrikaden sind aufgegeben worden! Die Truppen von Riva haben die letzten Aufständischen zerschlagen! Was wollt Ihr denn, das wir tun sollen?«

»Diejenigen, die so sprechen, sind Freunde von Brixen!«, widersprach Stella, »und sollte es nötig sein, werde ich ihnen ihre feigen Worte zurück in die Kehle stopfen.«

Sie zog ihren Handschar, dessen glänzender Stahl in ihrer kleinen nervösen Hand aufblitzte. Und sie rief:

»Zu mir! Zu mir, ihr ›Stunden‹!«

Auf diesen Befehl hin rannten einige Männer aus dem zweiten Saal herbei. Allein die drei Spieler, die über den Zugang zum Keller wachten, blieben an ihrem Billardtisch zurück. Stella hatte ihren Mantel fallen lassen. Alle hatten begriffen, dass die Königin des Sabbats vor ihnen stand. Mit wenigen einschneidenden Worten, die sie wie Peitschenhiebe trafen, erinnerte sie daran, dass der *Ban* Rynaldo die Verschworenen in dem Gang unter der Augustinerkirche erwarte, sie wiederholte, dass sich unter den ›Verschworenen des Kellers‹ auch einige Feiglinge befänden, die behaupteten, dass die Revolte in der Stadt niedergeschlagen worden sei und nun zögerten, den *Ban* aufzusuchen.

»Man hat euch belogen!«, rief sie mit erregter Stimme. »Ich habe gerade den Lobkowitzplatz überquert. Alle unsere Männer sind bereit, den Eingang zur Kirche freizukämpfen, falls dies überhaupt notwendig sein sollte. Doch das ganze Viertel ist menschenleer, ist verwaist, denn alle Kräfte von Riva sind momentan auf das Invalidenhaus konzentriert, das auf meinen Befehl hin in Brand gesteckt worden ist. Der Augenblick ist günstig, und die Königin des Sabbats sagt euch: Die Stunde hat geschlagen. Ich bin eure Verbündete. Nichts und niemand wird uns widerstehen können: dem Bündnis zwischen dem *Ban* und dem *Grand Coesre*. Und wisst ihr auch, was das bedeutet? Ich habe euch meine Löwen mitgebracht. Sie stehen vor eurer Tür. Sie werden euch begleiten. Aber werden es Schafe sein, die sie begleiten?«

»*Zivio ban*! *Zivio ban*! Es lebe die Königin des Sabbats!«

»Mein Volk«, fuhr sie fort, »wartet seit Jahrhunderten darauf, dass die Rote Stunde schlagen wird! Mein Volk wird euch zum Kaiser führen! Zu mir, Zigeuner! Volk der Sklaven! Volk der Helden! Hört ihr, wie sich mein Volk in Marsch gesetzt hat? Hört ihr die Schritte der unzähligen Zigeuner, von denen die Erde erdröhnt? Das Signal ist gegeben! Meine Truppen werden auf euren Bergen, auf euren Ebenen zu euch stoßen! Die Verfolgten kommen, sie sind zahlreicher als die Sterne am Himmel! So wie der Pharao im Roten Meer ertränkt worden ist, so soll der Zigeuner ins Innere der Erde verschlungen werden, wenn er nicht an das Wort der Königin des Sabbats glaubt!«

Da riefen die anwesenden Zigeuner:

»*Zivio ban! Zivio ban!* Es lebe die Königin des Sabbats!«

Und alle, die noch gezögert hatten, schienen ihre Meinung zu ändern. Nach und nach wandte Stella sich an die Slawen, die Kroaten, die Dalmatiner … und vor allem an die Magyaren, die sie noch einmal mit flammenden Worten ansprach:

»Oh Magyaren! Erinnert euch, dass Ungarn die einzige Nation ist, die uns Zigeuner niemals geächtet, die uns niemals menschliches Mitgefühl verwehrt hat. Ihr habt uns Land, Privilegien, Rechte und eigene Anführer zuerkannt, ihr habt uns mit euren Wohltaten beglückt! Erst als das Haus von Austrasien den Thron des Heiligen Stephan bestieg, ist uns alles genommen worden. Aber wir haben nichts vergessen! Und heute, da ihr selbst Sklaven geworden seid, werden wir euch befreien! Ich sage euch: Wir, der Abschaum und die Hefe der Menschheit, wir werden voranmarschieren, wir werden den Kadaver des alten Austrasien vertilgen, so wie die Seeläuse an der Meeresküste im Sand die Knochen zernagen.«

Da schrien die Magyaren, um auch die Kroaten und Slawen zu überzeugen:

»*Zivio ban! Zivio ban!* Es lebe die Königin des Sabbats!«

Die Slawen aber hatten sich noch immer nicht entschieden. Da nahm Stella die kleine Uhr von ihrer Brust, auf der in gotischen Lettern geschrieben stand:

Jesus sei
wie zu allen Stunden
um Viertel nach Zwei
deinem Herzen verbunden!

»Hier ist die Rote Stunde!«, sprach sie. »Hier ist die Stunde, die Réginald rächen wird, den ihr so sehr geliebt habt! Auf sie habt ihr den Schwur geleistet! Auf dass jeder Slawe seine Fahne wehen lassen möge! Der Feind steht uns gegenüber! Vorwärts, Brüder! Gott wird uns schützen! Kommt zum Appell! Stürmt heran, Magyaren, Illyrer und Slowaken! Vorwärts, Brüder!«

Und die von der feurigen Rede der jungen Kriegerin elektrisierten Slawen wiederholten:

»Vorwärts! *Zivio ban*! Es lebe die Königin des Sabbats!«

»Ihr werdet alle sterben, wenn ihr mir nicht folgt. Am heutigen Abend wird der Kaiser in *unseren Händen zum Sklaven seiner Versprechungen* werden! Fürchtet nichts! Denn ich sage euch: In Wirklichkeit ist er schwächer als ein Kind!«

In diesem Moment erhoben sich zwei Abgeordnete der Föderation, die zu den Kleinbürgern im Gehrock zählten und sehr blass geworden waren, da sie keine Möglichkeit mehr sahen, sich dieser Bewegung, die alle Verschworenen mitriss, zu entziehen.

»Wir anderen«, sagten sie, »wir haben niemals auf die ›Stunden‹ geschworen! Aber wir sind dennoch bereit, euch zu begleiten, *wenn die ›Stunden‹ das Versprechen halten werden, das sie uns gegeben haben.*«

»Welches Versprechen?«, fragte Stella bebend, denn sie spürte im voraus das Grauen der Worte, die jetzt gesprochen werden mussten.

»Die ›*Stunden*‹ haben uns gesagt: ›Wartet darauf, dass etwas geschieht, *im Vergleich dazu der Tod der Prinzessin Marie Luise gar nicht mehr zählen wird*‹.‹«

Stella war genauso bleich geworden wie die beiden Männer.

»Ihr braucht nicht mehr zu warten«, antwortete sie mit dumpfer Stimme, »denn dieses Ereignis ist bereits eingetroffen. *Das Verbrechen ist begangen worden.*«

Sie ergriff ihren Handschar und deutete ein Kreuzzeichen an. Dann legte sie ihre Hand auf den Dolch:

»Ich schwöre, dass derjenige, der getötet hat, nicht auf meinen Befehl handelte! Gott allein kennt ihn, und vielleicht hat er im Namen Gottes getötet! Der Erzherzog Adolf, der Kronprinz des Austrasischen Reichs, ist gestern ermordet worden!«

Es war der Polizei des Baron Riva gelungen, diese furchtbare Neuigkeit noch geheim zu halten. Zunächst löste sie ungläubiges Erstaunen aus, dann ertönten Rufe ... teils wilder Freude ... teils schieren Entsetzens ... bei allen aber der Hoffnung. Dies war der letzte Anschlag auf das Haus von Austrasien. Auch die Delegierten widerstrebten nicht länger, sie ließen sich von dem Strom mitreißen, der die ganze Schar fragwürdiger Diplomaten unaufhaltsam aus dem Kellergewölbe spülte:

»Zur Hofburg! Zur Hofburg!«

Die Säle leerten sich. Man hörte nur noch diese Worte:

»Vorwärts! Vorwärts! Rynaldo erwartet uns ... *Zivio ban*!«

Und der Tumult war so groß, dass niemand den Siegesschrei der Königin des Sabbats vernahm, die mit einer herrischen Geste die letzten Nachzügler vor sich hertrieb:

»Zur Hofburg, ihr Haufen Verräter!«

Als die Verschworenen sich draußen befanden und in die Hauptallee des Prater einbogen, blieben sie überrascht und erschreckt stehen und glaubten sich schon verraten. In der Tat wurden sie von bewaffneten Schatten umkreist. Die Stimme von Stella war zu hören:

»Das sind die ›Seeläuse‹, die ich euch angekündigt hatte!«, sagte sie. »Unheil über alle, die sich den Soldaten des alten Omar nähern! Sie verteidigen das Ehrenwort der ›Stunden‹! Vorwärts!«

Der Trupp der Verschworenen, der von den Zigeunern begleitet und bewacht wurde, setzte sich in Bewegung. Zu Seiten der Königin des Sabbats waren erneut ihre beiden Leibgardisten getreten, der Zwerg Magnus und Petit-Jeannot. Unter den wilden Zuckungen ihres überglücklichen und siegreichen Herzens schien der Brustkorb der Amazone fast zerbersten zu wollen.

»Nicht einer von euch wird entkommen«, knirschte sie wie ein junger Hund, der die Zähne fletscht. »Passt gut auf sie auf, ihr ›Läuse‹ des alten Omar!«

4. Kapitel

Die Augustinerkirche

Ungehindert gelangten die Aufständischen bis zum Lobkowitzplatz, an dessen einer Seite sich das Portal der Augustinerkirche, der Hofpfarrkirche, erhebt. Auf dem Weg begegnete man in der Dunkelheit keiner Patrouille, die hätte Alarm schlagen können. Auf Anordnung von Baron Riva hatte die Polizei alles vermieden, was den Marsch der Delegierten und ihrer Kampfgenossen behindert hätte, so dass die Expedition in aller Ruhe voranschreiten konnte.

Die Königin des Sabbats erreichte als erste die Schwelle zur Kirche. Sie schlug mit dem Knauf ihres Handschars an das Portal, dessen schwere Flügel sich öffneten. Beherzt trieb Stella ihr Pferd in den Kirchenraum, so wie es auch die Anführer der Hunnen und Tartaren gemacht hatten; weil sie aber wie alle Zigeuner fromm war, bekreuzigte sie sich dabei, und die ganze Schar folgte ihrem Beispiel.

Die Augustinerkirche datiert aus dem 14. Jahrhundert. In ihr werden die silbernen Urnen aufbewahrt, in denen die Herzen der Kaiser und Kaiserinnen von Austrasien ruhen. Die Augen eines Künstlers werden jedoch vor allem von dem Grabmal der Marie Christine, der Tochter Maria Theresias, angezogen: eine gewaltige Pyramide aus weißem Marmor, die Canova mit zarten, anmutigen Trauerfiguren versehen hat, die vor dem Eingang eines Grabgewölbes weinen. Dieses Tor zum Jenseits scheint in den Schoss der Erde zu führen. Ein Gitter umschließt rundum die gesamte Skulpturengruppe. Zu diesem Gitter führte Stella ihr Pferd, band es dort an und empfahl es der treuen Obhut von Monsieur Magnus und Petit-Jeannot.

Jubel erscholl in der Kirche. Inmitten ihrer Zigeuner schwang Stella eine entzündete Fackel und bezeichnete den Delegierten die ersten Stufen einer Treppe, die tief in die Erde hinabführte. Dies war die Öffnung zu dem Gang, durch den man in die Hofkapelle gelangte. Die Verschworenen sahen sich bereits in der Burg, im Herzen des Palastes. Der Durchgang öffnete sich rechts von dem Grabmonument der Marie Christine, einige Meter von dem Ort entfernt, an dem sich Monsieur Magnus und Petit-Jeannot aufhielten. Die Delegierten machten Anstalten, eben dort in den Abgrund hinabzusteigen.

»Wo ist Rynaldo?«, fragte eine zögerliche Stimme.

»Dort! Er ist dort unten!,« antwortete die Königin des Sabbats und zeigte auf die Öffnung zu dem unterirdischen Gang. Es war ihr klar, dass sie die Verräter mit dieser Lüge unwiderruflich dem Verderben ausliefern würde.

Daraufhin zog sie die ›Rote Stunde‹ aus ihrem Halsausschnitt und hob sie bis zur Höhe der Flamme empor, die sie in ihrer ausgestreckten Hand hielt.

»Seht die Stunde! Zu welcher Zeit hat Rynaldo euch herbestellt?«

»Um Viertel nach Zwei!«, erwiderten die Verschworenen.

»Bis dahin fehlt noch eine halbe Stunde!«, verkündete Stella. »In einer halben Stunde wird Rynaldo euch zum Kaiser führen!«

»Wo genau werden wir den *Ban* vorfinden?«, fragte dieselbe Stimme noch einmal nach.

»Im hinteren Teil des Gangs, als Wächter auf der Schwelle zur Hofkapelle. Und jetzt vorwärts!«, befahl die Königin des Sabbats.

»Vorwärts!«, schrie die Schar der Zigeuner.

Die Delegierten erschraken.

Sie sahen, wie dieser furchterregende Trupp sich anschickte, in den unterirdischen Gang vorzurücken und dabei alle Verschworenen wie Treibgut in ihren schaurigen Fluten mit sich zu reißen.

»Bleib hier mit deinen Zigeunern«, sagten sie zu Stella. »Es genügt, wenn wir zu Rynaldo gehen.«

»Er erwartet euch«, wiederholte sie mit wilder Freude.

Die Delegierten und die anderen ›Verschworenen des Kellers‹ stiegen hastig hinab, eilfertig unterzogen sie sich der Mühe, die Tür hinter sich zu schließen, so sehr fürchteten sie den übergroßen Eifer der mit ihnen verbündeten Zigeuner. Die Bronzetür gab einen schauerlichen Ton von sich.

Dieser unterirdische Durchgang wurde ausschließlich von Angehörigen des Hofes benutzt, wenn sie den großen offiziellen Zeremonien des Heiligen Augustinus beiwohnen wollten. Er war darum nicht minder düster und unheimlich; in diesem mit Marmorplatten ausgelegten eisigkalten, feuchten Gang verbreitete sich der Geruch von Friedhofserde und Katakomben. Die Verschworenen befanden sich in einer Art Vorzimmer des Todes. Um sich zu orientieren, hatte einer von ihnen aus den Händen Stellas, die in der Kirche geblieben war, die brennende Fackel genommen, deren roter Schein auf den Mauern unheilvoll hin- und hertanzte.

Sie gelangten ungehindert bis zu einer geschlossenen Tür. Eine ungeheure Stille umgab sie. Ängstlich hielten sie inne. Ohne große Hoffnung versuchten sie, die schwere Tür aus massiver Bronze aufzudrücken, doch zu ihrer Überraschung gab sie sofort nach. Ihre bedrückten, mutlosen Herzen verspürten eine große Erleichterung, als sie hinter der Tür im Schein ihrer Fackel einen Mann gewahrten, der auf sie zu warten schien. Vollkommen ruhig und erhaben stand er vor ihnen im Gewand des *Ban* von Kroatien. *Es war Rynaldo.*

5. Kapitel

Eine Totenmesse

Sie umringten ihn. Mit einem Wort, einer Geste befahl er ihnen, die Fackel zu löschen und sich still zu verhalten. Behutsam führte Rynaldo sie einem schwachen Lichtschein entgegen, der den Eingang der Hofkapelle markierte. Sie folgten ihm wie auf Zehenspitzen. Indem sie unter der Führung Rynaldos ihren Weg in der Dunkelheit fortsetzten, bemerkten sie nicht, *dass sich die Bronzetür in der Mitte des Gangs hinter ihnen wieder schloss.*

Es waren ungefähr fünfzig Männer, die jetzt in dem kurzen, engen Schlauch zwischen dieser Tür und dem Eingang zur Hofkapelle eingeschlossen waren. Sie waren eingeschlossen und ahnten es ebenso wenig wie ihr Anführer.

Rynaldo hatte die Schlüssel der beiden Türen, die in den Durchgang hinein und aus ihm hinaus führten, doch besaß er keinen Schlüssel für diese mittlere Tür. Auch er war in der Mitte des Ganges auf diese Tür gestoßen und hatte sie ohne Umstände öffnen können. So hatte er vor der Ankunft seiner Mitverschworenen hinreichend Zeit gehabt, die gesamte Örtlichkeit in Augenschein zu nehmen.

Diese Untersuchung war keineswegs zu seiner Zufriedenheit verlaufen, und wir werden nun den Grund dafür erfahren, indem wir ihm und seinen Komplizen bis zu jenem Lichtschein folgen, wo wir den Eingang zur Hofkapelle vermuten dürfen. Dort befindet sich eine Treppe, die sie hinaufsteigen müssen, so wie sie zuvor auf der anderen Seite des Durchgangs eine Treppe hinabsteigen mussten. Doch dieses Mal sind es nur einige wenige Stufen, die an der Tür zur Hofkapelle enden. Diese Tür ist nur zu zwei Dritteln ausgefüllt und öffnet sich oben in Verästelungen aus gebogenen Stangen, Rosetten und Rhomben. Durch die Zwischenräume dieser eisernen Ornamente dringt der kleine Lichtschein in den Gang, der ihn – allerdings nur ganz schwach – erhellt. Und durch eben diese Zwischenräume können die Verschworenen in das Innere der Kapelle blicken.

Was in der Kapelle geschieht, scheint von größter Bedeutung. Sie ist keinesfalls menschenleer, wie Rynaldo und seine Freunde angenommen haben. Ein Priester, bekleidet mit einem Chorhemd, wacht inmitten des Chors, neben sich eine brennende Wachskerze, er wacht und betet … Er kniet vor irgendetwas, das man nicht genau erkennen kann, es wird durch ein großes schwarze Tuch bedeckt.

Dieser Umstand erscheint umso bemerkenswerter, als die Kapelle nur zwei oder drei Mal im Jahr – und dann auch nie zu dieser Uhrzeit – zu gewissen Gedenk- und Trauerfeierlichkeiten dient. Aus diesem Grund wird die Hofkapelle auch *Kapelle der Toten* genannt, weil hier berühmte Persönlichkeiten bestattet sind.

Die Verschworenen hätten nun Gelegenheit, durch jenes eiserne Fenster hindurch die schöne Gestaltung des Grabmals zu bewundern, das Maria Theresia für den Feldmarschall Daun, den Retter seines Vaterlandes, hatte errichten lassen, wenn sich nicht vor dem eindrucksvollen Monument jenes seltsame Ding befinden würde, das von einem schwarzen Tuch bedeckt wird. Es steht der Tür gegenüber, die den Eingang zur Hofkapelle bildet. Bedeckt dieses Tuch irgendeinen Sarg? Einen Katafalk? Und warum befindet sich zu dieser Stunde ein Priester in der Kapelle? Rynaldo hat mit einer Geste seine Verschworenen zu sich herangerufen und sagt sehr leise:

»Wir müssen wissen, was dieser Priester dort macht. Wir werden ihn fragen. Ich habe deshalb auf Euch gewartet. Vorsicht – ich mache jetzt die Tür auf!«

Er führte den Schlüssel ins Schloss und war schon im Begriff, die Tür zu öffnen, als sich ein weiterer Zwischenfall ereignete. Zwei Chorkinder kamen aus der Sakristei und traten an den Hauptaltar, um dort liturgische Gerätschaften abzustellen. Warum das? Sollte jetzt eine Messe gelesen werden? Enttäuscht in ihren Erwartungen sahen die Verschworenen den entsprechenden Vorbereitungen zu.

Rynaldo befahl absolutes Stillschweigen. Zu hören waren nur noch die Schritte der beiden Chorknaben auf den steinernen Fliesen.

Es war offensichtlich, dass eine Messe abgehalten werden sollte. Wahrscheinlich wurde in dieser Nacht ein Seelenamt gefeiert. Für die Verschworenen bedeutete dies einen zeitlichen Aufschub ihres Vorhabens, was ihnen jedoch nur etwas Geduld abfordern würde. Im übrigen waren die Verschworenen zahlreich, und der *Ban* war bei ihnen. Sie konnten warten.

Sie warteten. Eine halbe Stunde verging. Der Priester, der vor dem schwarzen Tuch auf den Knien lag, betete noch immer. Plötzlich stand er auf, nahm seine Wachskerze und kehrte in die Sakristei zurück.

Nachdem er verschwunden war, richteten sich ihre Augen erneut auf den rätselhaften Gegenstand, der unter dem schwarzen Tuch verborgen war, und zu ihrem großen Erstaunen erblickten sie hinter ihm zwei bosnische Offiziere, die an ihrer blauen Uniform, ihren gelben Lederriemen und ihrem roten Fez zu erkennen waren. Sie verharrten regungslos mit gekreuzten Armen.

Woher waren diese beiden Offiziere plötzlich gekommen? Aus welchem Zauberkasten waren sie geschlüpft? Welcher Teufel hatte sie geschickt? Die Verschworenen mühten sich, bis in die entlegensten Winkel der Kapelle zu spähen, um in Erfahrung zu bringen, was sich jenseits des schwarzen Tuchs abspielte, und es gelang ihnen, in dem Halbdunkel zu beiden Seiten des Denkmals des Feldmarschalls Daun zwei Statuen auszumachen, die sie vorher nicht bemerkt hatten. Zwei Statuen, die sich plötzlich in Bewegung setzten, sich von dem Monument lösten, langsam auf das schwarze Tuch zugingen, zwei Statuen, vor denen die beiden bosnischen Offiziere Haltung annahmen und militärisch salutierten. Und nun erkannten einige der Verschworenen diese lebenden Statuen, und beide Namen wurden in einem Atemzug ausgesprochen:

»Leopold Ferdinand! Karl der Rote!«

Da rief eine Stimme:

»Der Coup ist misslungen. Lasst uns abhauen!«

Sogleich verkündete Rynaldo, dass er dem Ersten, der Anstalten machen sollte, sich auf- und davonzumachen, das Gehirn aus dem Kopf blasen würde. Er ließ sie vor sich treten. Sie folgten seinen Anweisungen, doch inzwischen bereuten alle, dass sie sich auf dieses Unternehmen eingelassen hatten.

Ein militärisches Gefolge hielt Einzug in die Kapelle. Die Magyaren aus dem *Keller* erkannten zwischen den ehemaligen, durchweg der Aristokratie entstammenden Offizieren der austrasischen Armee die ungarische Garde, ein vom Hof rekrutiertes Sonderkorps. Das Erscheinen dieser Garde, die einigen der Verschworenen durch gemeinsame Erinnerungen und Traditionen eng verbunden war, beruhigte diese mehr als dass es sie erschreckte. Sie sagten sich, dass der Hof, sollte er von dem Komplott Wind bekommen haben, zu dessen Niederschlagung keinesfalls die ungarische Garde gerufen hätte.

Die ungarischen Gardisten hatten sich im hinteren Teil des Chores aufgestellt, hinter dem schwarzen Tuch, und von neuem herrschte tiefe Stille in der Kapelle. Worauf wartete man? Eine weitere Viertelstunde verstrich. Es war ersichtlich, dass Leopold Ferdinand und Karl der Rote ungeduldig wurden, und diese Ungeduld übertrug sich auf die Verschworenen. Endlich erschienen Priester und Diakone.

An der Spitze der Prozession sah man einen Kapuzinermönch mit schwarzem Bart herantreten, der, begleitet von einem Mönch und einem Chorknaben, in der Hand einen Weihwedel hielt. Der Ministrant trug ein Gefäß mit geweihtem Wasser. Als sie vor dem schwarzen Tuch angelangt waren, hielten sie inne; sie standen, nur durch die Tür getrennt, unmittelbar vor den Verschworenen, konnten diese aber nicht sehen. Seltsamerweise tauchte der Kapuziner seinen Weihwedel nun in das Gefäß des Chorknaben, und mit einer doppelten Armbewegung machte er ein Kreuzeszeichen und schüttete das geweihte Wasser durch die Rauten der Eisentür, so dass es wie ein schwerer Regen auf Rynaldo und seine Gefährten niederging und diese zu Eis erstarren ließ: Weihwasser, mit dem man die Lebenden segnet und *die Toten besprengt*! Der Kapuzinermönch ging wieder zurück an seinen Platz, der Priester stieg zum Altar empor.

Die Verschworenen verstanden nicht, warum niemand vom Hof an dieser Messe teilnahm, niemand außer Leopold Ferdinand und Karl der Rote, die unbeweglich vor der ungarischen Garde standen, als ob sie im Dienst seien. Für wen wurde diese Messe gehalten? Da erklangen plötzlich die Worte:

»*Requiem aeternam dona eis, Domine, et lux perpetua luceat eis*! Ewige Ruhe gib ihnen, Herr, und ewiges Licht leuchte ihnen!«

Die Messe, die man hier zelebrierte, war eine Totenmesse.

»Das ist eine Messe«, sagte eine zitternde Stimme, »für das Seelenheil des verstorbenen Erzherzogs Adolf, und gewiss verbirgt dieses schwarze Tuch die Überreste des unglücklichen Prinzen!«

Die Verschworenen atmeten auf. Die Gefahr, in der sie sich befanden, war, wie sie nun glaubten, weit weniger groß, als sie angesichts des Königs von Karantanien und Karl dem Roten befürchtet hatten. Doch da ließ sich im hinteren Teil des Ganges eine entfernte Stimme hören. Es war eher ein Röcheln als eine Stimme:

»Nein! *Diese Totenmesse ist für uns!* Wir sind eingeschlossen!«

Es war jemand, der im Dunkeln der Wachsamkeit Rynaldos entgangen war. Er war umgekehrt, hatte fliehen wollen, und war auf die verschlossene Bronzetür gestoßen. Augenblicklich hatte sich die fatale Neuigkeit allen anderen mitgeteilt. Es herrschte tödliches Schweigen. Dann aber ließ sich Rynaldos Stimme vernehmen:

»Wir sind nicht eingeschlossen«, sagte er, »wir können einfach vorangehen! Ich habe die Schlüssel für den Eingang zur Kapelle, und wir haben unsere Handschars!«

»Die Totenmesse ist für uns gedacht! Wir sind eingeschlossen!«, röchelte dieselbe Stimme erneut.

Da drängten alle Verschworenen rückwärts, sie tauchten ein in das schwarze Loch, dessen Ende sie bald erreicht hatten. Rynaldo vernahm den Lärm ihrer vergeblichen Bemühungen, hörte ihr feiges Stöhnen. Allein war er auf den Stufen zurückgeblieben. Unerschrocken versuchte er, die Tür zur Hofkapelle aufzuschließen, doch sie ließ sich nicht öffnen. Es gab keinen Zweifel mehr. Sie befanden sich in einem Grab. Man betete für sie.

»*Requiem aeternam dona eis, Domine, et lux perpetua luceat eis!*«

In diesem Augenblick fiel in der Kapelle das schwarze Tuch zu Boden, das jenen seltsamen Gegenstand verhüllt hatte. Leopold Ferdinand, Karl der Rote und die beiden bosnischen Offiziere, die sich zu beiden Seiten postiert hatten, zogen ihre Säbel blank, und Rynaldo erkannte nun, was das schwarze Tuch verborgen hatte.

Und sogleich begriff er, dass das, was er vor sich sah, von allgemeinem Interesse war. Es blieb ihm nichts anderes übrig, als seine Gefährten zu rufen, die, von neuer Hoffnung erfüllt, zu ihm liefen. Durch die eisernen Rauten der Eingangstür der Kapelle sahen sie zwei Kanonen, und neben ihnen zwei Kanoniere, die bereit waren, die Kartätschen abzufeuern!

Da brüllte Karl der Rote einen Befehl, und die Tür, die in die Kapelle führte, die Tür, die allein noch die Verschworenen vom Tod trennte, drehte sich in ihren Angeln und öffnete sich langsam …

6. Kapitel

Miss Arbury

Sobald die Delegierten und ihre Helfershelfer in dem unterirdischen Gang der Kirche verschwunden waren, gab die Königin des Sabbats ein Zeichen, und Petit-Jeannot und Monsieur Magnus führten ihr Darius zu. Mit einem Satz war sie im Sattel. Ein weiteres Zeichen, und die Zigeuner umringten sie. Sie befahl ihnen, den Zugang zu dem Gang zu bewachen und niemanden herauszulassen, und fügte noch hinzu, dass sie schon bald wiederkommen werde, um sie von dieser Pflicht zu entbinden. Nach diesen Anordnungen entfernte sie sich vollkommen beruhigt zusammen mit ihren beiden Gefährten. Bevor sie aufbrachen, glaubte Petit-Jeannot, der immerfort die Tür von Canovas Grabmal im Auge behalten hatte, ebendort eine schattenhafte Bewegung wahrzunehmen.

Draußen angekommen rief die Königin des Sabbats ihrem Pferd etwas in der ihm wohlvertrauten Sprache zu, und Darius vollführte einen so gewaltigen Sprung, dass Petit-Jeannot nur noch die Zeit verblieb, in aller Schnelle die Mechanik seiner langen Beine anzuwerfen, während der Zwerg sich wieder in ein Rad verwandelte. Die Königin des Sabbats stürmte, von ihren beiden seltsamen Wächtern flankiert, im Galopp durch die Straßen und Boulevards. Bald erreichte man die Kaiser-Wasser Straße.

Stella ist davon überzeugt, dass Rynaldo *dank ihrer Fürsorge* nur wenige Schritte entfernt friedlich schlummert. Durch die Nacht schickt sie ihm einen Kuss. Dann tritt sie in den Eingang der ›Wollwaren und Polster‹. Sie wirft dem Zwerg die Zügel zu, durchquert den Hof der ›kleinen Polsterin‹ und steigt die Treppe hoch. Auf ein Zeichen von Monsieur Magnus rennt Petit-Jeannot ihr hinterher. Als sie vor der Tür des ›Geschäftszimmers der kleinen Polsterin‹ angelangt ist, dreht Stella sich um und befiehlt ihm, Monsieur Magnus zu sagen, dass er Darius in den Stall bringen möge, dann öffnet sie die Tür des Büros, tritt ein und schließt die Tür wieder.

Petit-Jeannot bleibt wie angegossen auf seinen zwei Beinen stehen. Er befürchtet, dass die Königin des Sabbats von seiner Abwesenheit profitieren könnte, um sich einmal mehr ihrer Aufsicht zu entziehen. Er öffnet das Fenster des Treppenflurs, das auf den Hof führt, tauscht sich kurz mit Monsieur Magnus aus, der nunmehr Darius in den Stall führt, aber zuvor dem jungen Mann verspricht, gleich danach zu ihm hochzukommen, was zehn Minuten später auch geschieht.

Petit-Jeannot war immer noch auf seinem Posten. Die beiden Kameraden richteten sich dort ein. Sie waren fest entschlossen, dort auf ihren goldenen Gott zu warten, bis dieser wieder aufzutauchen geruhen würde … Sie mussten sehr lange warten.

Nachdem sie das Büro betreten hatte, begab die ›kleine Polsterin‹ sich eilends zu einem massiven Schrank, der eine ganze Wand in ihrem Büro ausfüllte, öffnete die Schranktür, die sie dann sorgfältig hinter sich zuzog. Sofort erhellte eine Glühbirne diesen außergewöhnlichen Garderobenschrank, der zugleich ein überaus luxuriöses Ankleidezimmer bildete. Gewänder in allen Farben und Formen, für Männer wie für Frauen, waren in bester Ordnung aufgehängt, in den Fächern stapelten sich Hüte, besondere Schuhe und sogar verschiedene Perücken.

Im Nu hatte sich Stella aller Kennzeichen eines *Grand Coesre* entledigt und wieder das karierte Kleid und die kleine schottische Pelerine angelegt, sich den roten Haarschopf übergestülpt und ihre rot geschminkte Nase mit einer enorme Brillen verziert, und dies alles ließ sie der Direktorin des ›Home‹ nicht nur ähnlich sehen, *sondern machte sie ganz und gar zur Direktorin des ›Home‹*. Mit diesem Kostüm und in dieser Gestalt nahm sie zugleich deren kümmerliches Aussehen an.

Sie warf einen Blick auf den Spiegel, der im hinteren Teil des riesigen Wandschranks in einiger Höhe angebracht war, und das Ergebnis ihrer eiligen Kostümierung schien sie zu befriedigen. Sie drückte auf einen Knopf, der hinter Kleidern versteckt war, und eine Tür im Mauerwerk öffnete sich. Diese Tür gestattete es, Miss Arbury oder vielmehr der Miss, wie man überall im ›Home‹ sagte, die Räume der ›kleinen Polsterin‹ zu verlassen, da sie dort nichts mehr zu tun hatte, um in die Räumlichkeiten des ›Home‹ hinüberzuwechseln, wo sie bereits mit einer gewissen Ungeduld von einer vorzeitig gealterten Dame mit müden Gesichtszügen erwartet wurde, die, wie wir bereits gehört haben, Milly genannt wurde. Die Wand hatte sich hinter Miss Arbury wieder geschlossen und damit die notwendige Distanz zwischen zwei so unterschiedlichen geschäftlichen Unternehmen wieder hergestellt.

»Nun gut, Milly, ist alles bereit?«

»Alles ist vorbereitet, meine Herrin. Hier sind Eure Papiere. Aber Ihr habt Euch verspätet. Werdet Ihr noch rechtzeitig eintreffen?«

»Hört, Milly! Ich habe diese Papiere trotzdem haben wollen, denn sie werden über alles entscheiden, falls der Kaiser noch zögern sollte. Doch glaube ich es nicht! Erzherzog Adolf ist tot! Der Kaiser wird alles daransetzen, seinen unglückseligen Sohn zu rächen.«

»Was für ein furchtbarer Tod!«

»Still! *Haben wir das Recht, andere zu bemitleiden?* Wirst du den Tag bedauern, an dem ich meinen Vater und meine Mutter rächen werde? Milly! Erinnere dich daran, dass mein Vater gestorben ist, indem er dich verfluchte, weil er glaubte, du hättest ihn verraten!«

»Ich lebe nur dafür, seinen Tod zu rächen, Herrin.«

»Lass also diesen armen Monsieur Baptiste *seine Toten rächen, wie es ihm gefällt* ... Hast du Herrn ›Namenlos‹ heute noch nicht gesehen?«

»Nein, meine Herrin ... und das ist auch besser so, denn er macht mir Angst ...«

»Ja, er verbreitet Angst, Milly!«

»Und Ihr habt noch niemals in Erfahrung bringen wollen, wer dieser Herr ›Namenlos‹ ist?«, fragte Milly mit zögernder Stimme.

»Niemals! Ich will es gar nicht wissen ... Hör ... Hör zu, Milly! Ich will nicht wissen, wer in dem Haus meines Onkels sein Unwesen treibt! *Ich weiß, dass irgendwo im Palast die rechte Hand von Monsieur Baptiste tätig ist* ... Doch geht mich das nichts an, hörst du … Der Henkersknecht von Monsieur Baptiste macht mir, der Königin des Sabbats, wenig zu schaffen! Jedem seine Aufgabe!«

Als sie dies gesagt hatte, zog Miss Arbury ein Blatt aus den Akten, die vor ihr lagen, und stieß einen wilden Freudenschrei aus.

»Ach!«, sagte sie, »glaube mir, es gibt so viele, um die ich mich kümmern muss! Hier sind einige, deren Rechnung beglichen ist. Diese hier habe ich zum Tode verurteilt! Hörst Du, Milly! Ihre Feigheit, ihre Schuld, ihr Verrat ist vielleicht schon gestraft! Und falls sie es noch nicht sind, falls der Kaiser zögert … werde ich ihnen den letzten Schlag versetzen! Wer hat dir dieses Schriftstück überbracht, Milly?«

»Die Erzieherin der Horacek, meine Herrin.«

»Die kleine Theodora! Gib ihr eine Belohnung von hundert Florins. Ist der Wagen da, Milly?«

»Ja, meine Herrin, seit einer Stunde …«

Die beiden Frauen verließen das ›Home‹ durch eine Tür an der Hinterseite der Kaiser-Wasser Straße. Dort fanden sie einen angeschirrten Wagen mit zwei Pferden vor, der sie rasch ins Zentrum der Stadt brachte. Sie überquerten die Maria-Theresia-Brücke und hielten bald vor einem weitläufigen Gebäude, an dessen Türen jeweils ein Soldat mit aufgepflanztem Bajonett Wache hielt. Es war die Generaldirektion der Polizei. Die beiden Frauen sprangen aus dem Wagen und trennten sich. Milly ging zu Fuß weiter bis zur Maria-Theresien-Straße, Miss Arbury näherte sich dem Soldaten und rief ihm ein Losungswort zu. Die kleine Treppe, die er bewachte, führte direkt in das Büro des ›Herrn Direktor‹ in der zweiten Etage.

In dem Büro des Generaldirektors der Polizei erwartete sie Herr von Riva persönlich, der mächtige Polizeiminister, dem sämtliche Sicherheitsdienste des Austrasischen Reichs unterstanden. Eine gewisse Ungeduld hatte sich seiner bemächtigt, er empfing sie mit den Worten:

»Ah! Miss Arbury! Da seid Ihr endlich! Habt Ihr mitgebracht, was Ihr mir verspracht?«

Ohne zu antworten überreichte Miss Arbury dem Polizeiminister die Papiere, die Milly ihr ausgehändigt hatte. Er überflog sie, richtete seine ganze Aufmerksamkeit auf zwei oder drei Briefe und sagte dann:

»Hervorragend! Ist mein Wagen unten?«

»Er hat mich hierher gebracht«, antwortete die Miss. »Es scheint, dass er mehr als eine Stunde am ›Home‹ auf mich gewartet hat.«

»Ja, ich war unruhig. Der Kaiser ist von dem furchtbaren Unglück, das ihn getroffen hat, vollkommen niedergeschmettert, doch da er erneut von Brixen bearbeitet wird, kann er sich nicht dazu entschließen, *das notwendige Exempel* zu statuieren …«

Sie bestiegen den Wagen, der zur Hofburg fuhr.

»Tatsächlich waren im ersten Moment seine Rachegelüste ebenso groß wie sein Schmerz«, fuhr Riva fort. »Es war Pater Rossi, der ihm die Nachricht von der Katastrophe überbracht hat, letzte Nacht, nur wenige Stunden nach dem Verbrechen! Der Kaiser hatte die Nacht in der Annagasse verbracht, dort hat der Jesuit ihn aufgesucht. Aber wie kann es sein, dass ein Provinzialpater diese Neuigkeit vor uns erfahren hat? Und wie hat er um diese Stunde bis zum Kaiser vordringen können, dort, bei der *Bürgerlichen*? Die Zusammenkunft muss überaus rührend gewesen sein, der Kaiser hat mehrfach unter Tränen ausgerufen: ›Jakob! Jakob!‹ Und die Sitzung hat dann mit einer Beichte geendet. So ist also dieser Pater Rossi nun Beichtvater des Kaisers! Das hat uns gerade noch gefehlt, dass uns die Jesuiten vor den Füßen herumlaufen!«

»*Hat man den Kopf wiedergefunden?*«, fragte Miss Arbury.

»Nein!«

»Was hat Ismail dazu gesagt?«

»Als er in das Zimmer von Mayerling eingedrungen ist, *war der Kopf nicht mehr dort*!«

»Die Hausangestellten? Oder die Dirnen?«

»Sind bereits hinter Schloss und Riegel …«

»Der Herzog und der Prinz?«

»Haben vor dem Kaiser geschworen, dass sie niemals etwas sagen werden, dass man niemals etwas erfahren wird!«

»Nun gut! Und wir? Werden wir etwas in Erfahrung bringen?«, versetzte Miss Arbury mit einem trockenen Auflachen.

Der Minister schlug mit der flachen Hand auf die Papiere, die er mit sich führte.

»Dank dieser Briefe wissen wir zumindest, dass diese Herren *mit von der Partie sind*! Ach, Miss Arbury! Ich würde Ihre Institution nicht gegen sämtliche Sicherheitsdienste der kaiserlichen Polizei eintauschen wollen! Apropos: Ihr wisst, dass die *Bürgerliche* eine französische Erzieherin für den kleinen Jungen wünscht?«

»Das ist mir bekannt.«

»Ihr seid über alles unterrichtet! Und Ihr verfügt über eine solche Person?«

»Ja, ein nettes Mädchen und geschwätzig wie eine Elster. Sie wird uns über alles auf dem Laufenden halten, ohne sich dessen bewusst zu sein.«

Sie erreichten den Palast. Herr von Riva sprang aus dem Wagen und verschwand hinter einer Arkade. Als sie ihren Vorgesetzten nicht mehr sah, stieg auch Miss Arbury aus dem Landauer, sagte etwas zum Kutscher und ging dann auf der Seite der Augustinergasse die hohe Palastmauer entlang. Plötzlich war sie nicht mehr zu sehen.

7. Kapitel

Prinzessin Regina

Die Idee zu der kriegerischen Aktion in der Kapelle der Toten stammte von Riva persönlich. Und dem Polizeiminister lag mehr als alles in der Welt am Gelingen dieses Plans. Er hatte keinen Zweifel, dass der Hof Ziel einer infernalen Verschwörung geworden war, auch wenn deren genaue Absichten sich seiner Kenntnis entzogen und ihre Mittel ihm nur unzureichend bekannt waren. Somit hatte er beschlossen, seine verborgenen Feinde durch entschiedene Schritte und einen mörderischen Anschlag so sehr in Angst und Schrecken zu versetzen, dass sie für längere Zeit handlungsunfähig bleiben würden. Verschwörer in der Augustinerkirche auf dem Weg zum Kaiser – das war genau der Anlass, den er für sein Vorgehen brauchte. Und die Begleitumstände waren ausgesprochen günstig: Niemand würde es wagen, ihm anschließend die Brutalität seiner Intervention vorzuwerfen.

Als er von dem Tod des Erzherzogs in Mayerling erfuhr, war Herr von Riva sogleich überzeugt, dass dieses Ereignis seinen Plänen zustatten komme, denn er glaubte, einen unmittelbaren Zusammenhang zwischen dem Mord und der Verschwörung nachweisen zu können. Um so größer waren seine Überraschung und sein Zorn gewesen, als Seine

Majestät nach einem ersten Augenblick der Verzweiflung das radikale Vorgehen des Polizeiministers nicht *vollständig* hatte absegnen wollen. Erneut hatte er eine Intervention von Brixen vermutet. In Wahrheit aber gründete das Zögern des Kaisers in seinen eigenen Selbstvorwürfen und Gewissensbissen. Er bedachte, dass in Wirklichkeit er allein die Schuld an diesen Vorkommnissen trage: Er, der Kaiser, wusste nur zu gut, was es mit dieser grauenhaften Rache auf sich hatte. Und er befürchtete, nur noch weitere Rachegelüste auf sich zu ziehen, wenn er ohne jeden Prozess Leute bestrafte, die man zwar der verwerflichsten Verbrechen bezichtigte, die aber vielleicht unschuldig waren. Er hatte deshalb neue, definitive Beweise gefordert.

Dennoch waren alle Vorkehrungen seines Polizeiministers unverändert beibehalten worden. Der Kaiser hatte sich gehütet, jene außergewöhnliche Totenmesse in der Hofkapelle abzusagen, an der auch ein Teil der Palastgarnison teilnehmen sollte: eine – wie man sagte – für das Seelenheil des Erzherzogs Adolf zelebrierte Messe, denn wiewohl man in der Stadt die Einzelheiten des Dramas von Mayerling noch nicht kannte, hatte man das tragische Ende des unglückseligen Prinzen nicht über mehrere Stunden geheim halten können, und alle Bemühungen der Polizei und der Burg zielten darauf ab, die allerdings wenig glaubhafte Version zu verbreiten, dass sich der Erzherzog in einem Anfall von Wahnsinn selbst getötet habe. Man fügte hinzu, dass seine Geliebte, die Baronin von Aquila, den Gedanken nicht habe ertragen können, ohne ihn zu leben, und deshalb an seinem Sterbebett ebenfalls Selbstmord begangen habe.

Nur der König von Karantanien und Karl der Rote ahnten einen Teil der Wahrheit, und das Entsetzen, das sich ihrer bemächtigt hatte, als sie von dem noch lebenden Jakob Ork und bald darauf von dem mysteriösen Tod des Erzherzogs erfuhren, suchten sie hinter einem Delirium von Vergeltungsmaßnahmen zu verbergen; den ganzen Tag über tobten sie fluchend durch den Palast und verkündeten unter Schwüren und Verwünschungen, dass sie sehr schnell mit allem fertig wären, dass sie dieser ganzen Kanaille den Marsch blasen und die Feinde des Reichs ausmerzen würden, wenn man sie nur machen ließe. Riva hatte sich natürlich bemüht, diesen lobenswerten Eifer anzufachen; er hatte ihnen seinen ganzen Plan entdeckt, und die beiden hatten versprochen, das Feuer auf die föderierten Verbrecher zu eröffnen und höchstpersönlich als Kanoniere zu dienen, falls sich niemand anderes dafür finden lassen sollte.

Der Kaiser war es endlich müde geworden, ihr lautstarkes Gebrüll noch hinter verschlossenen Türen hören zu müssen, und so hatte er sie in sein Kabinett rufen lassen. Herr von Riva war ebenfalls präsent. Der Kaiser hatte beide Fanatiker zur Besonnenheit ermahnt.

»Wenn diese Verrückten sich einfinden sollten«, hatte Franz erklärt, »und wenn sie ihre Absichten wirklich umsetzen wollen, wird immer noch Zeit genug sein, sie gefangen zu setzen.«

Hier hatte der Polizeiminister widersprochen, indem er sagte:

»Um sie danach zu verurteilen? ... Das Einzige, was unbedingt vermieden werden muss, Sire, ist ein Prozess! Man hat ansonsten überflüssiges Gerede zu befürchten. Diese Leute werden von Réginald reden und vielleicht auch noch von jenem Anderen, was großen Schaden anrichten würde.«

»Welchen Anderen meint Ihr?«

»Denjenigen, Sire, den Ihr gestern Abend so laut herbeigerufen habt, dass alle Bediensteten der Annagasse Euch hören konnten: Jakob! Jakob!«

Der Kaiser wollte davon nichts mehr wissen.

»Bringt mir Beweise, Riva, *Beweise*!«

Aber ja – jetzt hatte er sie, die Beweise! Nervös drückte Herr von Riva diese Dokumente an seine Brust, die Papiere, die Miss Arbury ihm überbracht hatte und die seinen Sieg über Brixen besiegeln würden. Herr von Riva war sich seiner Sache jetzt sicher. Er wusste, dass er nur noch eine Viertelstunde warten musste, vielleicht sogar etwas weniger, denn die Messe hatte bereits begonnen, und da nun alle Verschworenen im unterirdischen Gang zur Hofkapelle eingeschlossen waren, würde das Massaker genau so verlaufen, wie man es beabsichtigt hatte.

Er traf den Kaiser in seinem Kabinett an. Die Briefe, die man sorgfältig zerrissen hatte und die dann auf Veranlassung von Miss Arbury mit noch größerer Sorgfalt wieder zusammengefügt worden waren, taten genau die Wirkung, die er vorhergesehen hatte. Aber nein, es dauerte überhaupt nicht lange! Franz las die Briefe, welche den in Wien ansässigen Anführern der magyarischen und illyrischen Patrioten entwendet worden waren, Briefe der bei ihnen abgestiegenen Delegierten, die unvorsichtigerweise die Erwartung eines furchtbaren und vielversprechenden Ereignisses ankündigten ... Der Kaiser brachte kein einziges Wort hervor. Er sah Riva nur an und machte ein Zeichen. Der Polizeiminister verstand. Man hatte ihm die Verschworenen, *die Freunde des Kellers*, ausgeliefert.

»Beim *Ite missa est*«, sagte Herr von Riva, »wird alles vollbracht sein!«

Nachdem Riva gegangen war, stand Franz einige Augenblicke über seinen Schreibtisch gebeugt, die Hände ausgestreckt, den Kopf gesenkt, in einer vollkommen vernichteten Haltung. Er zuckte zusammen, als sich ganz in der Nähe eine liebliche, einschmeichelnde Stimme vernehmen ließ. Er hob sein verhärmtes Gesicht, das gezeichnet war von tiefem Ekel über das, was er soeben verfügt hatte. Er erkannte Regina.

»Mein liebes Kind«, murmelte er, »*wieder bist du es*, die kommt, um zu trösten. Du bist also noch nicht zu Bett gegangen? *Vor einer Stunde hast du mir versprochen, dass du dich ausruhen würdest.*«

Und er fragte sie nach Tania, die er an diesem Abend noch nicht gesehen hatte. Eine Stunde zuvor hatte Regina ihm mitgeteilt, dass ihrer Schwester unwohl sei.

»Meine Schwester schläft jetzt ruhig und friedlich«, antwortete Regina, »was nicht zu erwarten war, denn jene grauenhafte Nachricht hat sie sehr getroffen und mit solchem Entsetzen erfüllt, dass ich sie zu Bett bringen musste.«

Franz schien zunehmend nervös, er hatte sich erhoben. Regina betrachtete ihn mit gerunzelten Augenbrauen und hartem Blick. *Sie wusste Bescheid*, denn sie hatte das Arbeitszimmer des Kaisers in dem Moment betreten, als Riva triumphierend herauskam, und die Freude, die auf dem Gesicht des Großmeisters der Polizei erstrahlte, hatte ihr ebenso zuverlässig Auskunft gegeben wie der tiefe Schmerz des Kaisers. In diesem Augenblick öffnete sich die Geheimtür des Kabinetts, und Ismail führte Franz Holzener herein, der das Habit der Jesuiten angelegt hatte. Ismail blieb auf der Schwelle stehen.

»Was gibt es?«, fragte der Kaiser trocken.

»Was es gibt!«, antwortete der Jesuit lebhaft, »wir holen zu einem Doppelschlag aus, Sire! Und wir werden zugleich mit den Verschworenen und den ›Stunden‹ aufräumen. Der *Ban* aus Kroatien ist dabei! Und wisst Ihr, wer dieser *Ban* ist? Ein gewisser Rynaldo, von dem Euch Brixen und Riva schon erzählt haben.«

»Er befindet sich mit allen anderen im Gang zur Kapelle?«, fragte Franz mit belegter Stimme.

»Sire! Ich habe *ihn eigenhändig dort eingeschlossen*!«

Ein furchtbarer Schrei ließ beide zusammenfahren. Sie drehten sich um. Regina stand vor ihnen, bleicher als das Nachtgewand, in das sie gehüllt war. Dann stürzte sie sich auf den Jesuiten, griff ihn an die Kehle, warf ihn zur Seite, stürzte an Ismail vorbei und verschwand wie eine Furie in der Öffnung der Geheimtür.

»Was hat sie? Was hat sie denn?«, rief der Kaiser.

»Dieser Weg führt zur Kapelle hinab!«, sagte Ismail.

Offenbar kannte Regina die dunklen, labyrinthischen Wege des alten Gebäudes und sämtliche versteckten Gänge, denn sie zögerte keine Sekunde, welchen Weg sie nehmen sollte. Sie flog. So sehr sie aber auch vorwärts hastete – würde sie noch rechtzeitig kommen? Noch dieser Gang … diese Tür … und dann diese Treppe … und noch eine andere Tür dort hinten … Endlich ist sie in der Kapelle. Ein Schrei dringt zu ihr! Waffenlärm … die schreckliche Stimme von Karl dem Roten, das Gebrüll von Leopold Ferdinand, und Regina, weiß wie ein Gespenst, taucht in der Kapelle auf, just in dem Moment, da auf Befehl der beiden Prinzen die Tür zu dem Durchgang, in dem die Verschworenen eingeschlossen sind, sich in ihren Angeln dreht.

»Schießt nicht!«, ruft sie aus, indem sie zu den Kanonen läuft, welche die bosnischen Artilleristen in Gefechtsstellung gebracht haben.

»Feuer!«, brüllt Leopold Ferdinand.

Die Tür zum Durchgang war weit geöffnet, und aus dem hinteren Teil dieses düsteren Schachts stiegen furchtbare Verwünschungen hervor, in die sich die Schreie, das Entsetzen, das Stöhnen, die äußersten Qualen der Verurteilten mischten, deren Schicksal sich binnen kurzem erfüllen sollte. Im hintersten Teil wanden sich wie die Verdammten der Hölle die tapferen *Freunde des Kellers*, Verräter an der eigenen Sache und Verräter ihres Vaterlandes.

Ganz allein auf der Schwelle zur Totenkapelle, die Arme verschränkt, den tödlichen Blitzschlag erwartend, stand Rynaldo. Als Leopold Ferdinand seinen Befehl ›Feuer!‹ brüllte, antwortete ein Aufschrei Rynaldos. Doch es war ein Aufschrei des Sieges und der Liebe, ›Stella!‹, und der *Ban* hatte noch genügend Zeit, den Gedanken zu fassen, dass er wie durch ein Wunder in seinem letzten Augenblick eine Vision erleben durfte, indem er noch einmal diejenige erblickte, deren Bild sich ihm, dessen Körper im nächsten Moment zerschmettert sein würde, für alle Ewigkeit eingeprägt hatte.

Aber nein – es ist keine trügerische Vision seiner in Aufruhr geratenen Sinne, sie ist es wirklich, es ist Stella, die da lebt, die herbeiläuft und schreit: ›Schießt nicht! …‹. Der König von Karantanien, mit Geifer vor dem Mund, der ihm wie aus dem schäumenden Maul einer Dogge trieft, brüllt erneut: ›Feuer!‹. Aber die Kanoniere haben die Prinzessin Regina erkannt, und sie schwanken zwischen Leopold Ferdinand und seinem Schießbefehl und der jungen Prinzessin von Karantanien, die diesen Befehl widerruft: »Im Namen des Kaisers, schießt nicht!«

»Im Namen des Kaisers: ›Feuer!‹«

Der Blitz hat noch nicht eingeschlagen. Aus dem schwarzen Gang ertönen Rufe, es regt sich neue Hoffnung. Das alles in Sekundenschnelle. Der Herzog von Bamberg, den man nicht umsonst *den Roten* nennt, will kurzentschlossen dieser Szene ein rasches Ende setzen, das ihm und seinem furchtbaren Ruf entspricht; er stößt die zögernden bosnischen Kanoniere zur Seite und schickt sich an, deren Aufgabe selbst zu übernehmen. Schon hat er sich über die Kanonen gebeugt, als Regina dessen gewahr wird und sich vor die Mündung aus Stahl wirft. Ruhig und gefasst steht sie vor der tödlichen Waffe, die Rynaldos Leben bedroht, sie ist sich ihres Sieges über diese menschliche Bestie gewiss, sie weiß, dass sie deren mörderisches Unterfangen aufhalten wird:

»Schießt nur, Seigneur Karl!«, ruft sie, »*und tötet Eure Frau, wenn Ihr das Herz dazu habt. Lieber möchte ich sterben, als Euch ein Verbrechen begehen zu lassen, das mich auf immer hindern würde, Euch zu lieben*!«

»Wie lautet denn der Befehl des Kaisers?«, fragte Karl der Rote, der sich inzwischen besonnen hat. Sowie er diese Stimme, diese Art zu sprechen hört, weicht seine rücksichtslose Brutalität der Sentimentalität eines kleinen Kindes.

»Diese Leute zu verschonen und sie gefangen zu nehmen!«, erwidert Regina.

»Das entspricht keinesfalls der Nachricht, die Herr von Riva uns übermittelt hat!«, schnauzt Leopold Ferdinand.

Ein Teil der Garde ist bereits in den Gang der Augustinerkirche eingedrungen, um sich der Verschworenen zu bemächtigen, die jetzt, erschüttert durch diesen unerwarteten Gnadenakt, in tiefem Schwiegen verharren.

Mit äußerster Kälte richtet die Prinzessin das Wort an Leopold Ferdinand:

»Mein Vater, ich habe das Kabinett Seiner Majestät in dem Moment verlassen, da er Euch höchstpersönlich den Befehl überbringen wollte, den ich Euch ausgerichtet habe, und ich sehe wohl, dass man sich dazu beglückwünschen sollte, dass ich diesen Auftrag übernommen habe, denn der Kaiser wäre gewiss zu spät eingetroffen.«

Sie wendet sich der Gruppe der gefangenen Delegierten und ihren Verbündeten zu, in deren Mitte Rynaldo mit der unverminderten Würde eines Anführers hervorragt. Mit den Augen eines Wahnsinnigen starrt er sie an: sie, die königliche Prinzessin von Karantanien.

Als sie sich vor die Mündung der Kanonen geworfen hatte, war der Schleier hinabgefallen, der auf ihrem Kopf befestigt war, und die wundervolle nachtschwarze Haarpracht, die in ganz Wien berühmt war, hatte sich gelöst und die markante weiße Strähne zum Vorschein gebracht.

Rynaldo hatte erwartet, Stellas strahlend goldenes Haar zu erblicken und wollte seinen Augen nicht trauen. Dabei hatte er Stella wiedererkannt! Er hatte ihre Stimme gehört! Und doch war es eine Andere, die ihn rettete: eine Andere, die zum König von Karantanien ›Vater‹ sagte! Eine Andere war es, die mit dem Herzog von Bamberg sprach wie eine Gattin zu ihrem Ehemann! Welche Ähnlichkeit des Gesichts und der Stimme! Unmöglich ließ sich ergründen, wieweit die Natur dieses Spiel mit Ähnlichkeiten treiben konnte!

Die Augen von Rynaldo und der Prinzessin Regina haben sich getroffen. Was für eine Erschütterung lösen diese sich kreuzenden Blicke aus! Fast wäre er gestrauchelt. Aber sie … sie ist vollkommen ruhig geblieben, unbewegt, indifferent.

Da sie zur rechten Zeit eingetroffen ist, um die Order des Kaisers ausführen zu lassen – was schert sie da der Rest. Als die Soldaten die Gefangenen wegführen, tritt die Prinzessin Regina näher an die Unglücklichen heran, die sie gerettet hat, und sie betrachtet sie nacheinander mit kalter Gleichgültigkeit – und auch Rynaldo nicht anders als alle anderen … Das Herz des jungen Mannes setzt aus. Und doch gelingt es dem wie von Fieber geschüttelten Rynaldo, einen Namen auszusprechen:

»Stella!«

Sie muss ihn gehört haben, doch ist sie zweifelsohne der Überzeugung, dass der bleiche junge Mann, der in seine Gedanken und Träume versunken ist, eine ganz Andere im Sinn hat, denn sie hat in keiner Weise reagiert. Der junge Mann geht zwischen den Wachsoldaten davon, er entfernt sich von ihr und hängt der Frage nach, was es mit diesem Geheimnis wohl auf sich hat. Zum ersten Mal, so glaubt Rynaldo, ist er einem der Zwillinge von Karantanien begegnet.

Fünfter Teil

Die Verlobte
von Karl dem Roten

1. Kapitel

Das Gefängnis der Sterngasse

Wenn man die Hofburg durchquert hatte und in die Judengasse eingebogen war, sah man linkerhand eine enge und schmutzige Straße, und es dauerte nicht lange, so stand man vor einem alten, düsteren Gebäude, das sich am Ende der Sackgasse erhob. Es war das Gefängnis der Sterngasse.

Dieses Gefängnis entspricht in seiner Bestimmung ungefähr unserem Staatsgefängnis. Da seine Verliese tief und seine Gitter besonders solide waren, wird man sich nicht wundern, dass die ›Verschworenen des Kellers‹ genau dorthin abgeführt worden waren. Tatsächlich lag das Gefängnis gleich neben der Hofburg. In dieses Gefängnis hatte man auch Rynaldo gebracht.

Man hatte ihm die Ehre einer Einzelzelle erwiesen. Dort verbrachte er den Rest der Nacht unter den seltsamsten und trostlosesten Gedanken. Dabei dachte er allerdings weniger an den Verrat, dem er offensichtlich zum Opfer gefallen war, oder an das Los, das ihn erwartete; was ihn beunruhigte, war das Schicksal von Myrrha, das ihm mehr als alles am Herzen lag. Zudem aber drehten sich seine peinigenden Gedanken wie die eines Besessenen immer auch um Stellas Erscheinung in der Kapelle der Toten, oder vielmehr: um die Erscheinung jener Gestalt, die er für Stella gehalten hatte. Stella − Stella war also Regina! Oder nein − das wohl doch nicht: Regina war nicht Stella. Unmöglich: Die ›kleine Polsterin‹ konnte nicht die Tochter des Königs von Karantanien sein. Das war absurd! Denn dann wäre die Königin des Sabbats, die über die verschiedensten Gruppen der vagabundierenden Nationen herrschte und nach den Gepflogenheiten der Eisernen Pforte seine Braut geworden war, zugleich die Nichte von Kaiser Franz. Und zudem *die Verlobte von Karl dem Roten*! Aber nicht doch! Allein ein solcher Gedanke war lachhaft!

Ihm war jedoch nicht zum Lachen zumute. Überaus trübsinnig saß Rynalodo, als der Tag hereinbrach, auf seiner Holzliege, betrachte die Dinge, die ihn umgaben, und murmelte vor sich hin:

»Ich bin hier in den tiefsten Katakomben! Und Stella oder Regina – weder die eine noch die andere wird mich hier aufsuchen …«

In diesem Augenblick hörte er Schritte auf dem Flur; dann schob jemand die Riegel zur Seite. Ein Schlüssel quietschte im Schloss, und ein Kerkermeister erschien. Er brachte dem Gefangenen das Mittagessen, das aus einem eisernen Napf Suppe, einem Krug Wasser und einem Stück schwarzen Brotes bestand. Der Kerkermeister klimperte mit seinen Schlüsseln, sagte kein Wort, sah den Gefangenen nicht einmal an und ging wieder fort, nachdem er alles sorgfältig hinter sich verschlossen hatte.

Rynaldo hatte Hunger. Er hob den Napf empor. Daran war ein Löffel mit einer kleinen Kette befestigt. Er tauchte seinen Löffel in die Suppe, deren Farbe ihm wenig appetitanregend erschien und deren Geschmack ihm noch weniger zusagte, nachdem er sie vorsichtig gekostet hatte. So warf er sich auf das schwarze Brot, doch es war so hart, dass er es nur unter Schwierigkeiten zerteilen konnte. Als es ihm schließlich gelungen war, einige Stücke abzubrechen, entfuhr ihm unwillkürlich ein lauter Schrei. Seine Finger hatten ein zerknülltes Stück Papier berührt, und im grauen Licht, das aus einer Deckenluke hereindämmerte, konnte er folgende Sätze entziffern: ›Mein Rynaldo, sollte sich dir demnächst die Möglichkeit bieten, das Gefängnis zu verlassen (so unwahrscheinlich es dir auch erscheinen mag), so nutze die Gelegenheit und akzeptiere die Freiheit, wer immer sie dir bieten mag. Es geht nicht anders, es muss sein!‹ Die Zeilen trugen keine Unterschrift, doch hatte er die Handschrift wiedererkannt; auch waren sie mit dem Siegel der *Roten Stunde* signiert, dem Siegel der ›Stunden‹, und die Zeiger des Uhrenzifferblatts standen an der richtigen Stelle: ›Viertel nach Zwei!‹. Stella! Wiederum war es dieser Name, der ihm als erstes in den Sinn kam. Stella wachte über ihn. Stella würde ihn retten! Stella! Und zugleich dachte er an Regina.

Der Tag verging. Der junge Mann hatte Wasser aus seinem Krug getrunken, am Abend einen zweiten Napf Suppe zurückgewiesen, der genauso ekelerregend gewesen war wie der erste, und sich stattdessen mit großem Appetit über das Schwarzbrot hergemacht, das der Kerkermeister ihm gebracht hatte. Doch leider – dieses Mal fand er keine weitere Nachricht darin vor.

Am nächsten Morgen musste der junge Mann wiederum sein staubtrockenes Brot essen, und schon begann er zu verzweifeln, wenn er an Myrrha dachte, von der er bislang keinerlei Nachricht erhalten hatte. Und obwohl er davon überzeugt war, dass seine Schwester keinen Mangel leiden müsse, so lange die ›kleine Polsterin‹ Gelegenheit finden würde, sich um sie zu kümmern, war es ihm doch äußerst schmerzhaft, so vollkommen isoliert und in völliger Unkenntnis über das Befinden jener Menschen zu sein, die ihm am teuersten waren.

In dieser niedergedrückten Stimmung befand sich Rynaldo, als sich unversehens die Tür öffnete, und dieses Mal war es nicht der Kerkermeister, der in die Zelle trat, sondern ein Herr mit gestrenger Miene, der wohl der Direktor des Gefängnisses sein mochte, da er in den Händen ein umfangreiches Bund massiver Schlüssel hielt.

Dieser respektable Mann ließ, indem er sich tief verbeugte, eine junge Person weiblichen Geschlechts eintreten, deren sittsame und etwas traurige Miene sich vor Neugier erhellte, als sie Rynaldo sah. Rynaldo hingegen war mit einem Sprung auf den Beinen. Seine Überraschung war in der Tat allzu lebhaft, und es wäre ihm unmöglich gewesen, den freudigen Schreck zu verbergen, den ihm der Anblick der ›kleinen Polsterin‹ versetzt hatte.

Die Reaktion des jungen Mannes war so heftig, dass der Gefängnisdirektor (denn in der Tat handelte es sich um ihn höchstpersönlich) eine rasche Bewegung nach vorn andeutete, als wolle er die Besucherin schützen. Indessen konnte er sich gleich wieder beruhigen, denn Rynaldo war im nächsten Moment erstarrt und lauschte nunmehr bewegungslos und mit klopfendem Herzen den Worten dieses Mannes, der voller Ehrerbietung der Besucherin (die er wie eine Prinzessin behandelte) empfahl, dem Gefangenen keinesfalls zu nahe zu kommen, da ihm dieser als einer der allergefährlichsten Aufrührer bezeichnet worden sei, welche die Wache ihm in der vorletzten Nacht zugeführt habe.

›Ach, sie ist es! Sie ist es wirklich!‹, dachte der junge Mann sehnsüchtig. ›Sie ist es, die Prinzessin aus der Kapelle der Toten, sie ist es, die Königin des Sabbats, sie ist es, meine Stella! Ich irre mich nicht. Sie ist es, *sie allein*. Sie ist *zweifach und einzig, sie ist die Meine*! Sie gehört mir! Sie kommt, um mich zu retten!‹ Und er schloss die Augen, um nicht die Freude zu zeigen, da sein Herz vor Aufregung bis zum Halse schlug.

Er schloss die Augen und sah sie nicht mehr, aber er hörte sie. Sie stellte eine unbedeutende Frage zum Alltag der Gefangenen. Da erbebte er, kalter Schweiß begann ihm über das Gesicht zu rinnen. Nein, *das war sie nicht*, das war nicht ihre Stimme! Nein! Nein! Das war sie nicht! Oh nein! Da war ein geringer, ein ganz geringer Unterschied! Fast gar kein Unterschied … ein Nichts von einem Unterschied, ein Unterschied, den jemand, der nicht liebte, womöglich gar nicht hätte wahrnehmen können. Doch jemand, der so sehr liebte wie er, mit seiner ganzen Seele und natürlich auch mit seinen ganzen Ohren, dieser Jemand erfasste selbst das Nichts von einem Unterschied und wusste darum ganz genau, *das war nicht sie*! Nein, das war sie nicht, das war nicht Stellas Stimme. Das war nicht Stella. Er öffnete wieder die Augen.

Die Prinzessin stellte dem Gefangenen einige Fragen, auf die Rynaldo nicht einmal zu antworten geruhte, obwohl ihn der Herr Direktor zu mehr Höflichkeit ermahnte. Die Tür der Zelle war halb geöffnet geblieben; da Rynaldo angekettet war, fürchtete man nicht, dass er entfliehen könnte. Vor der Tür vernahm man eine ernste, etwas gebrochene Stimme, die Stimme einer alten Frau, die nach der Prinzessin rief.

»Seid Ihr es, Orsova?«, fragte die Besucherin. »Wo seid Ihr denn nur geblieben?«

Eine vornehme alte Dame betrat langsam die Zelle, indem sie sich auf einen Stock stützte. Wiewohl sie sich ein wenig unsicher auf ihren alten Beinen bewegte, hielt sie sich noch sehr gerade und aufrecht. Es musste sich um die Erzieherin oder die Gesellschafterin der kleinen Prinzessin handeln, denn sie entschuldigte sich, dass sie zurückgeblieben sei, um ihren alten Beinen etwas Ruhe zu gönnen, da diese leider an Beweglichkeit eingebüßt hätten. Im Unterschied dazu hatte ihre Zunge offenbar ihre ganze Elastizität behalten, denn sie hörte gar nicht mehr auf zu schwätzen, diese vornehme alte Dame! Orsova hatte Rynaldo genau betrachtet und wiederholte nun immerfort:

»Wie schön er ist! Wie schön er ist! Ein wahrer, ein würdiger Nachfahre der Anführer von der Eisernen Pforte ist er. Und seht nur, Prinzessin, mit welchem Ausdruck er sein Gewand trägt, das Gewand des kroatischen *Ban*!«

Rynaldo hatte gegenüber diesen beiden Frauen, die ihn unverhohlen musterten, mit vor der Burst gekreuzten Armen eine vollkommen abweisende Haltung angenommen; jetzt kehrte er ihnen auch noch den Rücken zu. Doch die vornehme alte Dame studierte nun ebenso ausgiebig seine Rückseite, wie sie zuvor den jungen Mann von vorn betrachtet hatte, und sie wiederholte abermals:

»Wie schön er ist! Wie schön er ist!«

Woraufhin Rynaldo vor Scham und Wut errötete und sich der Länge nach auf seine Liege aus hartem Holz warf.

Die Erzieherin fand ein letztes Mal Gelegenheit, dem *Ban* von Kroatien zur Harmonie seiner Körperformen zu gratulieren und sich in äußerst lobenden Worten über den Mut zu äußern, den er unter Beweis gestellt habe, und das in einer Situation, in der andere so viel Feigheit an den Tag gelegt hätten. Sie erwähnte noch, dass am Hof alle Welt von Rynaldo spreche und er der Held des Tages sei. Daraufhin verabschiedeten sich die Damen, ohne ein einziges Wort von dem Gefangenen erhalten zu haben, und der *Ban* von Kroatien befand sich wiederum allein mit seinen Gedanken und mit seiner Wut.

Am Morgen nach diesem Besuch öffnete sich ungefähr zur selben Stunde erneut seine Zellentür, und wiederum sah er die kleine Prinzessin in Begleitung der vornehmen alten Dame erscheinen. Da er bereits ausgestreckt auf seinem Bettgestell lag, konnte er nur noch den Kopf äußerst unhöflich zur Kerkerwand drehen, um sie nicht zu sehen; allerdings musste er vernehmen, dass man Stühle heranholte und sich offenbar anschickte, sich in seiner Zelle einzurichten. Dann wurde die Tür geschlossen. Zunächst ließ sich die Stimme des Direktors vernehmen, der große Zufriedenheit bekundete, dass so überaus vornehme Besucherinnen Interesse an einem seiner Insassen zu nehmen geruhten. Daraufhin stellte die Erzieherin der Prinzessin eine Frage, die Prinzessin jedoch bat sie zu schweigen. Und beim Klang dieser Stimme fuhr Rynaldo zusammen. Es war Stellas Stimme.

Was war das? War es tatsächlich schon so weit mit ihm gekommen? Stand er im Begriff, verrückt zu werden? Würden seine Halluzinationen von neuem beginnen? *Würde er sich wiederum täuschen?* Wieder alles verwechseln und vertauschen? Denn dieses Mal war es ihre Stimme, oh ja, ihre Stimme war es, die Stimme, die nur Stella gehörte. Dieses Mal war kein Unterschied zu hören, kein noch so kleiner Unterschied. Dieses Nichts von einem Unterschied, das er am Tag zuvor noch so gut wahrgenommen hatte, war nunmehr vollkommen verschwunden.

Und dennoch konnte es keinerlei Zweifel geben, dass sich hinter ihm dieselbe kleine Person mit derselben Erzieherin befand. Er hatte sie doch ganz genau gesehen, diese kleine Demoiselle, bevor er sich weggedreht hatte. Nun wartete er darauf, dass sie weitersprechen würde. Und er musste nicht lange warten. Sie wendete sich direkt an ihn. Sie fragte ihn nach seiner Gesundheit und ob die Lebensweise im Gefängnis ihm nicht allzu sehr zusetzen würde.

Diese Stimme! Ihre Stimme! Sie war unwiderstehlich. Er drehte sich um, sah sich ihr unmittelbar gegenüber, stellte sich vor ihr auf! Und seine Bewegung war so heftig, dass die Prinzessin, die wohl befürchtete, dass den Gefangenen eine Schwäche überkomme, ihn mitleidsvoll bat, sich doch hinzusetzen, was er auch sogleich tat – war es ihm doch unmöglich, dieser Stimme nicht zu gehorchen.

Hatte er der Stimme von Stella nicht immer gehorcht? Denn das war Stella, in einer dunkelhaarigen Ausgabe – mit einer weißen Haarsträhne auf der Stirn. Und nun glaubte er sich zu erinnern, dass er am Tag zuvor diese Haarsträhne nicht gesehen hatte ... ganz bestimmt hatte er sie nicht gesehen! Eingeschüchtert und mit unsicheren Worten fragte er seine junge Besucherin, ob sie nicht bereits gestern gekommen sei, um mit ihm sprechen. Sie verneinte und erklärte, dass er am Vortag den Besuch ihrer Schwester empfangen habe, der Prinzessin Tania. »Ich bin die Prinzessin Regina von Karantanien«, fügte sie hinzu.

»Diejenige, die mich gerettet hat«, versetzte er mit bebender Stimme, »die sich vor die Mündung der Kanonen geworfen hat?«

»Genau ... ganz genau – das war ich!«, erwiderte die kleine Prinzessin.

Und sie lachte aus ganzem Herzen, ohne irgend eine Beunruhigung zu zeigen, indem sie Rynaldo – dessen Blick sie mit flammender Glut befragte - mit ebenso lachenden Augen ansah, in denen sich nichts anderes als ihre unschuldige Freude ausdrückte. Rynaldo hielt sich die Hände an die Schläfen, als habe er Angst, dass sein Kopf zerspringen würde.

Diese Regina war offensichtlich genau so gelassen, wie er außer sich war, genau so fromm und friedlich, als wäre sie – womöglich – gar nicht Stella gewesen, *so einfach und selbstverständlich, als hätte sie niemals in doppelter Ausführung existiert.*

Und sie sprach so ruhig und gefasst zu ihm wie eine Prinzessin, die sich über nichts wundern darf.

Rynaldo machte einen neuen Versuch. Er legte seine ganze Seele in seinen Blick, beugte sich vor und fragte die Prinzessin:

»Warum habt Ihr mich gerettet?«

»Bei Gott!«, entgegnete sie ungerührt und sogar mit einer gewissen Gleichgültigkeit, »*weil ich einen guten Reitlehrer brauche*!«

Seltsam genug: Diese Antwort, die ihn zu anderen Zeiten hätte aufspringen lassen, weil sie ihm eindeutig beweisen musste, dass es zwischen ihm und der Prinzessin keine andere Beziehung geben konnte als die, welche vorübergehend zwischen einem Herrn und seinem Diener existiert – diese Antwort kränkte Rynaldo nicht. Sie kränkte ihn nicht, weil es ihre Stimme gewesen war, und Rynaldo, so unwahrscheinlich dies alles sein mochte, konnte innerlich frohlocken: ›Sie ist es! Sie ist es! Sie ist es!‹. Er wischte sich den Schweiß von seiner bleichen Stirn und antwortete:

»Ihr habt Euch, Hoheit, also beinahe töten lassen, um einen armen kleinen Reitlehrer zu retten?«

»Ich habe mich ins Meer geworfen«, erwiderte sie, »um den kleinen König Charles zu retten, der beinahe ertrunken wäre.«

»*Er bedeutete Euch also sehr viel?*«, fragte der junge Mann misstrauisch.

»König Charles? *Ich kannte ihn nicht einmal!*«

Rynaldo senkte den Kopf. Als er ihn wieder hob, hatte er Tränen in den Augen. Warum ließ sie ihn so leiden, wenn es doch *sie* war? Die feuchten Augen des jungen Mannes schienen sie im übrigen nicht weiter zu beunruhigen. Sie fuhr fort:

»Wollt Ihr also mein Reitlehrer werden? Ich benötige Eure Lektionen in der Hohen Schule. Ich habe Euch Dressur reiten sehen, Ihr seid bewundernswert! Ihr lasst das Pferd mit größter Sicherheit steigen, die Bewegungen Eures Tieres sind von unvergleichlicher Eleganz. Ich möchte auch so reiten können!«

Bei diesen Worten wurde es Rynaldo warm ums Herz.

»Wie könnt Ihr, Prinzessin, wissen«, fragte er, «dass ich in der Hohen Schule reite?«

»Seid Ihr etwa nicht *der maskierte Reiter*? Der maskierte Reiter aus dem Zirkus im Prater?«

Rynaldo triumphierte: Niemand außer der ›kleinen Polsterin‹ wusste davon, nur sie kannte dieses Geheimnis, das er nicht einmal Myrrha anvertraut hatte.

»Ich bin nur der arme Student Rynaldo«, gab er mit falscher Bescheidenheit zurück.

»Ihr seid der maskierte Reiter des Zirkus im Prater. Ihr seid der *Ban* von Kroatien, dessen Gewand Ihr tragt, und Ihr werdet mein Reitlehrer sein!«, rief sie fröhlich aus.

Rynaldo bohrte seinen Blick in ihre Augen

»Woher wisst Ihr das?«

»Das geht Euch überhaupt nichts an!«, antwortete sie, dieses Mal in scharfem Ton und mit eigentümlichem Hochmut in ihrer ganzen Haltung. »Ich finde es sehr befremdlich, dass ein armseliger Gefangener mir Fragen zu stellen wagt! Es sollte Euch genügen, mein Herr, dass Ihr, hätte ich nicht Kenntnis davon gehabt, dass der *Ban* von Kroatien und der Reiter vom Prater ein und dieselbe Person sind, zu dieser Stunde tot wärt! Im Arbeitskabinett Seiner Majestät hatte ich erfahren, dass der *Ban* von Kroatien in dem Durchgang zur Kapelle der Toten massakriert werden solle, und so habe ich mich aufgemacht, um den Reiter zu retten. Denn der *Ban* von Kroatien interessiert mich herzlich wenig; mich interessiert der Reiter, den ich haben will!... Werde ich ihn bekommen?«, fragte sie ihn zum Abschluss, und dieses Mal war es ihr flammender Blick, der ihn verbrannte.

Rynaldo war der glücklichste aller Menschen. Ach! Er hatte sie wiedererkannt und würde sie niemals mehr verwechseln, nicht allein die Stimme, nicht allein den Blick, sondern auch die Geste, die Geste der ›kleinen Polsterin‹, die Geste, mit der die Königin des Sabbats die Peitsche schwingt.

»Meine Dame«, sagte er mit der allergrößten Demut, »ich bin Euer Diener!«

»Gut, aber für Euch gilt, dass Ihr keine Politik mehr machen dürft! Das habe ich dem Kaiser versprochen, und ich hoffe auch, dass Ihr nach all dem, was geschehen ist, kein Verlangen mehr danach tragt, Euch für die Herren Delegierten und die ›Verschworenen des Kellers‹ zu engagieren: Sie alle haben Euch verraten. Sie alle haben sich gegenseitig getäuscht! Herr von Brixen hat sie sämtlich in seine Westentasche gesteckt. Während Ihr von einer Föderation der Völker der unteren Donau geträumt habt, dachten sie nur daran, sich persönlich zu bereichern oder sich auf Kosten ihrer Nachbarn Vorteile zu verschaffen. Ihr seid ein Kind, Herr *Ban* von Kroatien, ein Kind, das gut zu reiten versteht. Ihr wart falsch beraten, Ihr wart von falschen Leuten umgeben. Jetzt ist in Wien alles wieder zu seiner alten Ordnung zurückgekehrt. Und Ihr, Ihr werdet in die Hofburg kommen, habt Ihr verstanden? Wir werden die Hohe Schule reiten, mein Herr von der Eisernen Pforte! Wollt Ihr das zusagen? Auf, auf! Ich habe es dem Kaiser versprochen und ich habe es auch Eurer Schwester versprochen, die sich gestern Seiner Majestät zu Füßen geworfen hat. Ich selbst habe sie wieder aufgerichtet, habe sie getröstet, indem ich ihr versprach, dass Ihr heute noch freikommen und dass Ihr morgen mein Reitlehrer sein werdet.«

»Stella!«, flüsterte Rynaldo seine Zustimmung so leise, dass weder die alte Gouvernante noch der Direktor ihn hören konnten. Doch auch Prinzessin Regina schien diesem Namen, den sie womöglich noch niemals gehört hatte, keinerlei Aufmerksamkeit zu schenken. Sie war aufgestanden.

»Mein Herr, Euer Vergehen ist groß gewesen, und es gibt vieles, was Euch verziehen werden muss! Ihr werdet mir mit einem klaren Ja oder Nein antworten, denn ihr müsst das ganze Gewicht meiner Frage verstehen: Willigt Ihr ein, dem Haus des Kaisers anzugehören? Ihr müsst mir laut und deutlich antworten: ›Ja, ich willige ein!‹.«

»Ja, meine Dame, ich willige ein!«, wiederholte ohne Zögern der junge Mann, der sich der Empfehlung der ›kleinen Polsterin‹ entsann: ›Akzeptiere die Freiheit, wer immer sie dir bieten mag. Es geht nicht anders, es muss sein!‹. Er glaubte an eine Ausflucht und daran, dass sich alles am nächsten Tag aufklären werde, und nur aus diesem Grund gab er seine Zustimmung, was er sonst mit Abscheu von sich gewiesen hätte, wäre er nicht davon überzeugt gewesen, dass Prinzessin Regina und die Königin des Sabbats durch ein Wunder ein und dieselbe Person geworden wären. In diesem Augenblick fühlte er sich sehr stark, und mit einem gewissen Übermut fragte er die junge Frau, die im Begriff war, seine Zelle zu verlassen, und ihn nicht einmal mehr ansah:

»Ich werde also, verehrtes Fräulein, Euch in der Hohen Schule unterweisen? Ich werde demnach in Euren Stallungen arbeiten müssen?«

Lebhaft drehte die Prinzessin sich um.

»Oh, mein Herr, wir werden aus Euch Besseres als einen Stallknecht machen! Es scheint, dass Ihr die Sprache der Romani fließend beherrscht, wie es sich für einen wahren

Nachfolger von Réginald Yglitza auch gehört, und das seid Ihr ja, wie man mir gesagt hat! Nun gut! Wenn Ihr mich im Dressurreiten unterrichtet habt, werdet Ihr im Anschluss Ihrer Majestät, Kaiserin Gisela, beim Erwerb der Sprache der Romani behilflich sein, da sie diese zu erlernen wünscht. Adieu, mein Herr!«

Mit diesen Worten verließ Prinzessin Regina die Zelle, ohne sich noch einmal umzudrehen, und Rynaldo musste sich eingestehen: ›Sie ist wirklich erstaunlich! Welch eine Schauspielerin! Wahrhaftig! Würdig einer Königin des Sabbats!‹. Und nachdem hinter ihr die Zellentür geschlossen worden war und sie ihn einsam zurückgelassen hatte, schickte er der geliebten Herrin durch die Mauern hindurch einen Kuss.

Noch keine halbe Stunde war vergangen, als Rynaldos Gedanken sich erneut zu verdüstern begannen. Die Identität einer ›kleinen Polsterin‹ mit einer königlichen Prinzessin von Karantanien erschien ihm wiederum fragwürdig und zweifelhaft, und er bestärkte sich in seinem Vorsatz, in jedem Fall größte Vorsicht walten zu lassen. Auch war da ein Satz, der ihm bedrohlich in den Ohren nachklang: ein Satz, den diese Prinzessin Regina, die Stella so sehr ähnelte, zu Karl dem Roten gesagt hatte: ›Lieber möchte ich sterben, als Euch ein Verbrechen begehen zu lassen, *das mich auf immer hindern würde, Euch zu lieben*!‹

2. Kapitel

Die Reitschule

Prinzessin Regina hatte die Dinge genau so erzählt, wie sie sich abgespielt hatten. Auch dem Kaiser gegenüber hatte sie für ihre nächtliche Intervention in der Kapelle der Toten keine andere Erklärungen abzugeben gewusst, und sie hatte auch gar nicht danach gesucht. An ihre verwegenen Streiche und ihre spontanen Regungen selbst unter gefährlichsten Umständen gewohnt, ließ Franz sich von seiner kleinen Nichte nur allzu leicht davon überzeugen, dass sie den Gedanken nicht habe ertragen können, dass man ihren Reitlehrer oder zumindest denjenigen, den sie dazu erwählt hatte, einfach töten wollte. Der Kaiser entsann sich, mit welchem Enthusiasmus sie einige Wochen zuvor am Hof von dem maskierten Reiter im Zirkus gesprochen hatte, so dass alle Prinzen und Prinzessinnen dorthin gegangen waren, um zu sehen, wie er dem Publikum sein Dressurpferd vorführte.

Der Hof und die Stadt waren von der Maske, die sein Gesicht bedeckte, außerordentlich beunruhigt gewesen. Das Geheimnis wurde streng gehütet, und niemand wusste genau, woran man war. Regina hatte schließlich erklärt, dass sie keinen anderen Reitlehrer als den maskierten Reiter haben wolle und dass sie schon dafür sorgen werde, seine Anonymität zu lüften. Wie sie später erzählte, habe sie Untersuchungen eingeleitet und bald schon die Gewissheit erlangt, dass der maskierte Reiter kein anderer sei als jener junge Rynaldo, der zum prominenten Anführer die extravaganten Studenten der *Aula* avanciert sei, sich ständig durch alle möglichen Krawalle kompromittiere und sogar Graf Brixen, den Premierminister Seiner Majestät, recht hübsch an der Nase herumgeführt habe.

Dessen ungeachtet sei sie fest entschlossen, diesen Rynaldo in die kaiserliche Reitschule aufnehmen zu lassen, sobald die Trauerzeit des Hofs dies erlauben würde. Verständlich also, dass sie, als Franz Holzener in ihrem Beisein mitgeteilt hatte, dass Rynaldo sich unter den Verschworenen befinde, in die Kapelle gerannt war, damit man den armen Jungen verschone.

Und wahrhaftig: Eine Prinzessin wie Regina, der auch der Kaiser nichts abschlagen konnte, war es gewohnt, ihre Capricen über die Staatsgeschäfte zu stellen – und wer sollte es wagen, daran Anstoß zu nehmen?

»Zumal eben diese Caprice«, wie sie geschickt und mit schelmischem Ausdruck hinzugefügt hatte, »doch wohl genau zum richtigen Zeitpunkt erfolgte, um diese ganze unerfreuliche Angelegenheit auf die allerbeste Weise zu beenden!«

Und zweifellos hatte sie damit Recht. Als Graf Brixen am nächsten Morgen erfuhr, wieweit Riva in seiner wahnwitzigen Kühnheit gegangen war und dass nur eine Sekunde später sämtliche ›Verschworene des Kellers‹ massakriert worden wären, hatte er dem Kaiser die Gefahr vor Augen geführt, der die kaiserliche Familie und womöglich sogar die gesamte Dynastie entronnen war: Denn es wäre doch nicht auszudenken gewesen, welche Vergeltung die Völker des Reichs dafür geübt hätten, dass ihre Delegierten in eine Falle gelockt und ermordet worden wären!

Herr von Brixen wusste diese Affäre bestens zu nutzen, so dass er mit einem Schlag seinen ganzen Einfluss zurückgewann, und Prinzessin Regina wurde beglückwünscht, als hätte sie mit ihrem Mut und ihrer Entschlossenheit die gesamte Hofburg gerettet, die durch den Unverstand des Herrn von Riva zu jener kritischen Stunde in höchste Gefahr geraten war. Um das Problem in seinem Sinne zu lösen, hatte es Herr von Brixen mit diplomatischem Geschick verstanden, Seine Majestät von der Notwendigkeit zu überzeugen, die ganze Sache schlicht und einfach zu verschleiern und die Delegierten aus ihrem Arrest zu entlassen. Er verwendete sich nachdrücklich dafür, sie in ihre heimatlichen Provinzen zurückzuschicken, damit über all das kein allzu großes Gerede entstünde. Allein über Rynaldo ärgerte sich Herr von Brixen, da er die stolze Kompromisslosigkeit des jungen Mannes kennengelernt hatte.

»Also überlasst ihn mir«, hatte Regina ihren Großonkel gebeten, »und ich trage dafür Sorge, dass er sich hier sanfter als ein Schaf aufführen wird. Ich brauche einen Reitlehrer für die Hohe Schule, und die Kaiserin hat mehrfach den Wunsch geäußert, *Romani* zu lernen, eine Sprache, die dieser Rynaldo wie ein Zigeuner von der Eisernen Pforte beherrscht: Er ist genau der Mann, den wir brauchen.«

Herr von Brixen war missmutig lächelnd fortgegangen, und der Kaiser, der dieses Lächeln zufällig bemerkt hatte, blieb etwas ratlos zurück; denn er vermutete, dass es für seine Großnichte möglicherweise einen geheimen Grund geben könnte, so beharrlich an diesem Reitlehrer festzuhalten. Es gab durchaus Momente, da ihn die Attitüden der Prinzessin außerordentlich beunruhigten.

Diese hatte ihn zunächst seinen Grübeleien überlassen, doch wurden diese schon bald von dem unerwarteten Eintritt einer jungen blinden Frau gestört, die sich dem Kaiser zu Füssen warf. Es war ein weiterer Coup der Prinzessin gewesen, die zusammen mit der Blinden in das Arbeitskabinett eingetreten war, dieser aber den Vortritt gelassen hatte, um ihr anschließend wieder auf die Füße zu helfen und dabei dem Kaiser die Zusammenhänge zu erklären. Flehentlich bat Myrrha um Gnade für ihren Bruder, und der Kaiser tröstete sie mit freundlichen Worten; aber anders als sonst hielt er nach dieser Szene Regina zurück, zog sie wie ein Kind auf seine Knie und ermahnte sie, ganz offen und ernsthaft mit ihm zu sprechen. Dem unglücklichen Monarchen war der Gedanke gekommen, dass es sich auch in diesem Fall um eine jener verborgenen Liebesaffären handeln könnte, wie sie schon allzu oft seine Familie auf katastrophale Weise heimgesucht hatten, und er musste sich fragen, ob womöglich nun auch seine Nichte für einen solchen Skandal reif geworden sei. Er befragte Regina also in aller Offenheit. Doch die Prinzessin zuckte nur mit den Schultern, drückte einen Kuss auf die Stirn ihres Großonkels und sagte:

»Ihr wisst doch, Sire, dass ich den Herzog von Bamberg liebe.«

Franz stieß einen leisen Seufzer aus, denn im Grunde genommen hatte er die Liebe seiner Nichte zu diesem brutalen Militär niemals verstanden. Andererseits musste er sich geradezu beglückwünschen, dass Regina einen Verlobten gewählt hatte, an dessen unverbrüchlicher Treue zur Hofburg nicht zu zweifeln war.

»Geh also und such deinen Rynaldo auf«, hatte der Kaiser zugestimmt. »Ich überlasse ihn dir. Aber meiner Ansicht nach wird er sich nicht darauf einlassen. Es heißt, er sei zu stolz!«

»Ich werde meinen Bediensteten aus ihm machen«, entgegnete Regina.

Und so finden wir am darauffolgenden Morgen die Prinzessinnen Regina und Tania in der Reitschule, wo sie auf Rynaldo warten, den man soeben aus dem Gefängnis der Sterngasse herbeiführt. Sie haben sich jedoch keineswegs in die sonst übliche Reitschule begeben, die, gleich neben den Ställen des Hofs gelegen, der kaiserlichen Familie zu ihren

Reitübungen dient; vielmehr sehen wir sie in der ›Spanischen Hofreitschule‹ selbst, in dieser Gala-Manege, die nur bei großen Festlichkeiten genutzt wird. Vollkommen geschützt vor den Augen Neugieriger werden sich die Zwillinge von Karantanien hier ungestört ihrer Lieblingsbeschäftigung widmen können. Die große Reitschule war fast immer geschlossen, und so konnten sie darauf hoffen, dass es unbemerkt bleiben würde, wenn sie sich während der vom Hof verordneten Trauerzeit das Vergnügen gestatteten, sich von einem neuen Reitlehrer unterrichten zu lassen.

Niemand hatte sie in die Reitschule hineingehen sehen. Der Stallmeister Felix – der einzige Kammerdiener, der Reginas uneingeschränktes Vertrauen besaß – hatte die Pferde herbeigebracht, drei herrliche Tiere, die er an den Zügeln hielt. Einige Schritte davon entfernt warteten die beiden Zwillinge, die in ihren engen schwarzen Reitanzügen biegsam und geschmeidig aussahen.

Regina begann, ungeduldig zu werden, sie schlug mit der Spitze ihrer Peitsche nervös gegen ihren kleinen Reitstiefel. Endlich kam auch Rynaldo. Er wurde von der vornehmen alten Hofdame begleitet, die wir bereits in der Gefängniszelle der Sterngasse gesehen haben. Sie hatte ihn am Ausgang des Gefängnisses abgeholt. Der Direktor hatte Anweisung erhalten, den jungen Mann den Händen der Erzieherin zu übergeben, und diese hatte Rynaldo sogleich die Befehle von Regina übermittelt. Vergeblich hatte er um zwei Stunden Zeit gebeten, um seine Schwester Myrrha in die Arme zu schließen und rasch seine Kleidung zu wechseln, denn unter seinem Mantel trug er noch immer das prachtvolle Gewand des *Ban* von Kroatien. Orsova wiederholte jedoch immer nur dieselbe Antwort: dass die königliche Prinzessin von Karantanien ihren Reitlehrer erwarte.

»Und Ihr solltet wissen«, hatte die vornehme Gesellschafterin hinzugefügt, »dass Ihr sie keinesfalls warten lassen dürft.
Denn Warten ist etwas, das sie ganz und gar nicht liebt!«

Rynaldo hatte das Gefühl, so vollkommen in dieses
Abenteuer verstrickt zu sein, dass er nicht mehr wusste, was
oder wem er glauben sollte. Er ließ sich führen. Als er in die
Reitschule trat, erkannte er sofort die beiden Prinzessinnen,
deren Besuch er empfangen hatte. Bei allen Göttern! Wie
ähnlich sie sich sahen! Er hatte vage und unbestimmt von der
Ähnlichkeit der beiden Zwillinge von Karantanien sprechen
hören, doch niemals hätte er sich eine so vollkommene
Übereinstimmung vorstellen können – und, bei Gott, wenn sich
zwei Schwestern auf diese Weise ähnlich sein konnten, stand
es auch in keinem logischen Widerspruch, dass irgendwo auf
der Welt noch eine dritte Person existierte, die ihrerseits diesen
beiden so sehr glich, das sie ebenfalls mit ihnen verwechselt
werden konnte. So dachte er und näherte sich den wartenden
Prinzessinnen mit etwas größerer Zuversicht.

Der kreisförmige Reitplatz der ›Spanischen Hofreitschule‹
war von immenser Größe. Es handelte sich um eine
wundervoll luxuriöse Anlage. Flankiert wurde sie von zwei
auf Säulengängen ruhenden Galerien, wo sich an festlichen
Tagen die geladenen Gäste drängten; an ihrem Ende erhob
sich die kaiserliche Loge. Nicht weit davon entfernt befand
sich die kleine Gruppe der Prinzessinnen und ihrer Pferde,
die Stallmeister Felix am Zügel hielt. Langsam vorwärts
schreitend versuchte Rynaldo zu erkennen, welche der beiden
jungen Frauen Regina war. Als er nah genug herangekommen
war, erkannte er sie deutlich an der weißen Haarsträhne, die
auf ihrer Stirn unter der kleinen runden Kappe hervortrat.
Er verbeugte sich tief, dann gab er in einem geradezu
feindseligen Ton seinem Bedauern Ausdruck, dass man ihm

nicht einmal genug Zeit gelassen habe, seine Kleidung zu wechseln, da er sich unverzüglich zu den Prinzessinnen habe begeben müssen. Er war fest entschlossen, in jeder Hinsicht seine Unabhängigkeit zu bekunden und sich keinesfalls wie ein kleiner Junge behandeln zu lassen.

Um aber seine ganze Sicherheit wiederzufinden, bedurfte es auch an diesem Morgen nichts anderem als der Stimme der Prinzessin Regina, denn auch dieses Mal war es ihre Stimme, und sowie er sie vernahm, war er sogleich überaus folgsam, war er sofort der Sklave der Prinzessin. Als sie bereit war, in den Sattel zu steigen, nahm er, um ihr in den Steigbügel zu helfen, *ihren* kleinen Fuß in seine Hand. Es war *ihr Fuß*. Ja, er konnte sich unmöglich täuschen. Doch welche unerhörte Komödie spielte man da mit ihm? Und wie weit würde man dabei gehen?

Die beiden kleinen Prinzessinnen waren sogleich zum Galopp übergegangen, um sich für die Reitstunde aufzuwärmen. Und obwohl sie sich nicht allzu weit entfernt hatten, konnte Rynaldo sie schon nicht mehr voneinander unterscheiden. Doch dann schien es ihm wieder, als könne er an der ausdrucksvollen Geste, an der Haltung ihrer Peitsche, mit der sie das Pferd lenkte, sehr wohl die Prinzessin Regina erkennen. ›O ja! Das ist die Königin des Sabbats, so wie sie leibt und lebt!‹, dachte er, und ohne sich weiter um Tania zu kümmern, begann er, Regina die erste Lektion in der Hohen Schule zu erteilen – ganz so, als wären sie jetzt in dem bescheidenen Reitstall, den der angehende Tierarzt in der Kaiser-Wasser Straße gemietet hatte.

Von seiner Kunst sprach er zur Prinzessin Regina, als ob sie selbstverständlich alles wissen müsse, was er seinerzeit Stella beigebracht hatte. Ihrerseits legte sie eine gewisse Koketterie an den Tag, indem sie so tat, als wisse sie fast gar nichts von der ›Hohen Schule‹. Und nach einigen Schritten von rechts nach links und von links nach rechts blieb sie stehen und hörte ihm zu. Er lächelte ihr komplizenhaft zu und schlug vor, einige ›Galoppwechsel‹ vorzunehmen; sie behauptete hingegen, so etwas noch niemals ausprobiert zu haben, weshalb es ihr wohl auch nicht gelingen würde. Schließlich wurde sie ungeduldig und befahl Rynaldo, ihr das Geheimnis jener wundersamen Sprünge, die er im Zirkus Busch vollführt hatte, kurzerhand mitzuteilen. Sie wollte wissen, ob man derartige Kunststücke nur von Pferden erwarten dürfe, die eigens auf solche akrobatischen Leistungen trainiert worden seien.

Rynaldo antwortete ihr, dass man einem guten Rassepferd mit Geduld und Güte alles abverlangen könne. Da forderte sie ihn auf, jenes wunderbare Tier zu besteigen, das der Stallmeister am Zügel hielt. Kaum saß er im Sattel, befahl sie: »Springt!«

Der Ton ihrer Stimme war derart gebieterisch, dass Rynaldo sich zu ihr umdrehte und sie herausfordernd ansah. Es war der Blick eines Reitlehrers, wie er sich gegenüber einer Prinzessin keineswegs schickte und von dieser als Beleidigung aufgefasst werden musste. Doch war sich der junge Mann so vollkommen sicher, es mit Stella zu tun zu haben, er hatte die Prinzessin gänzlich vergessen, so dass er sich der Ungehörigkeit seines Betragens überhaupt nicht bewusst war. Es war Tania, die ihn darauf aufmerksam machte. Äußerst befremdet von dem seltsamen Verhalten dieses Zirkusreiters wiederholte sie mit strenger Stimme: »Vorwärts, springt! Was ist? Habt Ihr den Befehl der Prinzessin nicht vernommen?«

Regina hatte bemerkt, dass Rynaldo weiß wie Marmor geworden war, sie schlug sogleich wieder einen sanften Ton an.

»Man darf von der ersten Lektion nicht zu viel verlangen, mein Herr; Ihr werdet uns die Regeln Eurer Kunst ein anderes Mal erläutern. Heute möchten wir Euch nur noch um eine Gefälligkeit bitten, nämlich uns einige dieser Heldentaten zu zeigen, die den Ruhm des maskierten Reiters begründet haben.«

Hingerissen vernahm der junge Mann diese Worte, die wie Musik in seinen Ohren waren. Gab es auf der ganzen Welt eine so vollendete Harmonie wie die, die in der Stimme seiner Geliebten erklang? Er salutierte den beiden Prinzessinnen mit Anmut und Eleganz und ritt schwungvoll zur Mitte der Reitbahn.

»Ach! Er ist wirklich schön!«

Das war wiederum die alte Hofdame, die sich nicht enthalten konnte, ihre penetrante Bewunderung zum Ausdruck zu bringen.

»Er ist in der Tat ein schöner Mann!«, gestand auch Tania, indem sie ihre Schwester ansah.

Diese schwieg. Sie schien dem Reiter weit weniger Beachtung zu schenken als dem Pferd, dessen Bewegungen sie genauestens verfolgte. Rynaldo hatte im kleinen Jagdgalopp begonnen, war dann unvermittelt stehen geblieben, das Pferd unter ihm schien sich wie ein Bogen zu spannen, und nun ließ der junge Mann das Tier einen jener als Lançade bezeichneten Schulsprünge ausführen, einen Courbette-Sprung, der ihm den spontanen Beifall seines erlesenen Publikums einbrachte.

Sodann folgte ein Spanischer Schritt, von dem Rynaldo wusste, dass Stella ihn mehr als alles andere schätzte. Allerdings schien diese Gangart Regina nur halb so gut wie Stella zu gefallen, worüber der Reiter einen solchen Verdruss empfand, dass er seiner schlechten Stimmung und seinen

Gefühlsaufwallungen auch äußerlich Ausdruck verleihen zu müssen glaubte; er begann nun, sich um die eigene Achse zu drehen, Pirouetten und Sprünge zu vollführen, und zwar in einer derartigen Geschwindigkeit, mit solchem Ungestüm und zugleich mit einer Perfektion, dass die drei Frauen in Beifallsrufe ausbrachen.

Rynaldo, den ihre Begeisterung ebenso wie zuvor Reginas Gleichgültigkeit überraschte, hielt nunmehr inne, und zwar gerade noch rechtzeitig, um einen Satz aufzufangen, der ihm so verächtlich wie das Kompliment für einen Clown am Ende seines Auftritts erscheinen musste:

»Aber ja, *der hier ist ja wirklich eine Nummer*!«

Wer hatte das gesagt? Wer? Es war die Stimme eines Mannes, der diese Worte gesprochen hatte, und sie wurde von Gelächter begleitet! Woher kam diese Stimme? Trunken vor Wut richtete sich Rynaldo in seinen Steigbügeln auf. Und da sah er Karl den Roten, der sich an die Brüstung der kaiserlichen Loge lehnte.

»Wenn es hier einen Hanswurst geben sollte, mein Herr, dann gewiss nicht ich!«, rief ihm der Zigeuner zu, der den Herzog von Bamberg erkannt hatte und sich sogleich des Eifers erinnerte, den der aristokratische Artillerist bei seinem jüngsten Meisterstück an den Tag gelegt hatte.

Nun aber bewies Prinzessin Regina eine Kaltblütigkeit, die Rynaldo abermals verblüffte. Sie überschüttete den Herzog von Bamberg mit einem solchen Schwall an heftigen Vorwürfen, dass beide Männer keine Zeit mehr fanden, auch nur ein einziges Wort zu äußern und vollkommen entwaffnet waren. Aus welchem Grund sei ihr der Herzog in die Reitschule gefolgt? Ob er ihr schon jetzt das Recht abspreche, sich frei und ungebunden und nach eigenem Gutdünken zu bewegen?

Ob sie die Tyrannei ihres Bräutigams bereits vor der Hochzeit ertragen müsse?

Brüsk wandte sie sich sodann an Rynaldo: »*Ihr wisst, dass Seine Hoheit mein Verlobter ist*«, sagte sie, »und ich gestatte Euch keinesfalls, ihm in irgendeiner Weise unfreundlich zu begegnen oder ihm unangenehme Dinge zu sagen, auch wenn Ihr der *Ban* von Kroatien seid!«

Mit diesem für Rynaldo niederschmetternden Satz, der ihm unmissverständlich seine Situation vor Augen führte, endete der unangenehme Zwischenfall. Schon hatten die beiden Prinzessinnen ihren Reitlehrer fortgeführt, um ihm ihren nächsten Wunsch anzuvertrauen: dass sie nunmehr das Kunststück ›sich zermalmen lassen‹ ausführen wollten. Rynaldo widersprach mit großem Nachdruck, indem er die Prinzessinnen darauf hinwies, dass dieses von ihm erfundene Kunststück viel zu gefährlich sei und nur von ihm selbst ausgeführt werden könne.

Das Kunststück bestand aus folgenden Abläufen: Zunächst nähert sich der Reiter auf seinem Pferd zwei Stangen, die parallel auf Fangständern liegen, und überspringt die eine und dann die andere und wiederholt diesen Vorgang. Dann lässt er sein Pferd sich zur ganzen Höhe aufbäumen und in dieser Position einige Schritte auf den hinteren Hufen vollführen; der Reiter beugt seinen Oberkörper dabei so weit nach hinten, dass sein Kopf die Kruppe des Tiers fast berührt. Nun kommt der kritische Augenblick. *Das Pferd ist darauf dressiert, sich nach hinten fallen zu lassen*, das heißt, es muss sich immer weiter aufbäumen, bis zu dem Moment, da es das Gleichgewicht verliert und nach rückwärts überschlägt, so dass es mit seinem gesamten Gewicht den Reiter unter sich zu zermalmen droht.

In neun von zehn Fällen müsste dieser tatsächlich von dem Pferdekörper zerquetscht werden; indessen war Rynaldo geschickt genug, sich rechtzeitig zur Seite gleiten zu lassen, während alle Welt davon überzeugt war, dass er von dem Pferd zerdrückt worden sei. Jedes Mal, wenn er dieses Kunststück vorführte, widerhallten im Zirkus zahllose Schreckensrufe.

Das also war das Spiel, mit dem sich die beiden Zwillingsprinzessinnen amüsieren wollten. Offenbar hatten sie es bereits ausprobiert, denn noch bevor Rynaldo sich dem widersetzen konnte, ließen sie ihre beiden Stuten in die Höhe steigen, zwei schöne Tiere mit getigertem Turnierdress, die mit ihren Vorderhufen in die Luft zu schlagen begannen. Vor allem Regina verlangte von ihrer ›Czardas‹, immer höher zu steigen, bis sie nahezu das Gleichgewicht verlor; die Reiterin hatte sich nach hinten gebeugt, ihr Kopf berührte fast die Kruppe des Tieres, wie sie es bei Rynaldo gesehen hatte. Da erklang ein doppelter Schrei, Rynaldo sprang von seinem Pferd. Was er befürchtet hatte, geschah, Czardas stürzte nach hinten und schien die Prinzessin unter sich zu begraben.

In dem doppelten Schrei ›Stella! Regina!‹ entlud sich ein doppeltes Entsetzen. Zwei Männer rannten zu ihr, und derjenige, der die Prinzessin zuerst erreicht hatte, trug ihren wunderbaren unverletzten Körper in seinen Armen fort. Aber dieser Mann, der zuerst bei ihr war, hatte den Vorteil gehabt, nicht im Sattel zu sitzen – es war Karl der Rote! *Ja, es war Karl der Rote, der in seinen Armen Regina davontrug, Regina, die dabei das Lachen von Stella lachte!*

Und Rynaldo sah, hörte all das! Er hob seine rachsüchtigen Fäuste zum Himmel, seine Fäuste, die so gern zugeschlagen hätten, er hob seine Hände, die alles hätten zerreißen mögen!

Ach! Regina-Stella *ließ sich davontragen*, lachend, vor seinen Augen, in den Armen von Karl dem Roten! Nein! Nein! bei allen Teufeln, das war sie nicht, die Königin des Sabbats! Sie war es nicht! Sie konnte nicht Stella sein.

»Was habt Ihr denn?«, fragte ihn die Prinzessin Tania, deren Stimme nicht die geringste Aufregung verriet. »Seid Ihr plötzlich verrückt geworden, weil es meiner Schwester gefällt, dieses Kunststück auszuführen? Sie spielt das jeden Tag mit Czardas, und sie hat sich niemals dabei verletzt. Ist es denn wirklich so gefährlich? Ich selbst zögere immer noch, mich auf den Boden fallen zu lassen.«

Mit vollkommen tumbem Blick starrte Rynaldo die Prinzessin Tania an, die zu ihm gesprochen hatte, sodann die vornehme alte Dame, die ebenfalls vollkommen gelassen erschien; und indem er sich fragte, in welche Welt er da hineingeraten sei, wandte er sich zur Flucht und eilte davon, ohne auch nur zu grüßen. Wahrhaftig – er hatte es eilig, die ›kleine Polsterin‹ wiederzusehen und seine Schwester in die Arme zu schließen.

3. Kapitel

Rynaldo und die ›kleine Polsterin‹

Rynaldo warf sich Myrrha in die Arme, die ihrerseits an der Schulter ihres Bruders ausgiebig weinte und ihm dabei die zärtlichsten Vorwürfe machte: Er führe sich wie ein ungezogener Junge auf, er sei imstande, die höchsten und heiligsten Angelegenheiten zu vergessen. Sie erinnerte ihn daran, dass er der Erbe von Réginald sei und dass das gesamte Volk der Zigeuner seine Hoffnung auf ihn gesetzt habe, und deswegen seien die ›Stunden‹ (wie ihr durch die ›kleine

Polsterin‹ mitgeteilt worden war) über Rynaldo sehr erzürnt, weil er sich von den Delegierten und den ›Verschworenen des Kellers‹ hinters Licht hatte führen lassen und in den Krieg gezogen sei, ohne die Losung abzuwarten, die auszugeben nur die ›Stunden‹ befugt seien. Schließlich habe man entschieden, dass Rynaldo von nun an nicht mehr sich selbst angehören solle, sondern in allem zu gehorchen habe.

»Und wem soll ich gehorchen?«, fragte Rynaldo, dessen Zorn sich zu regen begann, als ihm diese neue Knechtschaft angekündigt wurde.

Trotz ihrer Tränen musste Myrrha lächeln:

»Der ›kleinen Polsterin‹!«, antwortete sie.

Erneut warf sich Rynaldo an den Hals seiner Schwester, er wollte ihr sogleich von dem fantastischen Abenteuer erzählen, das ihm gerade zuvor im Zusammenhang mit Stella und Regina begegnet war, aber da hatte Myrrha schon begonnen, ihm von der Aufmerksamkeit und Fürsorge der ›kleinen Polsterin‹ zu berichten, die sie während seiner Abwesenheit versorgt hatte. Auch schien ihr der Moment geeignet, um das Gespräch zwischen Stella und ihr zu erwähnen, das sie schließlich bewogen hatte, ihrem Bruder ein Schlafmittel zu verabreichen.

»Und wie bin ich diesem furchtbaren Gift entronnen?«, fragte Rynaldo, der über dieses gescheiterte Unterfangen lächeln musste.

»Das ist in der Tat die seltsamste Sache, die man sich vorstellen kann«, antwortete Myrrha. »Ich hatte den Zwerg Magnus beauftragt, den Trank abzuholen, dessen Rezept Stella zu Herrn Malaga geschickt hatte. Der Zwerg Magnus kam mit diesem Trank zurück, und ich wollte ihn sogleich auf mein Zimmer bringen, da ich mich entschlossen hatte, dir das

Schlafmittel zum Abendessen zu kredenzen. Erinnere dich, was dann passierte. Nach dem Aufbruch von Stella bist du zu mir nach oben gekommen, und noch ganz schwindelig von all dem, was sie mir mitgeteilt hatte, habe ich dich – nicht ohne Hintergedanken – nach deinen Plänen befragt. Du hast mir geantwortet, dass ich ganz beruhigt sein solle, du hättest keineswegs die Absicht, an diesem Abend noch aus dem Haus zu gehen, sondern wolltest nur abwarten, bis ich eingeschlafen sei, um dann selbst zu Bett zu gehen. Aber das war eine Lüge, ich konnte es hören, deine Stimme log, und ich schämte mich für dich. Mein Entschluss war daher rasch gefasst: Ich musste dir das Schlafmittel geben.

So ging ich auf mein Zimmer und goss in deiner Abwesenheit den Inhalt in die Teekanne. Zum Abendessen trinkst du zwei Tassen. Das sollte reichen. Ich ging ganz beruhigt zu Bett. Doch wie groß war meine Überraschung am anderen Morgen, als ich feststellen musste, dass dein Zimmer leer war und du nur so getan hattest, als seist du schlafen gegangen. Um wieviel Uhr hattest du die Wohnung verlassen? Das vor allem wollte ich wissen. Ich rief Fräulein Lefébure. Die Erzieherin antwortete mir nicht. Ich ging an ihre Tür und klopfte. Schweigen. Ich öffnete die Tür und ging zu ihrem Bett; ich hörte ihren Atem. Sie schlief. Ich wollte sie wecken – unmöglich! Sie schlief weiter. Und du wirst es nicht glauben: *Sie schläft noch immer!*«

»Das ist ja nicht möglich!«, rief der junge Mann, der sich das Lachen nicht verkneifen konnte. »So hat sie also den Trank zu sich genommen?«

»Ganz offensichtlich!«, setzte Myrrha wieder ein. »Aber wie konnte das geschehen? Das ist in der Tat ein Geheimnis! Auch Mademoiselle Lefébure hat an diesem Abend Tee getrunken, und in ihrem Zimmer hat der Zwerg Magnus unsere Teekanne wiedergefunden, während die Teekanne unserer Erzieherin auf unserem Tisch stand. Wer aber hat die beiden Teekannen miteinander vertauscht?«

Rynaldo verspürte wenig Lust, einem Geheimnis nachzuspüren, das sich wohl recht leicht durch die Blindheit seiner Schwester erklären ließ; er rief aus:

»Gehen wir doch, um nach der armen Mademoiselle Lefébure zu sehen!«

Bruder und Schwester begaben sich in das Zimmer der Erzieherin, die unter Aufsicht von Monsieur Magnus noch immer friedlich ruhte. Der Zwerg war aus mehreren Gründen betrübt: Zunächst und vor allem, weil er schon seit längerem keine Nachricht mehr von Petit-Jeannot erhalten hatte, nämlich seit jener fatalen Nacht, als sie es aufgegeben hatten, auf die Königin des Sabbats zu warten, die nicht mehr hinter ihrer Tür hervorgekommen war. Doch es gab noch einen zweiten Grund. Im Herzen des gefühlvollen Zwergs war ein zärtliches Gefühl erwacht, das bereits das Bild jener Frau, die ihn einst betrogen hatte, zu verdrängen begann.

Die Umstände hatten es gefügt, dass er damit beauftragt worden war, für Mademoiselle Lefébure zu sorgen, er sollte über ihren anhaltenden Schlaf wachen, und während dieser Zeit hatte Monsieur Magnus mehrfach Gelegenheit zu der Feststellung, dass diese reife Demoiselle mit ihren gestrengen Gesichtszügen keineswegs jeder Anziehung entbehrte. Ganz im Gegenteil: Durch ein vorbildhaftes Leben hatte sich diese ernsthafte Person eine Jugendlichkeit der Formen, eine Festigkeit der Konturen und damit eine Frische bewahrt, die Monsieur Magnus mehr verwirrten, als man sich hätte vorstellen können. Und eben deshalb war er betrübt, denn ungeachtet des Lärms, den er um sie herum veranstaltete, schlief Mademoiselle Lefébure immer noch tief und fest.

Während Rynaldo mit gemischten Gefühlen die bejahrte Mademoiselle betrachtete, die an seiner Stelle das Schlafmittel getrunken hatte, vertraute ihm Myrrha an, dass die ›kleine Polsterin‹ sie bereits über die Folgen dieser Lethargie beruhigt habe: Sie sei zu Herrn Malaga gegangen, um Nachforschungen anzustellen, und so hatte sie erfahren, dass der Apotheker an dem besagten Abend nicht gespart, sondern das Dreifache der bei ihm bestellten Dosis mitgegeben habe. Seinen Berechnungen zufolge sollte Mademoiselle Lefébure spätestens am nächsten Morgen wieder erwachen.

Die jungen Leute kehrten in das Zimmer zurück, dessen Fenster auf die Straße gingen, und Rynaldo begab sich sofort auf seinen Beobachtungsposten. Kaum hatte er sich dort eingerichtet, als er ausrief: »Da ist sie!«

»Stella?«, fragte Myrrha.

»Ja, Stella! Die ›kleine Polsterin‹ sitzt in ihrem Büro! Ach, Myrrha, nie wirst du erfahren können, welche Freude es für mich ist, sie zu sehen, sie ganz und gar so zu sehen, wie sie ist, ganz sie selbst! Sie ist es! Es ist Stella! Es gibt keine andere!«

»Was willst du damit sagen?«, fragte Myrrha, die von den aufgeregten Worten ihres Bruders so gut wie nichts verstanden hatte.

»Ich sage nur, dass Stella blond ist. Das ist alles. Sie ist blond, und sie ist *die Schönste von allen*! Das ist alles, was ich sagen will! Ich will sagen, dass es unerhörte Ähnlichkeiten gibt, die für einen Augenblick täuschen können, doch wenn man sich dann in der Wirklichkeit wiederfindet, Myrrha, wird man rasch belehrt und erkennt seine Fehler! Stella! Das ist meine Stella! Es gibt keine andere als sie!«

»Mein lieber Rynaldo, was soll das? Hast du in der Zwischenzeit den Verstand verloren? Kehrst du so zu mir zurück?«

»Ja, ein wenig schon. Es ist die Schuld der kleinen Zwillinge von Karantanien. Du weißt, wer die kleinen Zwillinge von Karantanien sind, denn eine von ihnen hat dich beim Kaiser eingeführt. Was du aber nicht wissen kannst: Diese beiden jungen Mädchen sind einander haargenau ähnlich. Und nicht nur das: Auch der ›kleinen Polsterin‹ sehen sie zum Verwechseln ähnlich!

»Die ›kleine Polsterin‹ hat mich zu der Prinzessin von Karantanien geführt, Rynaldo!«

»Stella!«, schrie Rynaldo auf. »Es ist Stella, die dich zur Prinzessin Regina geführt hat? Sie kennt sie also? Ach was! ... Aber wie hat sich denn das alles abgespielt?«, brachte er mit Mühe hervor, denn von neuem fühlte er alle seine Zweifel aufsteigen und seine ganze Besorgnis wieder erwachen.

Mit wenigen Worten hatte Myrrha alles erzählt. Es war die einfachste Sache der Welt gewesen: Die ›kleine Polsterin‹ war zu Myrrha gekommen, um ihr Vorwürfe zu machen, dass sie ihren Bruder trotz der anderslautenden Befehle hatte ausgehen lassen, und ihr zugleich mitzuteilen, dass Rynaldo in derselben Nacht mit den ›Verschworenen des Kellers‹ im Gefängnis der Sterngasse eingekerkert worden sei. Daraufhin hatte sie verlangt, dass Myrrha, um Rynaldo zu retten, ihr in allem gehorchen müsse. Sie hatte ihr dann befohlen, zum Kaiser zu gehen und sich zu seinen Füßen zu werfen, und sie selbst zum Palast geführt, wo eine Dame, die offenkundig eine ihrer Freundinnen war, sich bereit erklärt hatte, sie zu einer der Prinzessinnen von Karantanien zu bringen, die alles Weitere veranlassen sollte.

»Und was hat sich dann abgespielt, Myrrha, als du zur Hofburg kamst?«, insistierte der junge Mann, der unablässig seiner fixen Idee nachhing. »Wann hat Stella dich verlassen? Wann hat die Prinzessin zu dir gesprochen? *Hast du sie beide gleichzeitig sprechen hören?*«

»Nein«, antwortete Myrrha. »Ich denke, dass Stella anschließend weggegangen ist, da ich sie nicht mehr hörte … und dann habe ich nur noch die Stimme der Prinzessin gehört! Etwas hat mich allerdings sehr gewundert, das muss ich schon sagen: Sie hatten beide fast die gleiche Stimme!«

»Wenn sie nicht ganz und gar dieselbe Stimme hatten, liegt es daran, dass du von der Prinzessin Tania empfangen worden bist, liebe Schwester! Denn zwischen der Stimme der Prinzessin Regina und der von Stella würde es keinerlei Unterschied geben, es ist nämlich dieselbe Stimme.«

»Was willst du damit sagen, Rynaldo? Du sagst das in einem Ton, der mich erschreckt!«

»*Was ich damit sagen will?*«, schrie der junge Mann. »*Ich will damit sagen, dass Stella und Regina ein und dieselbe Person sind.*«

»Du hast den Verstand verloren! Du bist in der Zwischenzeit verrückt geworden!«, wiederholte die arme Blinde, indem sie ihre ohnmächtigen Hände zum Himmel emporstreckte.

»Ich will damit nur sagen: *diejenige, die nach dem Gesetz der Eisernen Pforte mit Rynaldo verlobt ist — das ist zugleich, nach dem Gesetz der Hofburg, die Verlobte von Karl dem Roten!*«

»Rynaldo, das ist unmöglich!«

»Genau darüber werde ich mir jetzt Gewissheit verschaffen!« Und indem er sich aus der Umarmung seiner Schwester löste, rannte der junge Mann, als sei er tatsächlich wahnsinnig geworden, blindlings auf die Straße und stürzte auf das Gebäude zu, auf dem die Worte ›Wollwaren und Polster‹

zu lesen waren. In wenigen Sprüngen gelangte er auf den Treppenabsatz und vor die Tür des Büros der ›kleinen Polsterin‹. Dort wollte man ihn nicht eintreten lassen, bis eine ihm wohlbekannte Stimme beschwichtigend rief:

»Nun lasst diesen Herrn doch eintreten!«

Man führte ihn in das Büro der ›Chefin‹.

»Mein Herr, wollt Ihr bitte so gütig sein, hier vorläufig Platz zu nehmen ... Ich bin sobald wie möglich für Euch da.«

Rynaldo setzte sich. Wie ruhig klang ihre Stimme, mit der sie den einen Angestellten veranlasste, ohne jeden weiteren Aufschub aus Uzice in Serbien zweitausend Kilo ›tote Wolle‹ kommen zu lassen, während sie den anderen mit der Bestellung von ›Kurzwarengarn aus Biberhaut‹ beauftragte, und dann einen dritten anwies, die ›Pferdewolle aus Spanien‹, welche die Korrespondenten aus Triest ihr gerade geschickt hatten, nach Kanisza in Ungarn zu spedieren. Nachdem sich diese kleine merkantile Welt endlich verflüchtigt hatte, wandte sich die ›kleine Polsterin‹ mit ihrem hübschen Lächeln Rynaldo zu:

»Wie kann man dem Herrn dienen?«

»Stella«, fragte der feurige junge Mann, dessen Stimme zitterte, »Stella, liebt Ihr mich?«

»Aber, mein Herr, seid so gut und schweigt!«, erwiderte die ›kleine Polsterin‹, indem sie sich besorgt umsah. »Man könnte Euch hören ... und ich würde meinen guten Ruf verlieren. Wollt Ihr denn, dass ich Euretwegen den Laden schließen muss?«

»Stella, habt Mitleid mit mir! Hört endlich auf, Euch über mich lustig zu machen. Sagt mir, dass jetzt Schluss ist mit dieser furchtbaren Komödie.«

»Welche Komödie denn?«, fragte das junge Mädchen unbefangen.

»Hört endlich auf mit diesem Spiel! Hört damit auf, oder es wird böse enden!«, rief Rynaldo, indem er die Fäuste ballte und mit dem Fuß jähzornig auf den Boden stampfte. »Ich spreche von der Komödie, die mich vielleicht gerettet hat, die mich aber jetzt noch sicherer als alles andere ins Verderben stürzen wird, wenn nicht sofort Schluss damit ist. Ich habe immer gedacht, Stella, dass sich hinter den Gesichtszügen der ›kleinen Polsterin‹ und unter ihrem goldenen Haarschopf eine Prinzessin versteckt. Jetzt aber weiß ich auch, wie sie heißt. Sie heißt: Regina von Karantanien.«

»Na, so was! Mein guter Rynaldo, Ihr seid wohl dabei, den Verstand zu verlieren«, erwiderte Stella. In ihren weit geöffneten Augen spiegelte sich aufrichtige Überraschung.

»Was ist nur in Euch gefahren?«, fuhr sie fort. »Was soll das bedeuten? Ich sollte die Prinzessin Regina von Karantanien sein? Doch halt – wartet einmal ... Mir fällt dabei ein, dass einige meiner Angestellten mir tatsächlich einmal gesagt haben, dass ich den Töchtern von Leopold Ferdinand sehr ähnlich sehe ... Das ist ja durchaus möglich, und deshalb will ich Euch nicht widersprechen, zumal ich bislang noch keine Gelegenheit hatte, den Prinzessinnen zu begegnen ... Ihr jedoch – Ihr habt die Prinzessin Regina gesehen! Und Ihr findet, dass sie mir ähnelt ... Und da habt Ihr geglaubt ... Ach, mein Lieber, wie romantisch Ihr seid!«

Und die ›kleine Polsterin‹ brach in ein helles, offenes Lachen aus. Einmal mehr wusste Rynaldo nicht, was er davon halten sollte.

»Lacht nicht! Stella! Ich bitte Euch, lacht nicht! Ihr müsst wissen – sie hat auch Euren Blick! Sie hat Eure Stimme! Eure Art zu gehen! Eure Gesten! Alles, alles hat sie von Euch. Sie ähnelt Euch nicht: *Ihr seid sie selbst*!«

»Mein Lieber, wenn es Drillinge von Karantanien gegeben hätte, wäre das allgemein bekannt.«

Dieses Mal klang ihre Stimme so spöttisch, dass Rynaldo unwillkürlich den Kopf hob: Spielte sie wirklich mit ihm? Ach! Er hatte nun endgültig genug von dieser entsetzlichen Situation! Mit entschlossenen Schritten ging er auf Stella zu, seine Brauen waren gerunzelt, auf seinem Gesicht zeigte sich heftiger Unmut. Seine vor Ungeduld zitternden Hände hielten ihre beiden kleinen Handgelenke fest umschlossen:

»Hört, Stella, ich muss es Euch sagen: Ihr seid mein Herz, Ihr seid mein Leben, und ich weiß nicht einmal, wer Ihr seid. Ich weiß nur, dass ich Euch im Hinblick auf mich und meine Schwester sehr viel schuldig bin! Ich weiß, dass Ihr über mich wacht, und es ist unvergleichlich, es ist wunderbar, Euren Schutz zu genießen. Bestimmt wären ohne Euch die blinde Myrrha und der arme Student Rynaldo längst vor Hunger gestorben. Und schließlich wart Ihr es doch, die sich in der Kapelle der Toten vor die Mündung der Kanonen geworfen hat. Ihr wart es, die dann meine Schwester in den Palast geführt hat! Ihr wart es, die ihr die Tür zum Arbeitskabinett des Kaisers öffnete! Und Ihr wart es auch, die mich aus dem Gefängnis befreit hat! Stella – ich bin Euch ewigen Dank schuldig, und ich sollte Euch anbeten wie eine Göttin Und doch – Ihr sollt wissen, dass ich Euch verabscheue, dass ich Euch verfluche: denn die Prinzessin Regina hat in den Armen von Karl dem Roten gelacht …«

»Ihr benötigt frische Luft, mein Freund!«

Stella lachte nicht mehr. Sie hatte ernsthaft gesprochen. Mit einem Ruck hatte sie ihre kleinen Handgelenke Rynaldos rauen Händen entwunden. Fragend sah er sie an. Sie erwiderte den Blick und sah ihm dabei fest und tief in die Augen.

»Wenn Ihr nicht Regina von Karantanien seid, wer seid Ihr dann? Wer seid Ihr, die Ihr der Prinzessin so vollkommen ähnlich seht?«

»Ich bin die Königin des Sabbats!«, flüsterte Stella dem jungen Mann ins Ohr. »Reicht dir das nicht, Rynaldo? Hast du nicht geschworen, dass du der Königin des Sabbats niemals Fragen stellen wirst? Geh und komm wieder zur Vernunft ... Und jetzt lauf schnell zu deiner Schwester zurück!«

Sie drückte auf eine Klingel.

»Wann werde ich Euch wiedersehen, Stella?«

»Heute Abend um fünf Uhr im Prater, bei Baumgartner, am Tisch des maskierten Reiters.«

»Danke, Stella! Doch da Ihr nicht die Prinzessin Regina seid und sie nicht einmal kennt, muss ich Euch etwas sagen, das Ihr nicht wisst: Ich gehöre der Prinzessin Regina an ... Sie hat mir die Freiheit nur geschenkt, um mich als Domestiken an ihr Haus zu binden.«

»Nein!«, gab Stella zurück, »sondern um einen Reitlehrer aus Euch zu machen. Und außerdem werdet Ihr der Kaiserin Gisela Unterricht in der Sprache der Romani geben.«

»Woher wisst Ihr das?«

»Weil ich alles weiß!«

»Was soll ich tun?«

»Ich werde es Euch heute Abend sagen. Adieu!«

Um fünf Uhr begab sich Rynaldo unruhiger und verwirrter denn je zu dem Ort ihres Rendezvous. Der Ring war so belebt wie sonst, und auch der Prater bot wieder seinen gewohnten Anblick. Achtundvierzig Stunden hatten ausgereicht, um auf den großen Straßen der Hauptstadt alle Spuren der Polizeieinsätze des Ministers Riva zu beseitigen.

Es traf durchaus zu, dass die furchtbare Nachricht von dem Drama in Mayerling wesentlich zur Befriedung der Straßen beigetragen hatte. Man bedauerte Kaiser und Kaiserin aufrichtig wegen des furchtbaren Schlags, der sie so kurze Zeit nach dem tragischen Tod der Prinzessin Marie Luise getroffen hatte. Herr von Brixen hatte diesen Stimmungswandel in der öffentlichen Meinung genauestens erfasst und sogleich daraus Profit geschlagen, indem er Seine Majestät davon überzeugte, alle Strafmaßnahmen zurückzunehmen, die zuvor Herr von Riva veranlasst hatte. Vor allem wurde die vorübergehend geschlossene Universität wieder geöffnet, alle Veranstaltungen konnten stattfinden, und darum entspannte sich die Situation auch unter den Studenten, die auf alle weiteren Aktionen verzichteten.

Rynaldo war die Hauptallee entlanggegangen und wollte gerade nach links abbiegen, um in das Etablissement Baumgartner einzutreten, als wenige Schritte vor ihm ein Coupé hielt. Zwei Kammerdiener in langen Gehröcken sprangen zur Tür und öffneten sie. Eine junge Frau, die in einen langen Mantel gehüllt und deren Gesicht von einem dichten Schleier verhüllt war, stieg leichtfüßig aus dem Wagen.

»Das ist Stella!«, sagte Rynaldo leise zu sich selbst. »Das ist ihr Schritt, ihr Gang – sie ist es. Rechzeitig zu unserem Rendezvous.«

»Habt Ihr das gesehen?«, fragte ein Herr die ihn begleitende Dame. Beide standen dicht neben Rynaldo.

»Was soll ich gesehen haben?«, fragte die Dame.

»Nun – diese Frau, die gerade vorbeiging ... es ist seltsam ... ich könnte schwören, dass es sich um eine der Prinzessinnen von Karantanien handelt.«

»Das ist unmöglich, mein Freund! Zu diesem Zeitpunkt – eine königliche Prinzessin – im Prater? Ihr vergesst, dass man Hoftrauer verhängt hat.«

»Aber ja doch – und trotzdem bin ich sicher, dass ich die Prinzessin Regina erkannt habe.«

Das Paar folgte der Dame mit dem Schleier. Sie war linkerhand in eine Seitengasse eingebogen, die gewöhnlich nur sehr wenig frequentiert wurde und an diesem Abend menschenleer war; sie schien eher spazieren zu gehen, als auf jemanden zu warten. Plötzlich sagte der Herr zu seiner Dame:

»Ja! Dieses Mal habe ich sie genau gesehen. Sie ist es tatsächlich. Es ist die Prinzessin Regina! Seht doch, die weiße Haarsträhne!«

»Ja, richtig!«, sagte die Dame. »Jetzt sehe ich sie auch. Ganz recht, sie ist es wirklich. Sie geht wohl inkognito, um im Prater etwas Luft zu schnappen. Auf jeden Fall hat sie ein hübsches Haartoupet.«

Und das Paar ging seiner Wege und ließ Regina und Rynaldo allein in der Straße zurück. Rynaldo, der dem Paar bis hierher gefolgt war, näherte sich langsam der einsamen Spaziergängerin. Hatte er wirklich die Prinzessin Regina vor sich? Er würde es bald wissen und dann vielleicht auch den Beweis dafür in der Hand haben, dass Regina und Stella ein und dieselbe Person waren. Die verschleierte Dame hatte jenen versteckten Weg eingeschlagen, der zu dem Ort des Rendezvous mit der ›kleinen Polsterin‹ führte: Er befand sich an der Rückseite des Etablissements Baumgartner, und zwar in jenem Teil des Garten, der von Liebespaaren bevorzugt wurde, denn der Schatten der dichten Baumgruppen diente ihnen als Paravent.

In diesem Laubengang hatten sich Stella und Rynaldo manchmal ein Stelldichein gegeben, nachdem der Kunstreiter den Zirkus Busch verlassen und sein Gewand des ›maskierten Reiters‹ abgelegt hatte. Hier hatte er glückliche Stunden mit der kleinen Königin der Zigeuner verbracht; hier hatte die ›kleine Polsterin‹ ihm zum ersten Mal gestattet, von seiner Liebe zu sprechen, hier hatte er erfahren, dass die kleine Händlerin aus der Kaiser-Wasser Straße die *Rote Stunde* trug, die höchste Insignie des Geheimbunds der ›Stunden‹.

Rynaldo zweifelte keinen Augenblick daran, dass Stella gerade diesen für sie heiligen Rückzugsort gewählt hatte, an dem ihre ebenso feurige wie keusche Liebe entstanden und gewachsen war, um ihm endlich jenes große Geheimnis zu enthüllen, das sich mit diesen beiden Namen verband: Regina-Stella! Und wirklich: Hätte sie einen besseren Ort wählen können, um ihm diese komplizierte Verwicklung, die zugleich so klar und so verständlich war, vor Augen zu führen? *Es war Stella, die das Rendezvous gab! Es war Regina, die dazu erschien!*

Er beeilte sich, zur selben Zeit wie die junge Frau durch die verborgene kleine Tür, die nur noch zehn Schritte von ihm entfernt lag, in den Garten einzutreten. Zu seiner größten Verwunderung kehrte die verschleierte Dame jedoch um und ging langsam den Weg zurück, den sie gekommen war. Zweifelsohne hatte sie den hinter ihr gehenden Rynaldo nicht bemerkt und glaubte sich allein in diesem abgelegenen Winkel des Prater, denn sie hatte ihren Schleier zurückgeschlagen. Der junge Mann machte instinktiv einen Schritt nach vorn: Es war in der Tat die Prinzessin Regina, die mit ihrer kleinen kämpferischen weißen Haarsträhne auf der Stirn vor ihm stand. Da er jedoch überzeugt war, dass es sich um die ›kleine

Polsterin‹ handelte, streckte er ihr die Hände entgegen und sagte:

»Stella!«

Als die Prinzessin den Spaziergänger erkannte, fuhr sie kurz zusammen und verriet damit eine Überraschung, die sie indessen sofort wieder unterdrückte. Und da sie keinesfalls geruhte, auf einen Namen zu antworten, den sie nicht kannte, noch auf eine Geste, deren Bedeutung ihr unverständlich sein musste, bedachte sie ›ihren Reitlehrer‹, der es wagte, sie anzusprechen und ihr die Hand entgegenzustrecken, mit äußerster Herablassung. Dann entfernte sie sich langsam

Rynaldo war abrupt stehen geblieben, mit offenem Mund, weit aufgerissenen Augen und wie zur Salzsäule erstarrt. Doch als diese Augen wahrnehmen mussten, wie sich die Prinzessin Regina hoheitsvoll in ihrem edlen und harmonischen Gang entfernte, und *zugleich* die ›kleine Polsterin‹, *seine Stella, lächelnd an der Schwelle der Gartentür von Baumgartner stand*, öffnete sich der Mund dieses unglückseligen, mutigen, heroischen und verzauberten *Ban* noch etwas weiter, und es entfuhr ihm ein Aufschrei, der gleichzeitig Freude und Entsetzen und noch vieles mehr zum Ausdruck brachte. Er schien dem Wahnsinn nahe.

»Guten Tag, Rynaldo«, begrüßte ihn Stella. »Aber lieber Freund, was ist denn nun schon wieder geschehen?«

Rynaldo sah die Frau an, die so zu ihm sprach, dann drehte er den Kopf und erblickte Regina, die wieder in ihr Coupé stieg. Er stieß einen Seufzer aus und murmelte:

»Wenn das noch ein bisschen so weitergeht, verliere ich wirklich meinen Verstand!«

4. Kapitel

Hofdienst

Vierzehn Tage nach den Ereignissen, die wir gerade berichtet haben, und eine Woche nach dem Begräbnis des Erzherzogs Adolf verließ Rynaldo, der seine Schwester Myrrha gerade noch in seine Arme geschlossen hatte, mitsamt seinen Habseligkeiten die Kaiser-Wasser Straße und übersiedelte in die Hofburg. Diese Maßnahme war von der Prinzessin Regina und dem Kaiser, zudem von Herrn von Brixen und von Herrn von Riva beschlossen und angeordnet worden. Vor allem aber hatte sich die Kaiserin Gisela dafür eingesetzt, die wegen ihres Sprachgenies allgemein bewundert wurde. Schon seit langem wünschte sie, die Sprache der Romani zu erlernen; es war die einzige Sprache in ihrem Umkreis, von der sie kaum etwas wusste.

Vielleicht wird man sich fragen, warum der Umzug eines armen Kunstreiters und kleinen Sprachgelehrten in eine der unzähligen Räumlichkeiten der Hofburg im Interesse des Premierministers und des Großmeisters der Polizei liegen konnte.

Um diese Zusammenhänge zu verstehen, sollte man sich daran erinnern, dass Rynaldo den Premierminister höchstpersönlich mit einigen beispielhaften revolutionären Aktionen konfrontiert hatte, weshalb Herr von Brixen nunmehr höchst zufrieden war, dass der kleine Ehrgeizling, der die Regierung auf so unangenehme Weise herausgefordert hatte, durch seine Einbindung in den Hofdienst seine vollkommene Kapitulation eingestehen musste. Der Polizeiminister hingegen war davon überzeugt, dass er dieses ›Element der öffentlichen

Unordnung‹ nunmehr direkt überwachen könne und auf diese Weise womöglich auch einige interessante Neuigkeiten erfahren werde. Eben dies war auch der vordringliche Grund, der ihn bewogen hatte, bei Seiner Majestät immer wieder vorstellig zu werden, um zu erreichen, dass Rynaldo möglichst umgehend seinen ständigen Aufenthaltsort in die Hofburg verlegen würde. Allerdings war die eigentliche Motivation des Polizeiministers noch eine ganz andere und hatte weniger politischen Charakter als die des Herrn von Brixen.

Wenn wir demnächst unserem kleinen Petit-Jeannot wiederbegegnen, der auf so mysteriöse Weise verschwunden ist, werden wir besser verstehen, warum die Bereitwilligkeit, mit der Rynaldo und Myrrha ihn für kurze Zeit unter ihrem Dach beherbergt hatten, für die Geschwister gravierende Folgen haben sollte. Es war Franz Holzener gewesen, der den schlaksigen Freund von Monsieur Magnus nach seiner Rückkehr aus Mayerling bis zu seiner Wohnung gefolgt war – Franz Holzener, der aufrechte Jesuit im Sondereinsatz für Seine Majestät den Kaiser, der aufrichtige und loyale Polizeibeamte und der ehrenwerte Verkäufer von Regenschirmen im geheimen Dienst des Polizeiministers, der ihn allerdings nur unter dem Namen Mathis kannte und zu diesem Zeitpunkt noch nicht wusste, dass er der Gesellschaft Jesu angehörte.

Auf diese Weise hatte Franz Holzener-Mathis die Wohnstatt des Studenten und seiner Schwester entdeckt und damit jenen Ort ermittelt, der von den Beamten des Herrn von Brixen wie auch von den Polizeikräften des Herrn von Riva seit Wochen vergeblich gesucht worden war. Es war ein gewichtiger Grund, der Franz Holzener veranlasst hatte, der Fährte des ehemaligen Uhrmacherlehrlings zu folgen, und derselbe Grund sollte auch denen, die Petit-Jeannot

Unterschlupf gewährt hatten, verhängnisvoll werden: *Denn dieser junge Mann kannte die genaue Reihenfolge, in der die Mitglieder der kaiserlichen Familie gestorben waren und auch künftig sterben würden.* Der arme Petit-Jeannot hatte, ohne es zu ahnen, seine Gastgeber den schlimmsten Verdächtigungen ausgesetzt. Um seinen schwindenden Einfluss auf den Polizeiminister wieder zu stärken, hatte es Franz Holzener-Mathis für nützlich befunden, ihm von den wundersamen Resultaten seiner kleinen Reise in die Kaiser-Wasser Straße zu erzählen, und Herr von Riva hatte nicht gezögert, Rynaldo und seine Schwester dem Kreis mutmaßlicher Täter zuzuordnen, die es im Fall Jakob Ork zu ermitteln galt.

Der Polizeiminister war fest davon überzeugt, dass diese beiden jungen Leute ›eine Rolle‹ in der weit verzweigten Organisation spielen mussten, die sich der Rache für den verschwundenen Erzherzog verschrieben hatte, und daher war er hocherfreut, als er von den außergewöhnlichen Begleitumständen erfuhr, die zu Rynaldos Aufnahme in den Hofdienst geführt hatten. Durch ihn würde man womöglich etwas über die Komplizen erfahren, die sich ebenfalls in der Hofburg aufhalten mussten, und vielleicht würde man Jakob Ork selbst ausfindig machen und festnehmen können, wie es der Kaiser ausdrücklich von ihm verlangt hatte.

Diese Gedanken bewegten den Polizeiminister seit dem Abend, an dem das Begräbnis des Erzherzogs Adolf stattgefunden hatte. An eben diesem Abend hatte Herr von Riva seinen Rücktritt einreichen wollen, da man ihm mitgeteilt hatte, dass die Delegierten aus dem Gefängnis in der Sterngasse entlassen und von den Agenten des Herrn von Brixen in ihre heimatlichen ›Regionen‹ zurückgeführt worden seien.

»Schafft mir diesen Jakob Ork herbei! Sobald Ihr ihn hierher gebracht habt, werde ich, dessen seid versichert, Herrn von Brixen zum Rücktritt veranlassen!«, hatte ihm der Kaiser auf sein Rücktrittsgesuch geantwortet. »Jakob Ork ist am Leben! Bringt ihn lebendig zu mir! Und ich schwöre Euch, schwöre bei dem Haupt meiner Tochter, dass ich Euch zum Premierminister mache!«

Herr von Riva hatte einen Moment lang mit seiner Antwort gezögert.

»Und falls ich ihn Euch tot überbringen sollte?«, hatte er dann gefragt.

»Tot oder lebendig. Aber beeilt Euch, Riva, wenn Ihr wollt, dass wenigstens einer aus dem Haus der Wolfenburger überlebt, um Euren alten Herrscher zu beweinen.«

Man kann sich denken, dass Herr von Riva seit diesem Gespräch Rynaldo Tag und Nacht überwachen ließ. Nicht so hingegen Petit-Jeannot. Franz Holzener hatte behauptet, dass ihm der junge Mann genau in dem Moment entwischt sei, als er ihn endlich zu fassen glaubte. Das entsprach jedoch nicht der Wahrheit, und wir werden bald erfahren, warum Franz Holzener diese Lüge vorgebracht hatte. Jedenfalls war es inzwischen nicht mehr notwendig, die Schritte und das Treiben von Petit-Jeannot zu überwachen, da er in eine Situation geraten war, in der kein Treiben mehr und Schritte nur noch äußerst eingeschränkt möglich waren.

Wie aber stand es um Rynaldos verwirrten Geisteszustand – inmitten dieser Ereignisse, die er nicht durchschaute und dessen wichtigstes er nicht einmal kannte? Für ihn war alles sehr einfach geworden. Er begnügte sich damit, in allem und jedem der ›kleinen Polsterin‹ zu gehorchen. Stella hatte ihm gesagt: ›Du musst in die Hofburg umziehen, es ist notwendig!‹.

Widerstandslos begab er sich dorthin und trat seinen Hofdienst an. Er war zum Kaiser gegangen, denn Stella hatte ihm befohlen: ›Geh zu Ihm!‹

Nur eine einzige Sache bereitete ihm Verdruss. Er fürchtete, bei einem Wiedersehen mit Regina in die unerhörte Bangigkeit zurückzufallen, die der Verlobte der blonden Königin des Sabbats immer wieder verspürte, wenn er plötzlich Angesicht zu Angesicht der dunkelhaarigen Prinzessin von Karantanien gegenüberstand. Und dabei hätte ihn doch gerade der letzte eindeutige Beweis, den ihm der Zufall beschert hatte, von allen seinen Zweifeln und seiner Unruhe befreien müssen: als er unvermittelt zwischen beiden edlen und einander so ähnlichen Gestalten gestanden und mit eigenen Augen gesehen hatte, dass es sich um zwei verschiedene Personen handelte.

Im übrigen hatte Stella während des Rendezvous bei Baumgartner durch ihre fröhlichen Scherze, aber auch mit ernsthaften Einwänden und sachlichen Argumenten erheblich dazu beigetragen, wieder etwas Frieden in dieses aufgeregte Herz und diesen noch ganz und gar betäubten Verstand einziehen zu lassen: Es sei doch mehr als unwahrscheinlich, dass sich eine königliche Prinzessin mit den Belangen und Umtrieben von Zigeunern abgeben würde, und genauso wenig sei anzunehmen, dass die Tochter des Königs von Karantanien irgendeinen vertraulichen Umgang mit dem Geheimbund der ›Stunden‹ pflegen würde – dies hatte sie ihm zu bedenken gegeben und dabei ihre trefflichen Überlegungen mit dem innigsten Kuss begleitet, den Rynaldo jemals von seiner Verlobten nach dem Gesetz der Eisernen Pforte erhalten hatte. Und somit erklärte sich Myrrhas Bruder bereit, von nun an keine weiteren Erklärungen mehr zu verlangen und alles auszuführen, was die Königin des Sabbats ihm befehlen würde. Und diese hatte ihm gesagt: ›Warte bei Myrrha auf die Befehle der Hofburg!‹

Seither waren fünfzehn Tage vergangen, in denen er weder Stella noch Regina wiedergesehen hatte. Dann waren Befehle aus dem Schloss eingegangen, und gehorsam hatte er sich zur Hofburg begeben.

Er betrat sie von der Seite, die auf den Franzensplatz führt. Eine Hofdame, in der er sofort die vornehme alte Gesellschafterin der Prinzessinnen wiedererkannte, erwartete ihn auf der Schwelle einer kleinen, niedrigen Tür. Sie gab ihm ein Zeichen, und sie stiegen gemeinsam eine enge Wendeltreppe hinauf, die Tag und Nacht von einem Gaslicht erhellt wurde. Rynaldo gelangte in einen langen Korridor, der mit geflochtenen Matten ausgelegt war. Alle Treppen, Gänge und Kreuzungen dieser labyrinthischen Behausung wurden von Gardesoldaten bewacht. Einige Garden standen vor bestimmten Türen, andere Wachsoldaten schienen hingegen den Befehl erhalten zu haben, patrouillierend auf- und abzugehen. Dies entsprach den jüngsten Anweisungen des Palastgouverneurs, die auf Befehl von Herrn von Riva erlassen worden waren. Und es ging die Rede, dass diese Maßnahmen bereits erste Resultate gezeitigt hätten, denn seither habe niemand mehr die weiße Frau gesehen, die nun offenbar geflohen sei.

Unter Führung der Gesellschafterin war Rynaldo in eine langgestreckte Galerie gelangt, die von einer Abfolge zahlreicher Türen skandiert wurde. An jeder dieser Türen waren weiße Schilder mit den Namen von Ehrendamen angebracht. Zu seiner großen Überraschung las Rynaldo auf der letzten Tür dieser Galerie seinen eigenen Namen: Rynaldo Yglitza.

Die Hofdame öffnete diese Tür, der junge Mann trat ein, und sie schloss die Tür hinter ihm, ohne ein Wort zu sagen. Rynaldo blickte sich um: Das Zimmer war groß, hatte jedoch eine niedrige Decke. Ein breites Doppelfenster öffnete sich auf den Schlosshof und den dahinter gelegenen Volksgarten. Die Wandbehänge und die Möbel waren mit grauen und weißen Streifen versehen. Das Parkett war spiegelblank poliert, so dass man darauf fast nicht gehen konnte. Ein Wandschirm aus roter Seide verbarg zur Hälfte das Bett, das ebenfalls mit einer Decke aus schwerem Seidenstoff überzogen war. Alles war von erlesener Schlichtheit.

Man brachte ihm seine Reisetruhe, und nachdem er besondere Sorgfalt auf seine Toilette verwendet und den zu dieser Stunde unerlässlichen schwarzen Gehrock angezogen hatte, kam ein Lakai aus der privaten Dienerschaft, um ihm mitzuteilen, dass Ihre Majestät von seiner Ankunft wisse und ihn bitte, sich bei Ihr einzufinden. Mit lautlosen Schritten hastete er über die im Flur ausgelegten Teppiche und zwischen flüsternden Lakaien und Kammerherren hindurch, um dann in einen breiteren Korridor einzubiegen, der den sogenannten ›Flügel der Kaiserin Amalia‹ kreuzte. Durch eine Geheimtür gelangte er auf die große Ehrentreppe, sodann auf den eine Etage tiefer gelegenen Treppenabsatz, auf dem regungslos ein Gardesoldat der Hofburg in prächtiger Galauniform vor einem sehr großen samtenen Türvorhang postiert war. Hinter diesem Vorhang befand sich ein Vestibül im Empire-Stil. Mehrere Amtsdiener verbeugten sich sehr tief vor ihm. Die Türen öffneten sich wie von selbst, und er befand sich plötzlich in einem zweiten, noch prächtigeren Gemach.

An dessen Ende befand sich eine weitere geöffnete Tür. Durch diese Tür blickte man in einen kleinen Salon, aus dem die Kaiserin hervortrat. Sie war in Trauer gekleidet. Langsam schreitend kam sie ihm entgegen. Rynaldo verbeugte sich mit großem Respekt vor der Majestät, die so sehr gelitten hatte und noch immer so schön war. Sie begrüßte ihn schon von weitem, sie sagte, dass sie sich freue, ihn in der Hofburg zu sehen, da sie seit langem den größten Wunsch habe, in die Geheimnisse der Sprache der Romani eingeführt zu werden. Der junge Mann hörte ihr zu, ohne ihre Worte im einzelnen zu vernehmen, ein unendliches Mitgefühl hatte ihn erfasst, sein ganzes Wesen vibrierte förmlich vor dieser Stimme, die bei aller Traurigkeit von musikalischer Harmonie erfüllt war. Beim Anblick dieser wunderbaren Gestalt musste er an die furchtbaren Schmerzen denken, die nur noch in dem sanften Ausdruck unheilbaren Leidens zu erkennen waren. Ihre gesamte Erscheinung war von einer hoffnungslosen Verzweiflung gezeichnet, die keine Steigerung mehr erlaubte; es war unmöglich, dass sich ihr Aussehen durch neue Schicksalsschläge noch verändern würde.

Das letzte Unglück hatte sie nicht einmal mehr überraschen können. Man erzählte sich in Wien, dass sie nicht geweint habe, als man ihr die Nachricht vom furchtbaren Tod des Erzherzogs Adolf überbrachte. Sie hatte keine Tränen mehr. Sie hatte im Voraus alles Unglück beweint und wartete darauf, dass ein letzter Schlag sie selbst ereilen würde. Und während sie darauf wartete, lebte sie mit der ganzen Anmut ihres Körpers und ihrer Seele zurückgezogen und nur noch für sich allein. Was sich in ihr verkörperte, war die Nichtigkeit aller menschlichen Werte. Ungeachtet ihrer privilegierten Stellung im Leben hatte sie alles verloren: die Liebe ihres Gatten (das war ihr erstes Unglück gewesen), ihre Söhne, ihre Töchter − und womöglich auch ihren Glauben an Gott. Sie hatte sich niemals beschwert, doch zeigte sie sich so wenig wie möglich bei offiziellen Anlässen, sie reiste viel, sie lebte als Kaiserin der Einsamkeit. Ihr Sohn Jakob – Jakob Ork – war der letzte Mensch gewesen, dem sie sich tief verbunden gefühlt hatte. Auch er war nun tot, wie sie glaubte, ein Opfer wie alle die anderen, die in ihrem Umkreis dem blutigen Schicksal der Wolfenburger erlegen waren.

Diese erste Zusammenkunft zwischen Rynaldo und seiner kaiserlichen Schülerin war kurz. Der junge Mann war allzu eingeschüchtert und sprach nur wenig. Die Kaiserin, der die ungewöhnlichen Umstände bekannt waren, unter denen der junge Zigeuner akzeptiert hatte, ihr Lehrer zu werden, machte keinerlei Anspielung auf die vorangegangenen Ereignisse. Doch äußerte sie für das Geschlecht der Zigeuner, dem er entstammte, einige Worte, die ihn mit Stolz erfüllten. Rynaldo betonte, wie ehrenvoll es für ihn sei, ihr die Mundart der Eisernen Pforte nahezubringen: den schönsten und gewiss auch ältesten Dialekt unter den zahlreichen Sprachen der Romani. Als Prinz Ethel eintrat, verstand er, dass er sich zu entfernen hatte.

Der zwanzigjährige Prinz Ethel ist gleich nach dem Tod des Erzherzogs Adolf vom Kaiser als Erbprinz bestimmt worden. Er ist auf See gewesen. Auf ausdrücklichen Befehl des Kaisers, den die Vergiftung seiner Tochter Marie Luise zutiefst entsetzt hatte, ist er auf einem Schiff ins Ionische Meer gefahren, um dort seiner schmerzlichen Trauer Herr zu werden. Prinz Ethel ist der einzige Sohn von Marie Luise und dem Prinzen Leonidas von Illyrien, der eines Nachts während des Karnevals in einer venezianischen Spelunke ermordet worden war. Einer Laune folgend hatte der Kaiser den fünfjährigen Ethel mit Tania von Karantanien verlobt, die damals dreiundzwanzig Monate zählte. Und die beiden Kinder, die oft Seite an Seite miteinander gespielt hatten, bekundeten so große wechselseitige Zuneigung, dass die Kaiserin ihrem Gemahl verziehen hatte, was sonst nicht der Fall war, wenn er derartige Verbindungen zwischen Verwandten das Kaiserhauses stiftete, da sich aus diesen Ehen immer wieder Dramen und Katastrophen entwickelt hatten. Doch passten beide so gut zueinander, Ethel und Tania, und sie liebten sich von Herzen! Die alte Hofburg würde endlich ein solches Wunder erleben: das Glück ihrer beiden Kinder, dieser beiden Wolfenburger.

Der Kapitänleutnant Prinz Ethel hatte seine Kreuzfahrt im östlichen Mittelmeer sofort unterbrochen, als er vom Tod Adolfs erfuhr. Eine chiffrierte Depeche, die auf Befehl des Kaisers von Athen aus spediert worden war und ihm verboten hatte, nach Wien zurückzukommen, hatte den Prinzen nicht erreicht. Sein Erscheinen zu dem Begräbnis des Erzherzogs Adolf hatte die Befürchtungen des Kaisers und auch der Kaiserin auf die Spitze getrieben. Man hatte ihn sogleich am Morgen nach den Trauerfeierlichkeiten wieder zurückschicken wollen, doch dank der Vermittlung Reginas und Tanias war es gelungen, seinen Aufenthalt in der Hofburg um eine Woche zu verlängern. Und nun kam er, um sich von der Kaiserin zu verabschieden. Bevor er die Wohnräume Ihrer Majestät verlies, hörte Rynaldo noch diese Worte:

»Geh nur, unglückseliges Kind! Dass ich dich nur nicht mehr in dieser Bleibe erblicke, auf der ein Fluch liegt!«

In dieser Nacht schläft Rynaldo nicht: Ein furchtbarer Gedanke hält ihn wach. Was macht er da, Rynaldo Yglitza, der Zigeuner von der Eisernen Pforte, der Verlobte der Königin des Sabbats? Was tut er unter den Dächern dieses alten, blutbefleckten Palastes? Zu welchem Zweck ist er hier? *Was wird Stella von ihm verlangen?* Was verbirgt sich in diesem unergründlichen Geheimnis: dass die Capricen eines Mädchens aus der kaiserlichen Familie mit den Wünschen und Zielen einer kleinen Zigeunerin zusammentreffen, die beide aus ihm einen Diener des Hofs machen wollen? Warum das alles? Wenigstens die Prinzessin hätte er gern sehen wollen – doch hat sie nicht nach ihm geschickt. Er bereut jetzt, dass er darum gebeten hat, seine Mahlzeiten in seinem Zimmer einnehmen zu dürfen, er kann sich seine Menschenscheu nicht verzeihen, die ihn dazu bewogen hat, sich hier einzuschließen, nachdem er von der Kaiserin zurückgekehrt ist.

Das Bett, auf das er sich halb ausgezogen geworfen hat, ist ihm unerträglich. Er steht wieder auf. Was für eine Stille in diesem Palast herrscht. Selbst diese Stille bedrückt ihn – sie erstickt ihn. Er öffnet ein Fenster, ein kleines Fenster, das hinter seinem Bett liegt und auf einen Innenhof des Palasts geht. Er stützt sich mit den Ellenbogen auf das Fensterbrett. Da steigt das Gemurmel von Stimmen zu seinen Ohren hinauf. Er beugt sich vor. Unmittelbar unter seinem Fenster gibt es einen Balkon, und auf diesem Balkon kann er zwei weibliche Schatten ausmachen, die miteinander flüstern. Es ist so dunkel, dass er größte Mühe hat, die Bewegungen dieser beiden Gestalten zu verfolgen. Schließlich kann er überhaupt nichts mehr erkennen, doch dafür hört er deutlich eine Stimme, die Stimme, wie er glaubt, jener vornehmen alten Dame, in deren Begleitung die Prinzessinnen Regina und Tania ihn im Gefängnis aufgesucht haben. Rynaldo versteht nur einige kurze Sätze, es sind immer wieder dieselben Worte, die voller Verachtung wiederholt werden: ›*Kalb Tchingianes! Kalb! Kalb!*‹. Es sind Worte aus der Zigeunersprache, der Zigeunersprache der Eisernen Pforte.

5. Kapitel

Im Palast des Herrschers spricht man des Nachts fließend Romani

So gibt es also zwei Personen im Palast des Kaisers, die sich fließend in der Sprache der Romani unterhalten, die das Romani genauso gut beherrschen wie er, Rynaldo, und seine Schwester Myrrha, und die mit demselben Hass von den ›falschen Brüdern‹ sprechen wie er selbst: ›*Kalb Tchingianes!*‹, falsche Zigeuner. Das ist die Ausdrucksweise der Nomaden von der Eisernen Pforte, wenn sie von den in Ungarn oder Austrasien sesshaft gewordenen Angehörigen ihres Volkes sprechen, die, um sich einen gewissen Wohlstand zu sichern, Christen im Sinne des Papstes oder sogar – in den Gebieten um Konstantinopel – Muslime geworden sind. Mit welchem Hass hatte man von ihnen unter seinem Fenster gesprochen! Und was verbarg sich hinter diesem geheimnisvollen Gespräch? Es gab Frauen im Dienst der Kaiserin, die sich wie veritable Töchter des Sabbats auf Romani unterhielten! Und gerade er ist es gewesen, der sie belauscht und ihre Worte verstanden hat, ausgerechnet er, der gerade erst in den Hofdienst getreten ist, um die Kaiserin in der Sprache der Romani zu unterrichten!

In welch unerhörte, unglaubliche Intrige hat man ihn da hineingezogen! Es wird Zeit, sich darüber Gewissheit zu verschaffen. Und der Zufall, wie es scheint, bietet ihm dazu die beste Gelegenheit. Er hört, wie sich auf dem Balkon unter ihm die Fenstertür schließt. Und er zögert keinen Augenblick. Er lässt sich vom Fensterbrett langsam herab und fällt mit seinen nackten Füßen auf den Balkon, ohne dabei ein Geräusch zu machen. Das Dunkel umhüllt und schützt ihn, und um weiterhin unsichtbar zu bleiben, kniet er vor dem doppelten

Fensterladen, der zuvor geöffnet war. Plötzlich sickert Licht daraus hervor.

Indem er das Auge in einen Spalt des Fensterladens presst, kann er in das Zimmer hineinblicken, in das die beiden mysteriösen Schatten verschwunden sind, die eben noch Romani gesprochen haben. Aber ja, er hat es geahnt: Es sind Regina und Orsova! Aber hören kann er sie nicht mehr. Sie beugen sich über einen kleinen Schreibtisch, und Regina schreibt etwas auf.

Das Zimmer, in dem sie sich befinden, ist eine Art von Boudoir oder Salon, der dem Wohnraum der Prinzessin vorgelagert sein muss. Dieser hintere Raum ist hell erleuchtet; an seinem Ende befindet sich ein Bett mit einem Baldachin. Dort sieht Rynaldo ein Portrait, das er in allen Details erkennen kann. Es ist das Bildnis einer Frau, die das Alter von dreißig Jahren überschritten hat, doch ähneln ihre Züge Regina und Tania so sehr, das es nur das Porträt ihrer Mutter sein kann – und *im selben Moment* muss Rynaldo daran denken, *dass es dann auch das Bild von Stellas Mutter ist!*

Diese Erkenntnis befeuert seine Gedanken. Es gibt keinen Zweifel mehr: Regina und Stella sind Schwestern, zumindest haben sie dieselbe Mutter. Beide verfolgen die Interessen der Zigeuner, Regina inmitten der Hofburg, Stella auf allen Straßen und Wegen des Reichs! Unzweifelhaft ist ihm auch die Herkunft dieser vornehmen alten Frau, die für ihn, Rynaldo, eine so große Bewunderung an den Tag gelegt hat: Trotz ihres Flairs einer großen Hofdame ist sie eine Zigeunerin, sie stammt aus der Walachei. Die unnahbaren Töchter der *Ursari* mit ihren harten Gesichtszügen, ihrem markant hervorspringenden Kinn und dem bewundernswerten Schwung ihrer Augenbrauen sind ihm wohlvertraut.

Rynaldo ist von seiner Entdeckung zutiefst erschüttert. Er begreift, dass ein so großes und bedeutungsvolles Geheimnis Stella nicht allein gehört und dass sie ihm diesen außergewöhnlichen und geradezu romanhaften Zusammenhang nicht enthüllen darf, so lange Regina ihr nicht die Zunge gelöst hat. Er versteht jetzt, dass er beiden zu dienen hat, der Prinzessin und der Königin des Sabbats, und dass er sich dabei blind und taub stellen muss. Und sogleich beschließt er, die ihm zugedachte Rolle auszufüllen, seine Spionage einzustellen und in sein Zimmer zurückzukehren. Und indem er diese Überlegungen anstellt, hat er ohne Unterlass das Portrait dieser Frau betrachtet, deren schöne traurige Augen sich niemals schließen: Maria Silvia! Die Königin von Karantanien.

»Es ist das Bildnis der armen, dem Wahnsinn verfallenen Königin«, murmelte Rynaldo, der, als man davon sprach, in einem Alter war, in dem man dem Unglück von Königinnen noch keinerlei Bedeutung beimisst. Und dunkel erinnerte er sich auch an das Gerücht, dass Réginald Yglitza sie gekannt hatte ...

Als sich sein Blick von dem Portrait gelöst und sich wieder den beiden Frauen zugewandt hatte, bemerkte er zu seiner Überraschung, dass die Prinzessin aufgestanden war und offenbar Vorbereitungen zum Ausgehen traf. Sie hüllte sich in einen Umhang, den ihr die vornehme alte Dame über die Schultern geworfen hatte. An ihren kleinen Füßen trug Regina Stiefel, an denen Rynaldo goldene Sporen blitzen sah.

»Sie trägt dieselben Sporen wie Stella«, sagte er zu sich.

Orsova hatte sie fest umarmt, und Regina hatte ihr den Kuss mit der gleichen Zärtlichkeit zurückgegeben. Jetzt hielten beide sich in den Armen und verharrten regungslos, sie schienen auf die Schritte der Wachsoldaten im Korridor zu lauschen. Nachdem sie Orsova ein letztes Zeichen gegeben hatte, trat Regina an die linke Wand des Boudoirs und hob einen Wandbehang empor; ihre kleine Faust drückte kräftig auf eine bestimmte Stelle der mit blauen Blumen gemusterten Wandtapete, und es öffnete sich eine Geheimtür. Ein letztes Mal wandte sich die Prinzessin der Erzieherin zu, dann glitt sie durch die Tür hindurch, die sich gleich hinter ihr schloss. Orsova ließ den Wandbehang wieder herabfallen und begab sich in das hintere Schlafzimmer, wo sie das Licht löschte und den Augen Rynaldos entschwand. Weiterhin brannte eine kleine Lampe wachsam im Boudoir.

Rynaldo verspürte größtes Bedauern, dass ihn die Fensterläden von der Geheimtür trennten. Seine edlen Absichten, in allen Belangen gehorsam zu sein, hatte er bereits vergessen. Ungeduldig versuchte er, an den Läden zu rütteln, und diese gaben sogleich nach - sie waren gar nicht verschlossen! Und auch der dahinter gelegene Fensterflügel ließ sich öffnen! Das war ein unerhörter Zufall, ein kleines Wunder. Offenbar hatte Orsava im Verlauf der erregten Unterhaltung, die Rynaldos Aufmerksamkeit auf sich gezogen hatte, wegen ihrer Verärgerung über die *Kalb Tchingianes* gar nicht bemerkt, dass sie ihren Pflichten nur zur Hälfte nachgekommen war. Bald war das Fenster vollständig geöffnet, und da es nun einmal offen war, zögerte Rynaldo nicht, sich diesen Umstand zunutze zu machen. Er hatte sich die Stelle an der Wand, die Regina mit ihrer Faust berührt hatte, genau gemerkt; nun drückte er seine Hand auf das anmutige Tapetenmuster und hörte, wie sich eine Feder in Gang setzte. Die Tür öffnete sich.

Dahinter war es so finster wie in einem Ofenloch. Er zündete ein Streichholz an, betrachtete die Tür und stellte fest, dass es vom Inneren dieses dunklen Gangs aus sehr einfach war, die Tür zu schließen oder wieder zu öffnen. Er schloss sie hinter sich und glitt in den dunklen Schlauch, der sogleich in Stufen überging. Der Durchgang war sehr eng, Rynaldo vermutete, dass er direkt in das Mauerwerk getrieben worden sein musste. Er stieg etwa fünfzig Stufen hinab, da glaubte er, von weitem den Wiederhall von Reginas Stiefeln zu vernehmen. Er blieb stehen. Es umgab ihn absolute Stille. In der Gewissheit, dass er mit seinen nackten Füßen keinerlei Geräusch machen würde, eilte er weiter.

Den Stufen folgte ein langer, breiter und hoher Korridor, den er entlanghastete, bis er auf einen Durchgang stieß, der erneut so eng wie der erste war. Dieses Mal musste er zahlreiche Stufen hinaufsteigen, die in dem Mauergestein seltsame Krümmungen und Wendungen machten. Dann spürte er unversehens frische Luft an seiner Stirn, er hob den Kopf und sah vor sich ein schwaches Licht, das die Umrisse einer Tür erkennen ließ. Noch einige Schritte, und er befand sich im Inneren einer Kirche, die er sofort wiedererkannte: Er war in der Kirche der Augustiner. Rynaldo schaute sich um, da er wissen wollte, an welcher Stelle er hinausgekommen war. *Er war aus jener halb offenen Tür getreten, die das marmorne Grabmal von Marie Christine zierte!*

Die Kirche war menschenleer und kaum beleuchtet. Rynaldo trat aus dem Grabmal hinaus, überschritt das niedrige Gitter, das es umgab, und machte dann einige vorsichtige Schritte. Noch immer kein Geräusch. Regina dürfte inzwischen einen weiten Vorsprung gewonnen haben. Wäre es für ihn nicht besser, einfach umzukehren, bevor die Prinzessin zurückkommen würde? Das wäre sicherlich klüger als alles andere.

Aber Rynaldo war nicht klug. Er war glücklich wie ein Soldat, der eine Mauer gesprengt hat, er freute sich, der Aufsicht der Wachen entkommen zu sein und sich endlich für einige Stunden außerhalb dieser Hofburg bewegen zu können, deren Atmosphäre ihn bedrückte. Und außerdem hatte er den großen Wunsch, Myrrha wiederzusehen und ihr alles zu erzählen, was er entdeckt hatte. Er dachte, dass es ihm am nächsten Morgen immer noch freistünde, über einen Abstecher zur Reitbahn in den Palast zurückzukehren. Hatte ihm Prinzessin Regina nicht ohnehin aufgetragen, morgen Vormittag seine Stute Gitane abzuholen und sie in die kaiserlichen Ställe zu überführen? Gitane und nicht etwa Darius! Die ›kleine Polsterin‹ hatte ihn kürzlich darum gebeten, Darius im Reitstall der Kaiser-Wasser Straße zurückzulassen, da sie ihn vielleicht benötigen würde. Alles in allem war Rynaldo der Ansicht, dass es vernünftiger sei, zu einer angemessenen Stunde und in angemessener Kleidung in den Palast zurückzukehren, statt zu riskieren, erneut das Zimmer einer königlichen Prinzessin zu durchqueren – zumal in der spärlichen Bekleidung, in der er sich gerade befand: in Hemd und Hose! Übrigens war er sich auch keinesfalls sicher, ob er genauso leicht wieder über den Balkon zu seinem Fenster hinaufklettern könnte, wie er zuvor hinuntergekommen war. Sollte sich aber jemand darüber verwundern, dass er in den Palast zurückkehrte, den er eigentlich nicht verlassen hatte, konnte er dieses Vorkommnis immer noch auf die Schläfrigkeit der Wachen schieben.

Zunächst aber musste er eine Möglichkeit finden, die Kirche zu verlassen. Regina war dies offenkundig gelungen. Er erkundete den weitläufigen Innenraum, und schließlich entdeckte er nahe der Sakristei eine kleine Tür, die nicht verschlossen war. Er drückte die Klinke nach unten und war im Freien.

Er war barfuß und sehr leicht bekleidet. Er fror, und die Kaiser-Wasser Straße lag nicht gerade nebenan. Doch alle diese Umstände zählen nicht weiter, wenn man ein Zigeuner von der Eisernen Pforte ist und Vorfahren gehabt hat, deren nackte Füße über tausend Jahre durch die halbe Welt gelaufen sind. Er orientierte sich kurz und rannte los. Als er in der Kaiser-Wasser Straße ankam, war er vollständig aufgewärmt. Monsieur Magnus öffnete ihm die Tür und war sehr erstaunt über diese Störung, da er seinen Herrn zu dieser nächtlichen Stunde nicht erwartet hatte, der indessen keine Zeit damit verlor, Erklärungen abzugeben, sondern sofort Myrrhas Zimmer betrat. Seine blinde Schwester war von dem Lärm wach geworden und hatte Rynaldos Stimme erkannt.

»Was ist geschehen, Rynaldo?«, fragte sie. Besorgt streckte sie ihre Arme aus, um den geliebten Kopf an sich zu ziehen.

Mit wenigen Sätzen erzählte der junge Mann, was sich zugetragen hatte. Sie jedoch schenkte ihre Aufmerksamkeit weniger dem, was er sagte, als vielmehr dem ungewöhnlichen Aufzug, den ihre Hände ertasteten.

»Du bist ja halb nackt!«

Sie befahl ihm, sich sofort ins Bett zu legen. Sie selbst stand auf und kochte für ihn Tee. Rynaldo meinte, dass sie Fräulein Lefébure wecken solle, damit diese ihr helfen könne.

»Ach, das würde ich gern tun«, antwortete Myrrha. »Sie ist aber erneut in tiefen Schlaf gefallen, und es scheint keine Möglichkeit zu geben, sie zu wecken. Welch Glück haben wir gehabt, dass nicht du es gewesen bist, der diesen üblen Trank zu sich genommen hat!«

Rynaldo lag wohlig im warmen Bett. Myrrha trat an sein Kopfende. Er fragte sie:

»Was hältst du von dieser ganzen Geschichte?«

»Hör zu, Rynaldo, ich denke da an etwas, das du nicht erfahren hast, weil du damals ein Kind warst. Es ging das Gerücht, dass Réginald, der häufig am Hof von Karantanien empfangen wurde, ein enger Freund der Königin Maria Silvia gewesen ist …«

»Réginald!«, wiederholte er betroffen, »Aber dann stimmt es also – dann denkst du also auch, dass Stella die Tochter von Réginald ist?«

»Das würde mich nicht verwundern«, erwiderte Myrrha sanft, »denn ich habe mich häufig gefragt, warum die ›Stunden‹, obwohl sie doch sorgsam über uns wachten, ihre Absichten und Beschlüsse immer vor uns geheim gehalten haben, obwohl du, mein Bruder, als Cousin von Réginald der nächste Verwandte des verstorbenen Großen Coesre bist. Somit wärst du dazu bestimmt gewesen, ihn zu ›überleben‹ und zu rächen, sofern er wirklich, wie man behauptet hat, feige ermordet wurde. Und oftmals, Rynaldo, wenn du zu mir von Stella sprachst, fragte ich mich, warum es eine Königin des Sabbats gibt, wenn es doch einen männlichen Großen Coesre geben könnte, nämlich meinen Rynaldo!«

»Die ›*Stunden*‹ haben mich zum *Ban* von Kroatien gemacht!«

»Sie haben dich nicht zum Großen Coesre gemacht!«

»Ich bin zum Oberhaupt des Stamms der Eisernen Pforte ernannt worden!«

»Du gehorchst einer Frau, Rynaldo.«

»Weil ich sie liebe, Myrrha.«

»Und weil sie die Tochter von Réginald ist. Du wirst sehen: Alles wird sich aufklären! In diesem Fall wäre nicht nur die außerordentliche Macht der ›kleinen Polsterin‹ verständlich – es wäre auch ein Beweis für das entsetzliche Drama, über das es ansonsten nur Mutmaßungen gibt: jenes Drama, bei dem Réginald Yglitza ums Leben gekommen ist und das die Königin Maria Silvia in den Wahnsinn getrieben hat!«

»Die ›Stunden‹ müssen von all diesen Dingen wissen!«, rief der junge Mann und ballte dabei nervös seine Faust. »Warum teilen sie mir das alles nicht mit? Warum behandelt man mich nach wie vor wie ein kleines Kind? Und warum hat man dir, meiner großen Schwester Myrrha, deren Klugheit ich bewundere – warum hat man dir nie etwas davon gesagt?«

»Nach dem Tod unseres Vaters, der mir mit seinen letzten Worten aufgetragen hat, den ›Stunden‹ zu gehorchen, haben sie lediglich mitgeteilt, dass sie auf mich zählen würden und dass ich dafür sorgen solle, dass du in der Tradition der Eisernen Pforte erzogen wirst. Als du zwölf Jahre alt warst, haben sie offenbar Erkundigungen eingezogen und dabei in Erfahrung gebracht, dass ich Wort gehalten habe, denn wir bekamen von dem alten Omar den Befehl, die Reise zur Eisernen Pforte anzutreten, und dort hast du im Alter von zwölf Jahren den langen rechteckigen Schild in die Höhe gehoben und über den ganzen Platz getragen. Entsinnst du dich?«

»Und ob ich mich entsinne!«, entgegnete Rynaldo stolz.

»Seither habe ich von den ›Stunden‹ nichts anderes mehr erfahren als das, was du selber weißt.«

»Höre, Myrrha, was du sagst, beweist gesunden Menschenverstand: Wenn Stella die Tochter von Réginald und mütterlicherseits die Schwester der beiden Prinzessinnen von Karantanien ist, versteht es sich von selbst, dass sie mehr weiß als ein kleiner *djüt* von der Eisernen Pforte! Und ganz sicher werde nicht ich es sein, der ihr die Peitsche des Großen Coesre aus den Händen reißt. In zweifacher Hinsicht bin ich ihr Sklave! Und was die ›Stunden‹ getan haben, ist gut getan! Doch hör zu, Myrrha, hör mir gut zu: Es ist undenkbar, dass die ›Stunden‹, die über uns gewacht haben, die uns immer beschützt haben, die mich womöglich aus jenem unseligen Abenteuer errettet haben, in das ich mich mit diesen *Kalb Tchingianès* eingelassen hatte, *undenkbar*, sage ich, *dass die ›Stunden‹ nichts von deinem großen Unglück erfahren haben, dass sie nicht wissen, wie deine Augen sich für immer schlossen! Sie wissen es! Ich sage dir, sie wissen alles*!«

»Das glaube ich auch«, sagte die junge Frau ruhig.

»Sie wissen, wer es war … verstehst du! Wer es begangen hat! Und wir, wir wissen es nicht! Und dies ist es, was ich den ›Stunden‹ niemals vergeben werde! Denn wenn sie von allem Kenntnis haben – dann mussten sie doch sehen, *wie ich nach ihm gesucht habe*, in allen Häusern, vom Keller bis zum Speicher, an allen Orten, die wir aufgesucht haben, überall, wo ich als Reitlehrer, als Kunstreiter, als Student oder Tierarzt gewesen bin! Im Zirkus, im Palast, auf der Rennbahn, im Theater, auf der Straße, im Pferdestall, im Abwasserkanal … *überall dort, wo man einen betrunkenen deutschen Prinzen antreffen kann*!«

»Rynaldo! Schweig! Schweig sofort! Schweig sofort still! *Solange er lebt, sprich nicht von ihm*!«

Es war ein heftiger, hasserfüllter Schrei; in einer stürmischen Umarmung hielten sich beide fest umschlungen, als wollten sie sich ersticken, während Myrrhas Gesicht, das gewöhnlich so gelassen und sanft war, einen Ausdruck rasender jugendlicher Wildheit angenommen hatte. Die toten Zigeuneraugen schienen ihre flammende Lebenskraft wiedergewonnen zu haben. Nach einigen Minuten, in denen Bruder und Schwester schweigend ihren furchtbaren Gedanken nachhingen, sagte Rynaldo mit dumpfer Stimme:

»Wenn die ›Stunden‹ es wissen, warum sprechen sie nicht mit mir? Warum sprechen sie nicht über das, was nur mich angeht, mich ganz allein … über das, was mir zusteht?«

»Ich habe gedacht, dass sie so lange warten wollten, bis du erwachsen wärst, Rynaldo!«, antwortete Myrrha sanft, indem sie den Kopf schüttelte, »und ich habe mich in Geduld geübt.«

Der junge Mann richtete seine Fäuste auf, er weitete seinen Brustkorb:

»Erwachsen! Wollen sie warten, bis ich hundert Jahre alt bin? Ach! Verstehst du, Myrrha, man darf für eine solche Tat auf niemanden zählen, auf niemanden als sich selbst! Ich werde ihn auch ganz allein finden … Man wird nicht umsonst als Zigeuner geboren. Wir werden die ganze Welt durchstreifen und ihn irgendwo finden! Ich habe jedenfalls nicht die Absicht, dort in der Hofburg zu verschimmeln, wo man des Nachts Romani spricht wie im Land der Hospodaren!«

Myrrha legte eine Hand auf den Arm ihres Bruders.

»Ich habe dich in die Hofburg ziehen lassen«, sagte sie sehr ruhig, »weil ich gedacht habe, *dass es notwendig ist … Es gibt sehr viele deutsche Prinzen in der Hofburg!*«

»Hast du etwa gedacht, dass ich auf diesen Hofdienst gewartet habe, um *sie alle kennenzulernen?*«, gab Rynaldo schroff zurück. »Ich habe gar nicht mehr daran gedacht, als ich in die Hofburg gezogen bin. Alle diese Prinzen hat der Student Rynaldo bereits Revue passieren lassen, von Leopold Ferdinand bis zu Karl dem Roten. Und es steht zweifelsfrei fest: In der Hofburg werden wir ihn nicht finden.«

Unvermittelt hielt er inne und wandte den Kopf. Von draußen hörte man deutlich ein galoppierendes Pferd, das sich der Kaiser-Wasser Straße näherte.

»Das ist Regina! Ich sage dir, es ist die Prinzessin! Bevor sie ausging, hat sie ihre goldenen Sporen angelegt, so wie Stella ... Ach! Ich hätte mir denken können, dass ich sie hier antreffen würde. Sie kommt, um Stella zu sehen! Sie muss sich mit Stella beraten! Verdammt! Etwas anderes ist gar nicht möglich!«

Er war zum Fenster gesprungen. Ein Gaslicht erhellte die Arkade vor dem Gebäude der ›kleinen Polsterin‹. Rynaldo konnte sich nicht getäuscht haben: In der Amazone, die soeben im schnellsten Galopp dort angelangt war, erkannte er die Prinzessin der Hofburg, die in denselben Mantel gehüllt war, den die vornehme alte Dame über Reginas Schultern geworfen hatte. Als sie aber vom Pferd sprang, war es keinesfalls der Name ›Regina‹, der ihm entfuhr: »Stella!«, schrie er, »Stella!«

»Es ist Stella!«, wiederholte er in unsagbarer Aufregung. »Sie ist es! Sie ist die Königin des Sabbats! Regina und Stella sind ein und dieselbe Person! Es gibt auf der ganzen Welt nur eine einzige Frau, die so von einem Pferd springen kann, Myrrha! Die Königin des Sabbats, die Tochter von Réginald, ist die königliche Prinzessin von Karantanien! Sie kann heute Nacht ihr Haar noch schwärzer als die Nacht tragen ... und eine weiße Strähne auf der Stirn haben ... Es ist dennoch Stella! Ja, es ist Stella!«

Rynaldo hatte Myrrha ausführlich seine Erlebnisse und seine Zweifel erzählt; deswegen erwiderte sie:

»Erinnerst du dich denn nicht daran, dass du im Prater beide gleichzeitig gesehen hast?«

»Das ist wahr, in der Tat! Und dennoch spüre ich, dass ich mich nicht irre! Ich spüre es! Verstehst du? Ich spüre es, wie ein Tier, das seinen Herrn erkennt und sich nicht täuschen lässt!«

Kaum hatte er diesen Satz ausgesprochen, stieß er einen großen Freudenschrei aus:

»Das ist es!«, sagte er. »Jetzt habe ich die Lösung gefunden! Ich soll morgen für die Reitstunde der beiden Prinzessinnen Gitane in die kaiserlichen Ställe führen. Ich werde aber Gitane hier lassen und dafür Darius mitnehmen. Darius wird sich nicht irren, nein, Darius ganz sicherlich nicht! Es sind bereits zwei Wochen vergangen, dass er sie nicht gesehen hat.

Wir werden sehen, wie er sie begrüßen wird! Wenn Regina Stella sein sollte − dann wird er sie sofort wiedererkennen. *Er wird sie geradezu umarmen wollen*!«

»Mein Freund«, antwortete Myrrha, »wenn die Königin des Sabbats und die königliche Prinzessin von Karantanien ein und dieselbe Person sind und Stella dir dies noch nicht gesagt hat, wird sie gute Gründe dafür haben. Willst du sie kompromittieren? Versprich mir, dass du morgen früh mit Gitane zum Palast gehst!«

Der junge Mann versprach es, nachdem er einmal mehr die Klugheit seiner Schwester gepriesen hatte. Daraufhin gingen die Geschwister auseinander, um sich noch ein wenig Schlaf zu gönnen. Rynaldo aber kehrte am nächsten Morgen in den Palast zurück − und das Pferd, auf dem er ritt, war Darius.

Fortsetzung folgt

Dritter und letzter Band

Erscheinungstermin: Oktober 2025

Der kaiserliche Autokrat hat das Lebensglück seiner Kinder politischen Interessen geopfert. In einem »beschaulichen Winkel« der Wiener Metropole überlässt er sich der Illusion eines biedermeierlichen Familienlebens. Indessen haben der Geheimbund der *Stunden* und die mysteriöse Königin des Sabbats die Hofgesellschaft Austrasiens in eine ausweglose Intrige verstrickt. Ihre unheimlichen Totenkopf-Uhren künden die Katastrophe an. Ein Rachefeldzug von apokalyptischem Ausmaß nimmt seinen Lauf und droht die Habsburger Dynastie endgültig zu zerstören.